김용욱 역사 장편소설

여울 속에 잠긴 산하

기축옥사 (하)

도서출판 한글

여울 속에 잠긴 산하
기축옥사(하)

2019년 7월 25일 1판 1쇄 인쇄
2019년 7월 30일 1판 1쇄 발행

저　　자 김 용 욱
발 행 자 심 혁 창

발 행 처　도서출판 한글
서울특별시 마포구 신촌로 270(아현동)
수창빌딩 903호 우 04116
☎ 02-363-0301 / FAX 362-8635
E-mail : simsazang@hanmail.net
창　　업 1980. 2. 20.
주소 이전신고 제2018-000182

* 파본은 교환해 드립니다.
* 정가 13,000원

ISBN 97889-7073-560-3-13810

작가의 말

사람의 인생사는 굴곡과 파란만장의 연속이다. 그건 누구나 예외가 없다. 그러니 우리에겐 그런 걸 나무랄 수 있는 권리는 없지만 달리 한번 생각해 보자. 그 사람한테 많은 인생사의 굴곡이 있다는 것은 그 사람의 인생 자체가 드라마틱하고 흥미 있다는 말과 다름없지 않은가. 그 인간 자체의 삶이 타인들의 입방아에 오르내림이 있었다는 것은 그의 인생 자체에 긍정과 부정이 많았다는 말이 아닌가. 많은 파란과 신비로움이 그의 삶의 밑바닥에 깔려 있다는 말이 아닌가. 어디 곡절이 그렇게 된 데에는 한 개인의 인생사에 한할 뿐이겠는가.

무릇 한 개인의 인생사만큼이나 한 가정의, 한 가문의, 한 나라의 파란도 여러 모로 겹쳐져 있으리라. 하여 개인은 물론 나라도 그 모든 장애물들을 극복하고 생존해서 살아남아 온 만큼, 줄기찬 파란의 여정을 헤쳐 온 그 자체에 대해서는 개인, 가문, 국가에 대해서 우리가 존경심과 경외심을 표하지 않으면 아니 될 것이리라. 그러하니 한 나라의 운명을 짊어지고 온 개개인들은 물론, 그 나라를 구성해 온 수많은 민초들 모두의 삶 하나하나 자체들이 하나의 파란만장한 역사로 점 찍힌다고 해서 그런 것에 부끄러워할 필요는 없다고 본다.

그러한 파란만장의 내력들을 인간들이 스스로 가감 없이 가로로 혹은 세로로, 때로는 진실하게 때로는 왜곡되게 써내려온 것이 바로 인간의 역사이니 말이다. 이러한 씨줄 날줄들 속에는 인간 개개인의 모든 역사와 가문들의 역사와 나라의 역사가 숨 쉬고 있기 때문이니 말이다. 큰일이든 작은 일이든 모든 사람들은 자신들의 말 못할 애환들을 가슴속에 더 깊이 혹은 살짝 숨기면서 살아가고 있으니까 말이다.

정여립의 인생여정 또한 그러했다.

정여립은 전주 지방의 비교적 유력한 가문의 자제였다. 그는 재능도 있었고 재주도 있었고, 관료가 될 수 있는 유학의 학문적 실력도 상당히 있었다. 다방면에 능력도 두루 갖춘 빼어난 올곧은 선비였다. 그는 전도유망한 조정의 청요직에 있던 관리로 홍문관 수찬직에 있던 관리였다. 하지만 그는 조선의 양반사회 체제에서는 맞지 않는 인재였고 존재였다. 그는 조선사회란 양반들의 허세에 크게 실망하고 좌절한 나머지, 크게 환멸을 느끼고 양반의 틀에서 벗어나 저항하는 삶을 살아가기로 작정했다.

그리하여 절대 권위를 가진 주상 선조를 경멸하고 양반들에 의해서 공고히 유지되던 조선의 관료체제를 부정하기 시작했다. 그는 무언가를 시도해야만 했다. 정여립은 양반과 양민들, 그리고 천인들의 구별이 없는 새로운 세상을 만들어 내기 위해 (이루어내기 위해) 새로운 모색에 들어갔다. 그 작업의 결과가 '대동계'의 결성이었다. 일종의 급진적인 사회 개혁을 시도한 것이었다.

그가 장차 조직하고자 했던 '대동계'의 이념은 이러했다.

첫째로는 이 세상에 반상의 구별이 없어야 했으며 다음으로는 이 사회에 남녀의 귀천도 없어야 했으며, 그 다음으로는 이 사회에서는 빈부의 격차 있는 사회가 존재해서는 안 된다는 그러한 혁신사회였다. 그것이 정여립이 꿈꾸어 온 대동사회의 출발점이었고 바로 '대동계'의 이념이었다. 어디 대동사회와 '대동계'의 이념이 그것뿐이었던가.

사농공상의 서열도 이 사회에서는 존재해서는 안 되었으며 그러니 양반과 천민들은 서로 어울려서 살아야 한다는 것도 들어 있었다. 그는 그러한 목표를 위하여 '대동계'라는 조직을 결성하였고, 그것을 통하여 조선사회를 개조해 보려고 노력했던 것이다. 조선 땅에다 멋진 대동사회를 한번 만들어

보는 것이 궁극적인 정여립의 꿈이자 목표였던 것이다.

대동사회란 무엇인가?

바로 어울림의 사회다. 또한 함께하며 서로 도와가면서 살아야 하는 더불어 가는 사회다. 협동과 협치의 사회다. 우리는 여기서 대동사회에 대한 해석을 좀더 깊이 있게 살펴보아야 할 필요가 있다. 맨 처음에 대동이라는 말을 쓴 사람은 서주시대 때의 병법가인 강상이었다. 흔히 말하는 강태공이라는 사람의 저서에 대동사회라는 말이 보인다. 그의 저서인 『육도』에 간략하게 보이고 있다. 그러다 한참 후대로 내려와서 전국시대 때의 사람들인 맹자, 묵자, 순자 때에 와서야 비로소 대동이라는 말의 정의가 분명하게 내려진다.

전국시대에 와서야 비로소 그 싹을 화려하게 꽃피우게 되는데, 이때에 와서는 대동사회라는 말이 이미 다양하게 해석도 되고 있었다. 즉 순자의 〈겸애〉 혹은 묵자의 〈겸상애〉 라는 해석이 뒤따르고 있었고, 다시 이 사상은 맹자에 의해 좀더 심화되고도 과격한 이론으로까지 발전하게 된다. 유가의 아성이라는 맹자가 말하고 있는 대동사회라는 개념을 한 마디로 요약하면 간단명료했다.

"임금이 임금답지 못하면 갈아치워야 한다."였다.

사회에 대한 혁신적이고도 담대한 개혁사상으로까지 발전

을 하게 되었던 것이다. 여기서 우리는 대동사회라는 말이 태동되었다고도 볼 수 있는 강태공의 『육도』를 조금 살펴보지 않을 수 없다.

강태공의 『육도문도』에서 처음으로 대동사회라는 말의 개념에 대한 언급이 나오기 때문이다.

— 임금이 똑똑하지 못하면 나라는 위태롭고 백성은 혼란스럽다. 임금이 어질고 훌륭하면 나라는 편안하고 백성은 잘 다스려진다. 화와 복은 임금에게 달려 있는 것이지 하늘의 시운에 달려 있는 것이 아니다. —

지도자의 책임에 대한 언급이다. 즉 임금의 책임에 대해서 말하고 있는 것이다. 그는 임금이 바르지 못하면 다른 사람으로 대체할 수도 있다는, 당시의 왕조시대에서는 감히 꺼내어서도 안 되는 폭탄적인 말을 하고 있는 것이다. 즉 화와 복을 가져오는 것은 임금 스스로에게 있으니 그 임금이 잘못하면 만천하에서 사람을 구하여 쓰되, 대신에 어질고 똑똑한 사람을 구하여 그 사람으로 하여금 새 임금으로 대체할 수도 있다는 어마어마한 말을 하고 있는 것이다.

임금 자리란 특정한 한 가문에게만 돌아가게 해서 천년만년 영속되어 가게 해서는 안 된다는 말이다. 그 후로 전국시대 때의 사람들인 묵자와 순자의 저서들에서도 대동사회라는 말의 뜻이 보이고 있다. 즉 두 사람의 저서, 『묵자』와 『순자』에 언급되고 있다. 특히 이때의 대동사회는 〈천하공물론(天下公物論)〉과 〈하사비군론(何事非君論)〉 이라는 두 기둥이 주된 이념으로 설명이 되어 있다. 〈천하공물론〉은 〈천하는 어느 한 사람의 사유물이 아닌 모든 사람들의 공유물이다.〉 라고 하는 사상에서 비롯되었고, 〈하사비군론〉은 '임금이 임금답지 못하면 갈아치워야 한다.'라는 뜻에서 비롯되었다. 그 결과 묵자의 〈겸상애〉 사상과 순자의 〈상애〉 사상이 탄생한 것이다.

묵자의 '서로 더불어 사랑하라'와 순자의 '서로 사랑하라'라는 두 애(愛) 사상이다. 또한 〈하사비군론〉은 『맹자』의 저서에서도 보이는 바, 즉 '임금이 임금답지 못하면 갈아치워야 한다.'는 말에서 비롯되었다. 이것은 맹자의 핵심사상이다. 이 맹자의 담대한 혁신사상을 정여립이 조선 땅에다 펼쳐 보고자 했던 것이다. 즉 '대동계'라는 비밀결사체를 만들어서 그 뜻을 이루어 내고자 그는 꾀하였다.

아, 원래 이 천하는 만민의 천하이다. 애초에 천하에는 주인이 없었다. 모두가 어울려서 살았다. 그러나 이 천하가 만민의 천하였음에도 불구하고 실제로는 그렇지가 못했으니,

이 세상은 너무나 오랜 세월 한 사람의 천하로 전락하고 말았다. 그 점은 우리나라도 예외는 아니었다. 그 점이 이 나라 백성들을 한없는 고통 속으로 몰아넣고 말았다. 참으로 애석한 일이다.

목 차

잔인한 국청장

오늘도 정철은 술이 고주망태로 잔뜩 취해 있었다.

그의 얼굴은 벌겋게 변해 있어서 마치 떠오르는 아침 해를 연상케 했는데, 그러나 지금은 아침이 아니었다. 아침이 되려면 아직은 한참의 시간이 흘러야 했건만 국청장은 아연 활기를 겸해서 살기를 띠고 있었다.

그도 그럴 것이 주상을 대신해서 추국을 할 대신들이 벌써 한자리를 차지하고 앉아서 눈을 부릅뜨고 있었으며, 고신을 내릴 임무를 띠고 있는 형리들 또한 대신들의 아랫자리를 차고 앉아서 죄인들을 내려다보며 눈을 부릅뜨고 있었으며, 그 아랫자리에서는 형구들을 벌려놓고 집장사령들이 죄인들을 닦달하는 광경이 그야말로 살기 가득한 형국이었다.

그런데다 술에 취해서 얼굴이 불그스름한 아침 해를 연상시키고 있는 추국당상 정철 이하 여러 대신들이 눈을 부릅뜨고 단상에 버티고 앉아 있으니 추국장은 살기와 긴장감이 넘쳐나지 않을 수가 없었다.

오늘은 심문 이틀째가 되는 날이다. 죄인들은 이발, 그의 동생 이길, 그리고 백유양이었다. 이들은 역적죄인 정여립을 비호하며 그와 동조를 했다고 하여 불시에 들이닥친 금부도사인 나금장과 나졸들에 의해서 역적 죄인으로 잡혀온 자들이었다. 나라에서도 가장 중히 여기는 역적죄로 잡혀온 중죄인들이었으므로 조선의 대명률에 의할 것 같으면 반드시 삼족이 멸해야만 할 중죄인들이었다. 그러니 이들의 운명은 그야말로 풍전등화와 같다고 하지 않을 수 없었다. 풍랑속의 가랑잎들이라고 하지 않을 수 없었다.

그러나 이 자리에 주상 선조의 모습은 보이지 않고 있었다. 친국청이 아니기 때문이었다. 친국청은 이미 벌려진 지가 그저께였다. 정여립을 고변하는 장계가 도착한 그날 밤 삼정승, 육판서와 도승지, 포도대장 등이 참여한 회의를 거친 후 그밤 늦게야 친국청이 설치된 바가 있었다. 그때도 피비린내가 물씬 풍기는 매질이 한 차례 있었다. 그날의 심문도 형언할 수 없는 모진 바가 있었다. 그러나 지금은 선조가 직접 심문하는 친국청이 아니라고는 하지만 당연히 추국청에는 선조를 대신해서 삼정승 이하 육판서들이 단상에 도열해 위엄을 떨치고 있었다.

오늘 이 자리에서의 추국당상의 우두머리 위관은 정철이었다. 그래서 그런지는 관모를 쓰고 학이 곱게 수놓인 흉배의 관복을 떨쳐입고 앉아 있는 당상관들의 모습은 위엄이 서려 있었다. 그리고 아무리 술에 취했다고는 하지만 추국당상관, 즉 위관인 정철의 모습은 관록과 위엄이 서려 있어 그 누구도 범할 수 없는 위엄도 있었다.

오늘 이 자리에는 주상인 선조의 얼굴이 보이지 않으니 자연 정철이 추국당상인 위관의 신분으로 선조를 대신해서 죄인들을 심문하는 것이었다.

추국당상관 정철은 엄숙한 친국청에 앉아 있기는 했지만 그의 가슴속에는 생각이 많았다. 지금 그의 머릿속에서는 죄인들을 추국하는 일보다도 더 절실한 문제가 도사리고 있었다. 그건 가슴과 머릿속에서 치올라오는 가사문장을 짓고 싶은 욕망 때문이었다.

그는 술에 취하고 여색에 취하는 것이 곧 좋은 가사문장을 자신의 머릿속에서 뽑아 올리는 도구임을 절감하고 있었다. 그렇듯 술에 취하고 여색에 취해야만 좋은 가사문장을 지을 수 있는 별난 사람이었다. 그에게 있어서 가사문학의 원천은 바로 술이었다. 술기운으로 문장을 지을 수가 있었고 가사를 지을 수 있음을 누구보다 잘 알고 있는 것이 그 자신 정철이었던 것이다.

그는 국청장에 앉아서 죄인들을 추국하고 있으면서도 그의 머릿속에서는 어떻게 하면 좋은 가사문장을, 좋은 명문장을 지을 수 있을까 하는, 어쩌면 국청장에서는 전혀 어울리지도 않는 그런 생각만 하고 있었다. 그러니 그는 죄인의 심문이나 취체나 다른 뭐가 제대로 될 리가 없었다. 어서 빨리 죄인들로부터 자백을 받아내라는 독촉만을 계속해서 내리고 있었다. 추국을 하며 땀을 뻘뻘 흘리고 있는 아래 것들의 추관들한테로만 거듭거듭 내릴 뿐이었다. 그러니 죽어나는 것은 아랫 것들, 형옥의 전옥들과 집장사령들과 나졸들 등등의 하위직들뿐이었다.

이때부터 아래 추관들, 즉 형옥들은 술에 얼굴이 벌겋게 달아올라서 고함을 쳐대는 송강 대감의 얼굴을 마주보기가 두려웠다. 참으로 딱한 일이었다. 하여 그들은 또 그들 나름들의 살아남을 대안들을 생각하고 있었으니, 즉 집장사령들을 들들 들볶아서 사정없이 죄인들을 닦달하게 하는 방법을 한번 써보는 것이었다. 어찌 보면 그것이 효과가 있을 듯도 싶었다. 형리들은 그들 집장사령들을 들볶아서 죄인들한테 심한 매를 치게 하여서 죄인들로 하여금 없는 죄도 불게 하도록 만들게 하여야만 하였다.

송강 대감의 닦달에 아래의 추국관들은 물론 집장사령들이나 나졸들도 죄 없는 죄인들로부터 거짓 자백이라도 받아내게 하여야 할 형편이었다. 그렇지 않으면 현장에서 추국을 감독하고 있는 고위직의 대감들한테 밉보여서는 안 될 일이었다. 밉보였다가는 장차 출세는 고사하고 당장 이 자리에서 불같은 불호령이 떨어져 내릴 것만 같아서 그야 말로 그들도 죽을 맛이었다. 그들은 우거지상이 되어서 눈치만 보지 않을 수가 없었다. 어쨌거나 아랫것들도 움직이지 않을 수가 없었으니 그렇지 않아도 매질에는 이골이 난 그들이 당장 매질을 할 듯이 달려들고 있었다. 매가 모든 것을 해결하여 줄 도깨비방망이라도 된 듯한 표정이 되어 아래 추국관들은 그 아래 것들을 향해서 굵은 눈망울들을 부라려대었다.

아래 추국관들은 윗자리의 추국관들의 눈총에 주눅이 들고 좌불안석이 되어서 집장사령들을 호되게 몰아치기 시작했다. 그러한 아래 추국관이나 집장사령들의 모진 행동은 곧 위관인 정철의 뜻과 의도에 부단히 영합하려는 행동이었다. 그러니 그 자리에서 기필코 죽어나는 것은 잡혀온 죄인들이었다. 이들이야 말로 어차피 죽었으니 죽은 것이고 살아서도 죽은 목숨이라는 말은 바로 이러한 때에 이들한테 하는 말이 분명하였다. 이들은 이제 파리 목숨보다도 더 하찮은 목숨이 될 터였다. 파리도 목숨을 부지하려고 허공중으로 나는데 그들은 날아도 보지 못하는 신세였다.

형틀에 두 겹 세 겹으로 가로 세로로 묶인 채 영문도 모르면서 죽음만 기다리게 되었다. 아무리 죽음이 부질없는 것이라고 하지만 영문도 모른 채 저승으로 간다는 건 너무나도 억울했다. 죄인 세 사람은 피범벅이 된 채 눈만 끔벅거리는 신세일 수밖에 없었다.

모진 매를 맞을 때는 아프고 매를 치지 않으니 안 아픈 것일 뿐, 이들은 이미 의식이 가물가물했다. 독한 마음도 곤장을 맞을 때는 독해지고 매가 그쳤을 때에는 잠시 사그라지는 것이 사람의 생리! 이것 또한 이발, 이길, 백유양도 다른 사람들과 하등 다를 것이 없었다.

그런데 이러한 때에도 낮술에 인사불성으로 취한 정철은 가끔씩 죄인들을 향해서 불같은 호령을 내리고는 했었다. 술에 취하면 이성이란 것이 멀리 도망을 가버리는 모양이었다.

"네놈은 역신 정여립과 공모를 해서 조정에 반역을 꾀했던 것이 분명한 일이렷다? 그러하지 아니하냐? 그러니 지금 당장 이실직고하렷다! 이실직고만 한다면 목숨만은 살려주겠다. 그리하겠느냐?"

"이실직고라니? 그 무슨 당치도 않은 말씀이오니까? 우리는 정여립이 반역을 도모한 사실도 알지 못했소이다! 정말이오이다 대감! 저 청천 하늘이 알고 이 넓은 땅이 알고 정 대감이 알고, 내가 알고, 낮 새가 알고, 밤 쥐가 알고 있소이다. 그렇게 우리 모두는 알고 있다는 말이오이다. 그러니 이 자리에서 대감은 망발을 삼가시오!"

이발이 다 죽어가면서도 카랑카랑한 목소리로 울부짖었다. 그는 찢어지고 해진 몸으로, 그러나 젖 먹던 힘까지 다 짜내어서 꿋꿋한 대답을 했던 것이다.

"뭣이라? 낮 새가 알고 밤 쥐가 알고 있다고? 그놈 참 맹랑하구나. 이놈이 참 이상한 말을 다 지껄이고 있구나? 필시 정신에 무엇이 들씌워져서 헛소리를 하고 있지 않으냐? 그래, 물어보자. 낮 새가 어디 있고 밤 쥐가 어디에 있다는 말이냐?"

비록 술에 취해서 이성을 잃고 있었지만 송강의 정신은 똘망똘망했다. 그가 호통을 쳤다. 그러자 이발이 몸을 한 번 꿈틀 뒤틀었다. 신음소리를 한 번 긍하고 내기도 했다. 그의 얼굴은 괴로움으로 일그러져 있었다. 저 고집불통 영감탱이를 무엇으로 다루어야 하나. 그러한 표정을 이발은 짓고 있었다. 그의 좌우 옆에는 백유양과 이길이 각각 묶여서 피투성이의 몸으로 축 늘어져 있었다. 그들 세 사람 모두가 매에 맞고 모멸에 찬 말을 너무 많이 들어서 이미 반송장이나 다름이 없었다. 그들은 잡혀오자마자 매부터 즉사하게 얻어맞았고 또한 잠시의 쉴 틈도 없이 계속하여 아래 위의 추국관들로부터 극히 모욕적인 힐난을 들었던 것이다.

그러니 사람의 육신을 가지고야 어찌 그 모질고 심한 매질과 자존심을 갉아먹는 모욕적 언사를 견디어 낼 수가 있으랴. 사람의 정신과 육신을 가진 이로서 그런 모욕을 견디어 낸다는 건 불가능한 일이었다.

이미 그들은 정신도 육신도 피폐해질 대로 피폐해져 있었다. 특히 세 사람 중 이발은 다른 사람들보다도 더 많은 매질을 당했다. 다행히 아직까지는 시뻘건 인두질은 당하지 않았던 모양으로 그의 몸에서는 살이 타는 역한 냄새는 나지 않았다.

그러나 그의 정강이의 살갗과 옷자락은 범벅으로 피 갑칠이 되어 있었다. 혼은 이미 반이 하늘로 날아간 상태였고 정신은 이미 자신의 것이 아니었다. 말 그대로 혼몽상태였다. 그러거나 말거나 이발의 대답 따위는 들어볼 생각도 않고 정철은 또 버럭버럭 소리부터 질렀다.

"어허, 그 참! 하니, 저놈이 여태 정신을 차리지 못하고 있는 모양이다. 내가 다시 한 번 묻겠다. 네놈들과 연루된 자들이 누구누구였느냐? 숨김없이 자복 하라. 자복이 네 놈들의 살 길이란 걸 알렷다!"

온통 얼굴이 시뻘게진 정철이 이발을 향해서 고함을 내질렀다. 술에 절은 사람의 목청일 수 없을 정도의 커다란 목소리로 소리를 질렀다. 그러자 그 고함소리 한 마디에 국청 안은 순식간에 한겨울 얼음처럼 얼어붙고 말았다. 바야흐로 침묵의 정적이 냉기처럼 국청 안에 감돌았다.

정철의 좌우에 늘어앉아서 추국을 지켜보던 다른 대감들도 정철의 고함소리에 아연 긴장이 되었는지, 마치 납덩이처럼 얼굴이 굳어지고 있었다. 다름이 아니었다. 정철의 고함소리는 어서 저들한테 죽도록 매를 치라는 신호였다. 이들에게 또 한 차례 모진 고문이 가해질 판이었다. 매에는 장사가 없다고 했는데. 국청 안의 사람들은 혀를 내둘렀다. 한기가 들어서 몸뚱이를 움츠린 채 눈만 멀뚱히 뜨고 사방을 두리번거리는 사람도 있었다. 죄인들의 처참한 몰골에 고개를 돌리고 외면하는 사람도 있었다. 그들은 생각해 보았다. 이번의 이 참혹하고도 모진 고문으로 과연 저들이 살아날 수는 있을까? 모두들 그러한 안타까움과 우려 속에서 말없이 침묵을 지키지 않을 수가 없었다. 그 침묵은 마치 폭풍속의 고요라고나 할까, 어둠속의 반짝 빛나는 새벽의 여명이라고나 할까.

“무엇을 자복하여야 대감의 성에 차겠소이까? 맹세컨대 정녕……. 자복할 건덕지가 없소이다. 지금까지도 나는 정여립이 모반했다는 사실도 모르고 있었소이다. 정히 대감께서 우리가 정여립과 공모한 사실이 있다고 믿으신다면……. 그리 생각하고 계시다면 내가 분명하게 확인을 해드리리다. 우릴 정여립과 대질시켜 주시오. 송강 대감!"

이발로서도 안간힘을 쓰지 않을 수가 없었다. 이건 바로 삶과 죽음의 문제였다. 내일의 문제가 아니었다. 바로 당장의 문제였다. 자신만의 문제가 아니라 가족들의 문제, 문중의 문제, 장래의 문제였으며 바로 현실 문제였다. 장래 출세의 문제였으며 명예의 문제였고, 어찌 보면 동인들 전체의 문제일 수도 있었다. 그래서 이발은 꺼져가는 자신의 명줄을 겨우 붙잡고 한 가닥 희망의 끈을 놓지 않으려고 몸부림을 치면서 말했던 것이다.

이제 이들한테서 사생의 문제는 촌각을 다투는 일이었다. 이발은 그때까지도 정여립이 피살된 사실을 알지 못하고 있었다. 정여립을 추포하려고 금부도사가 전라도 지방으로 떠남과 동시에 이들도 금부의 옥에 잡아 갇혔으니 알 턱이 없었다. 이들은 잡혀오자마자 곧바로 금부의 옥에 갇혔고 그리고 그 밤도 넘기지 않고 모진 고문을 당했다.

그러니 이들이 진안의 정여립의 죽도 별장 앞 들판에서 이들이 역적이라고 칭하고 있는 동료 정여립이 살해된 것을 알

턱이 없었다. 또한 정여립이 죽은 사실을 지금까지도 모르고 있던 것은 위관 정철을 비롯한 아래 추관들이나 집장사령들도 마찬가지였다. 이들은 모두 도성에서 갑자기 이번의 이 역모사건을 맡아보게 된 자들이었기 때문이다.

"뭣이라? 대질을 하게 해 달라? 이놈아, 누구 맘대로 대질이냐? 절대 대질은 없다. 허나 역적 죄인이 전라도에서 압송되어 올 것이니 곧 알게 되겠지. 그러니 너희는 그와 연루된 자들을 빠뜨리지 않고 자복만 하면 된다. 그것이 너희들의 할 일이다. 대질을 해달라고? 허, 그 놈 참! 맹랑한 놈이로구나. 바른대로 대어라. 그래 그들이 대체 누구누구였더냐? 네놈들 셋 중에서 누가 먼저 입을 열겠느냐?"

정철은 세 사람을 휘익 쓸어보면서 물었다. 서슬이 시퍼런 얼굴이었다. 불그스름한 얼굴에 서슬이 시퍼래지니 정철의 얼굴은 위엄마저 풍겼다.

"정녕 우리는 말할 수가 없소이다. 알 수가 없기 때문이오. 우리는 정여립의 모반사실도, 모의에 가담했다는 다른 사람들의 일도 우리는 입에 올릴 수가 없소이다. 우리가 알지 못하기 때문이오. 그리고 대감게 물어보겠소이다. 대체 왜 죄인과 대질을 시켜주지 않겠다는 것이오? 대질을 시켜주어 보면 금방 우리가 가담했는지 아닌지를 알 것이 아니오? 명확한 사실을 한 번에 알 것이 아니오? 대감께서는 왜 죄인과의 대질을 회피하시오? 어서 대질을 시켜주시오!"

이발은 이제 다급했다. 그러니 이발은 애원을 하다시피 했다. 지금까지는 이발이 강경하게 뻗대고 있었다. 정여립과의 대질을 생각하지 못하고 있다가 갑자기 정여립을 만나보아야만 진상을 알겠다는 생각이 들었다. 정여립의 말을 들어보아야 한다는 생각이 불현듯 들었다. 그래서 대질을 시켜달라고 애원을 하고 있는 것이었다.

그러나 정철의 입장은 사뭇 달랐다. 이발의 부인하는 말이 정철을 더 화나게 했다. 대질을 시켜달라는 말에는 짜증마저 일었다. 감히 역적죄인들이 할 말들이 아니었다. 입이 백 개라도 그런 말을 역적 죄인들은 하는 것이 아니라는 것이 적어도 그 당시의 국청장에 앉아 있던 정철의 생각이었다. 정철은 눈을 옹송그려 내리뜨고 죄인들을 한참 동안이나 노려보고 나서 단위에 앉아서 한손을 번쩍 치켜들었다. 무슨 신호를 보내려는 모양이었다.

마침내 더 이상은 안 되겠다 싶었던지 정철이 손을 아래로 휘저어 내렸다. 집장사령들한테 압슬형을 가하라는 명령을 내린 것이다. 참으로 무시무시한 명령이었다. 곧 하늘을 찢을 듯 날카로운 비명이 국정장을 메웠다. 그건 바로 아귀의 고통소리였다. 염라대왕의 진노를 사서 불지옥으로 떨어져 내리는 악귀의 처절한 비명소리였다. 정철은 그러한 고문장면을 얼굴을 찡그리고 내려다보더니 이번에는 압슬형을 받고 있는 이발은 제쳐두고 백유양을 향해서 물었다.

몸이 연약한 백유양은 이미 몇 차례의 고문으로 초죽음이 되어서 의자에 축 늘어져 묶여 있었는데, 그래도 정신만은 놓지 않으려고 시선을 내리깔고 있었다. 그는 정신을 한곳으로 굳건히 모으려고 노력하고 있는 중이었다.

해서 그는 지금 눈을 가늘게 내리뜨고 땅바닥을 노려보고 있는 중이었다. 이들 세 사람은 어제 붙잡혀 와서 그 밤으로 국문을 한 차례 받았다. 그리고 오늘은 어쩐 일인지 새벽동자부터 끌려 나와서 국문을 받고 있었다. 마침내 머리끝까지 열이 치받친 정철이 한손을 번쩍 치켜들었다.

백유양한테도 압슬을 가하라는 지시를 하는 것이었다. 오늘 벌써 몇 차례의 매질이 이들의 몸뚱이를 짓이기고 지나갔었다. 마침내 이들의 몸뚱이는 걸레조각처럼 너덜너덜해졌다. 그러거나 말거나 정철의 추상같은 호령은 멈출 줄을 모르고 끝없이 이어졌다. 그리고 이번에는 압슬형이었다. 압슬형이란 꿇려서 묶은 무릎 아래에다 사금파리 조각이나 유리조각 같은 것을 뿌리고 그 무릎 위로는 무거운 바윗덩이 같은 것을 올려놓아 무릎 속으로 사금파리 조각이나 유리조각 같은 것이 살갗 속으로 파고들게 하는 형벌이다. 한 번 이 형을 받고 나면 대부분의 죄수들은 반신불수가 되어 병신이 되기가 일쑤였다. 이처럼 참혹한 압슬형이 역적 죄인들한테는 다반사로 가해졌다.

이날도 세 사람은 대답을 하면 한다는 이유로, 대답을 하지 않으면 안 한다는 이유로 매를 맞았다. 얼마나 모진 매질이었던지 두어 차례의 매질만으로도 이들은 이미 버텨갈 기력을 잃고 있었다. 혼미한 정신 속에서도 기를 쓰며 버티고 있는 중이었다. 그런 와중에 압슬형을 내리라는 정철의 지엄한 호통이 이어졌던 것이다. 압슬형이 백유양의 몸에도 가해졌다. 처참한 비명소리가 국문장을 들썩이게 만들었고 피비린내가 등천을 하고……. 다른 한편에서는 인두지짐이 이어졌다. 여기에서는 검은 연기가 무럭무럭 일어났다. 살 타는 냄새가 바람을 따라 이리저리 흩날렸다.

단상위에 앉아 있던 추관들이나 당하의 형리 이하 집장사령들은 그 참혹함에 몸서리를 쳤다. 그러나 정철은 눈썹 하나 까딱이지 않고 죄인들을 잡아먹을 듯이 노려보고 있었다. 이발과 이길의 국문광경이었다.

쉬이 멈추어질 것 같지 않은 추상같은 정철의 심문이었다.

이미 정철의 얼굴은 술기운으로 지나치게 불콰해져 있었고 주독으로 코가 벌겋게 변해 있었다. 그의 독사 같은 두 눈은 백유양의 온 몸을 잡아 찢을 듯이 무섭게 노려보고 있었다. 그의 말끝에는 무서운 독이라도 묻어 있는 것 같아서 허공을 날아가는 시위 소리라도 끊어낼 듯이 쩌렁쩌렁 울렸다.

"백유양은 들으라! 묻겠다. 너희들과 공모한 자가 누구였더냐? 만약 이 자리에서 토설한다면 살려주되 그렇지 않을 시는 너희에겐 죽음만이 기다릴 것이다."

정신이 혼미한 속에서도 백유양은 정철의 매서운 목소리를 들었다. 그는 애써 정신을 가다듬어 가면서 분연히 대답을 했다. 그의 무릎언 저리는 피로 물들어 있었다.

"공모자라니요 대감? 나는 덕망 높은 대감이 지금 이 자리에서 무슨 말씀을 하시는지를 모르겠소이다."

가늘게 그러나 강단 있게 백유양이 항변을 했다.

"저런 저 쳐 죽일 놈이……! 압슬로는 안 되겠다. 아무래도 매질이 부족한가 보다. 여봐라! 모난 육모방망이로 저 죽일 놈의 아가리를 쳐서 찢으렸다!"

분격한 정철의 고함이 있었다. 그러자 한차례 집장사령의 육모방망이 매질이 심히 있었다. 시뻘건 핏덩이와 함께 백유양의 하얀 이가 와장창 빠져서 땅바닥에 튀었다. 백유양은 다만 으음 하고 신음 한 마디를 남기고 기절해 버렸다.

무지막지한 사령의 육모방망이가 이 빠진 백유양의 입술 언저리를 이리저리 맴돌았다. 금세 백유양의 목구멍에서는 붉은 선혈이 낭자하게 튀었다. 이미 백유양은 자신의 체력의 한계를 넘어서고 있었다. 유약한 체력의 한계를 넘어서고 있었지만 꿋꿋이 버티고 있었다.

"정 대감! 사람이 참으로 모질기도 하오이다. 명색이 조정의 관리인 나한테 이런 형벌은 너무 심하지가 않소이까?"

초죽음이 된 채로 백유양이 의연히 말했다. 송강은 기가 질리는지 입술을 악물고 있었다. 그러나 한 마디 하는 걸 잊지 않았다.

"…저, 저, 악독한 놈을 보았나? 저, 저 모진 놈을 보았나?"

정철이 몸을 푸들푸들 떨어대었다. 그러자 독기 서린 눈초리로 정철을 무섭게 노려보고 있던 백유양이 입에서 뿜어져 나오고 있는 시뻘건 선혈을 꽉 물더니 정철을 향해서 확 하고 내뿜었다. 그러나 선혈은 단상에 앉아 있는 정철의 곁에까지 가지도 못하고 땅바닥으로 풀썩 떨어지고 말았다. 선혈을 정철한테로 뱉고 나서 그것이 정철한테까지 미치지 못함을 깨달았던지 백유양은 울부짖었다. 이제는 백유양도 악에

받쳤다. 정철한테 공대말을 하고 있던 지금까지와는 달리 그는 모욕적인 하대의 말을 하기 시작했다. 정철더러 너라고 했다.

정철로서는 천만 뜻밖의 공격을 받은 셈이었다. 일찍이 왕가의 외척 신분으로서 이런 모욕을 들어본 적이 없는 정철이 아닌가. 그는 몸을 푸들푸들 떨었다. 백유양이 소리쳤다.

"오냐! 네가 나한테 공모자를 대라고 했더냐?"

"그러하다. 너는 무슨 말이 그렇게도 많으냐? 네놈이 알고 있는 자들만 토설하면 되느니라."

정철은 취조를 받는 자들의 행동거지가 매우 불쾌했다. 감히 대감인 자신한테 너라고 하대의 말을 하다니. 더군다나 더러운 입속의 핏덩이를 자신을 향해 뱉어내다니……. 죄인의 너무 무엄한 행동이라는 생각이 들었다. 아무리 생각해도 이들의 죄목은 불경죄를 하나 더 추가해야만 할 것 같았다.

'괘씸한 놈! 내 저놈을 기어이 자백하게 하고 말리라. 고문을 하면 제 놈이 배겨 내겠어?'

이건 일국의 정승이 할 말은 아니었지만 정철은 속으로 말하고 있었다. 그러한 입속말로 보아 반드시 보복을 할 성싶었다. 정철의 성격으로 보아선 지금 당장 보복을 하지 않고는 배기어내지 못할 것만 같았다. 분격을 참아내는 것은 정철의 장기가 아니었다. 정철의 장기는 마음에 들지 않는 말에 대해서는 누가 무어라고 하더라도 그 자리에서 풀어버리는 것이었다. 그러나 정철은 오늘은 무슨 이유인지는 모르지만 그 불같은 성미를 지긋이 참아내고 있었다. 그러나 묶여있는 죄인은 할 말이 참으로 많았다.

"공모자는 아무도 없다. 그것은 하늘이 알고 땅이 알고 네가 알고 내가 안다. 낮 새가 알고 밤 쥐가 알고 있다. 차라리 나를 욕되게 하지 말고 어서 죽여다오! 정철아! 이 소인배야! 너의 악독한 성품이 우리로 하여금 죽게 만드는 것은 어려운 일이 아니나 너 또한 명줄이 그리 오래 가지는 못할 것이다. 너 또한 멀지 않은 날에 천벌을 받고야 말 것이니라. 이 악독한 뱀 같은 놈아! 징그러운 독사 놈아. 얼마나 많은 사람들을 죽여야 너의 그 잔인함이 풀리겠느냐. 우리 동인들을 무고히 죽여야만 네 놈은 그렇게도 속이 차겠느냐? 장차 무고한 사람들을 더 죽어나가게 하지 말고 어서 속히 이 옥사를 중단하거라! 그것만이 너희들이 살 길이 될 것이다. 지금 너희 서인들이 조정의 권력을 일시적으로는 잡을 수 있었지만, 어디 그 권력이 천년만년 갈 줄로 알고 있는 것이냐! 아서라, 이 소인배 놈 정철아! 너 또한 우리와 같은 운명이 머지않은 날에 옴을 잊지 말라! 이 어리석은 정철 이

놈아! 비록 지금은 내가 너의 모짊으로 해서 죽어 간다마는 너 또한 나 같은 꼴이 되지 말거라!"

평소에 남한테 악담을 잘하지 않는 점잖고 온건한 성품의 백유양이었다. 언제나 행동거지와 행실에 있어서는 남한테 겸손을 잃지 않는 백유양이었다. 그런 백유양이 오늘은 달라도 너무나 달랐다. 그러니 사람들로부터는 언제나 존경을 받는 몸이었지만 이 날만은 달랐다.

그는 주변을 둘러보았다. 사람들의 신음소리가 진동하고 국청장은 피비린내가 코를 찔렀다. 백유양은 다 죽어가고 있는 이발과 이길을 돌아다보았다. 전신에 악이 바쳤다. 그는 목청껏 정철을 원망했다. 힘을 내어 힘껏 소리도 쳐보았다. 새삼스레 증오심이 끓어오르기 시작했다. 더구나 이들은 서인들에 의해서 지금 완전한 누명을 뒤집어쓰고 있다는 생각을 지울 수가 없기 때문에 백유양은 더더구나 물러설 수 없다는 생각도 하게 되었다.

이참에 정철한테서 굴복을 당한다면 동인들은 파멸이 오리라는 생각이 들었다. 지금 와서는 자신의 한 몸이 죽어나가는 것은 아무런 의미가 없다고 생각했다. 가족이 문제가 아니었고 가문의 멸망이 문제가 아니라는 생각이 들자 백유양은 소름이 온 몸으로 번지는 것을 느꼈다. 이건 모함이다.

모함이지만 너무나 지독한 모함이고 너무나 지독한 형벌이다. 백유양은 천인공노할 이 사태에 대해서 어찌할 바를 모르고 있었다.

그랬다. 전부터 자신들이 정여립과 가깝게 지내온 것은 분명한 사실이었다. 그러나 그것은 공적인 일보다는 사적인 일로 만나는 일이 더 많았으면 많았지 역적질 같은 것은 생각을 해보지 않았었다. 역적질이란 선비의 체통으로서는 꿈에도 해서는 안 될 일이었다. 정여립과 자주 만난 것은 사실이었다. 그러나 지금까지는 만나더라도 공적인 일이 아닌 사사로운 우정이 개입되어 있는 만남이었다. 그러면서도 그들은 공적인 일로 만났던 일이 있긴 했다. 이들은 앞장서서 주로 동인들의 여론을 주도하고 조정의 정책을 사전에 조율해 보기 위해서 가끔씩 모임을 가져왔다.

여태까지 이들은 동인의 주도적 인물들이었다. 그러니 그런 면에서 만나는 것은 이들한테는 당연한 일이었다. 그리고 이들은 어떤 면에서는 동인들의 행동대장 격이었으니 당연히 그렇게 만날 만도 했다. 만나서 의논을 할 일들도 많았던 것이다.

그러나 정여립이 낙향을 한 뒤부터는 그러한 관계마저도 소원해졌었다. 서울에 남아 있던 이들이 정여립을 만날 일은 거의 없었던 형편이었으니 당연했다. 역모를 정여립이 꾸몄다면 그건 어디까지나 정여립이 독단으로 일으킨 일이었음에도 불구하고, 이들은 단지 전부터 자신들이 정여립과 가까이 지냈다는 이유 하나만으로 자신들을 잡으려 한다는 것을 짐작하고 있었다.

그 근원을 따져볼 때 이번의 사건은 분명히 모함을 당하고 있는 일이랄 수 있었다. 즉 서인들이 장차 동인들을 몰살하려고 하는 수작이 분명하기 때문이었다.

그러니 저들의 의도는 자명했다. 정여립을 공격함으로써 그 주변 인물들을 노리고 있었던 것이다. 궁극적으로는 조정의 권력에서 동인들을 완전히 몰아내려는 짓거리들임이 분명해졌다. 조정을 서인들의 세상으로 만들려는 모략들이 번뜩이고 있는 기막힌 술수가 분명했다. 그러니 가만히 앉아서 당할 수만은 없었다. 반발이라도 해보아야 하지만 그럴 힘이 불시에 잡혀온 그들한테는 없었다. 참으로 억울했다.

그렇지만 어쩔 것인가. 지금 이렇게 국청에서 속절없이 국문을 당하고 보니 별달리 뾰족한 방법이 없었다. 더구나 서인들의 뒤에는 주상이라는 술수에 너무나 능한 너구리가 도사리고 앉아 있었다. 주상은 이 역모의 기회를 이용하려고 하고 있는 것이다. 이 절호의 기회를 이용하여서 당세가 부풀어 있는 알미운 동인들을 일시에 제거하려고 마음먹고 있는 것이다. 그럼 주상의 간계에 서인들이 놀아나고 있다는 말인가. 백유양은 아픈 와중에도 고개를 한 번 갸웃거려 보았다. 충분히 있을 수 있는 일이었다.

그러니 지금은 자신들이 악만을 쓸 수밖에. 달리 방법이 없었다. 백약이 무효인 것이다. 절망임을 감으로도 느끼고 있는 백유양이었다. 이런 절망이 있을 수가 없었다. 백유양은 꺼져 가는 명줄을 간신히 가누며 정철을 향해서 조용히 말했다.

"저기에서 고초를 겪고 계시는 이 대감 형제분들은 물론이거니와 나 또한 그렇지 아니하지만, 애써 너희들이 우리들을 정여립의 공모자들로 엮어가려고 작심을 하고 있는 모양이니, 이렇게 잡혀 와서 묶여있는 우리들이 과연 어찌 할 수가 있겠느냐? 그러나 한 번 더 생각을 해보아라. 잡혀 온 우리 동인들의 젊은 선비들이 많다고 들었는데 그들은 진정 정여립과는 일면식도 없었던 사람들도 많다. 그러한 사람들을 어찌하여 이렇게 굴비엮듯이 엮어서 취조를 하고 있느냐? 고통을 주고 있느냐? 이 나라의 사림들을 씨를 말리려고 작정을 하고 있느냐? 우리 동인들의 씨를 말리려고 작정들을 했느냐? 그렇지 아니하냐? 지금껏 못된 모략을 쓰고 있는 사람들이야 말로 바로 너희들이 아니었더냐! 권모술수에 능한 자들은 너희들이 아니었더냐? 너희들의 모사꾼이 누구인지를 이제야 알 것 같구나. 아, 원통하다. 너희들의 권모술수는 어제 오늘의 일이 아니었건만… 그걸 모르고 있었다니. 아아, 여태 그 속내를 알지 못 하고서 살아온 이 내 무지가 한스러울 뿐이로구나. 나의 불찰이 너무나 크다. 허나 나의 못남을 남 탓으로 돌리지는 않으마. 이 모든 죄는 어리석은 죄로 내가 달게 받으마. 어리석은 자는 충분히 그 대가를 받아야 함이 마땅하다. 그러니 자아! 어서 내 목을 잘라라. 목을 잘라서 용렬한 너의 임금한테 보여 주거라! 이렇게 이 나라의 동량들이 허무하게 죽어갔다는 것을 똑바로 보여 주거라. 그리고 역사에 남겨라. 역사에 명백하게 남겨 두어라. 부끄러운 역사로 영원히 남겨라. 자아, 어서 내 목을 치거라. 정철아 이 얼빠진 소인 놈아! 너 역시 역사의 죄인에서 장차 벗어나지 못하게 되었구나. 아아, 이 어리석은 인간아! 이 못난 소인배야. 정철 이 야비하고 비열한 놈아!"

그렇게 말하고 나서 백유양은 자신의 가냘픈 목을 앞으로 쑤욱 내밀었다. 어서 자신의 한 목을 잘라서 역사에 죄를 짓게 만들고 그리고 그만 이 고통에서 벗어나게 해 달라는 안쓰러운 주문이 분명했다. 그러나 자기 목숨을 거두는 것도,

즉 죽는 것도 마음대로 안 되는 것이 당시의 이 나라 역모 죄인들의 처지였다. 처처에 널려있는 것이 역모에 얽힌 옥사의 죄인들이니 일말의 동정의 여지도 없었다. 사정이 그러했으니 이때의 이들 역시도 그럴 수밖에 없는 것이다.

"저저, 저 발칙한 놈을 보았나! 저놈이 아직 혼쭐이 저렇게 오롯이 붙어 있는 것을 보니 저놈이 아직도 매를 덜 맞았나 보구나. 발칙한 저놈의 몸을 더욱 세게 치고 나서 감옥에다 처넣어라. 그리고 정신 차리지 못하고 있는 나머지 놈들은 매를 더욱 치도록 하여라! 그리고……. 저놈들의 식솔들은 어른 아이 할 것 없이 모두 끌어오너라. 한 사람도 저들의 씨가 이 세상에 남아 있어서는 안 된다. 후손들은 역적의 자식들이 아니냐. 조정을 위해서 모든 후환을 없애야 한다. 어서 시행하렷다!"

"예~이!"

"사정을 두었다가는 네 놈들이 혼쭐날 줄 알거라!"

"어련하겠사옵니까요 대감!"

"퍼뜩 시행하렷다."

"예~이!"

마침내 지엄한 정철의 영을 받은 금부의 비장들과 나졸들이 득달같이 바깥으로 달려 나가고 남아있던 집장사령들에 의해서 국청장은 다시 피비린내 나는 고문이 시작되었다. 지금까지도 용케 목숨을 부지하고 있던 이발 등 세 사람은 더 이상 견뎌낼 재간이 없었다. 한 차례의 모진 고문이 더 가해지자마자 더는 버티어낼 재간이 없어서 그만 기절들을 해버렸다. 이제는 아픔이나 두려움 따위의 말들은 사치에 불과할 뿐이었다. 이들은 명줄에 대한 미련을 이미 체념하고 있었다. 지금에 와서 살아남아야겠다는 생각은 한낱 사치품에 불과할 뿐이었다. 그러한 과정이 지나고 나니 매질에 대한 두려움도 사라져갔다. 이제 몸뚱이가 아픈 것은 아픈 것이 아니었다. 세 사람은 아픔이란 것 자체에 대해서는 이제 초월해 있는 몸들이었다. 세상에 대한 미련도 없었다. 다만 머릿속엔 과거에 대한 아련한 기억들이 남아 있을 뿐이었다. 또한 장차 고초를 당하게 될 가족들에 대한 아픔이 있었고 연민이 있었고 그리고 그리움이 있었다. 몇 차례의 매질에 이들은 그만 진작부터 혼절을 하고 말았다. 그러니 이들을 감방으로 내칠 필요도 없었다. 그냥 죽은 개새끼마냥 옷자락을 거머잡고 끌고 가기만 하면 되었다. 혼절한 그들을 보더니 정철은 자리에서 일어섰다. 굵은 핏줄이 그의 이마에 불끈 돋아났다. 눈알이 왕방울만 해져서는 소리쳤다.

"에이잉~ 지독한 놈들이로고! 가두어 두어라!"

그는 발을 한번 쾅하고 구른 뒤 노기에 찬 마음을 안고 국청장을 빠져나갔다. 다시 세 사람은 나졸들의 부축을 받으며 감방으로 끌려갔다. 말이야 부축이라고는 하지만 질질 끌려갔다. 하여간 이튿날 세 사람의 국문은 그렇게 끝이 났다. 그러나 그들한테는 그것이 다가 아니었다. 국문은 다음날이 되어서도 계속되었기 때문이다. 하여간 초죽음이 된 세 사람은 한 방에 갇히게 되었다. 모진 매질로 밤사이에 온 몸이 부풀어 올라서 불덩이가 된 채 한 감방 안에서 끙끙 앓아대던 세 사람은 그러나 몇 마디의 말들은 나눌 수가 있었다. 가운데에 이발이 쓰러졌고 백유양과 이길은 좌우 양옆으로 쓰러졌다. 피투성이 옷으로 서로의 찢어진 살갗을 가렸다. 등을 서로 기대면서 간신히 몸을 가누려 들었다. 온몸이 성한 데가 없었고 온몸에서는 아직도 살갗 탄 냄새가 진동을 하고 있었다.

"헌데 이게 어찌된 일이란 말입니까요? 그리고 얼핏 들어보니……. 옥리들이 정 수찬이 역모 어쩌고저쩌고 하고 있는 것 같던데……. 정 수찬의 일은 대체 어찌된 일이랍니까요? 이번의 이 역모사건의 일은 참으로 알다가도 모를 일입니다요 형님? 정 수찬이 모반을 하다니요? 설혹 그가 조정에 대한 불만이 있었다고는 하지만 서라하니 역모까지야?"

먼저 아까부터 궁금히 생각해 온 점을 물어본 것은 동생 이길이었다. 그는 아직 이 옥사의 깊은 내막을 자세히 모르고 있는 것이 틀림없었다. 그도 그럴 것이다. 처음 고변장이 조정으로 들어온 때의 일을 자세히 모르고 있으니 사건의 전말을 모르는 게 당연한 일이었다. 즉 사건의 첫 고변장이 들어온 그날 밤, 선조가 한 밤중에 삼정승과 승지, 도총관과 금부도사들을 불러들였을 때의 그날 밤, 정여립을 잡으려고 금부도사가 나는 듯이 전라도 지방으로 급파되고, 정여립과 가까운 자들을 모조리 잡아들이라는 어명을 내렸던 그날 밤에 그들은 소식을 알 수가 없었던 것이다. 이발과 이길 백유양도 한꺼번에 모조리 잡혀서 들어왔기 때문에 정여립에 관한 뒤 소식을 그들도 알 수가 없었다. 그러니 그 밤에 느닷없는 벼락을 선조로부터 맞은 이발과 이길, 백유양 등은 의금부의 옥으로 잡혀왔던 것이다. 당연히 그들은 정여립의 소식을 알 턱이 없었다. 그들은 정여립의 역모사건에 대해서는 깜깜이었다. 그리고 그들은 황당하게도 잡혀온 그날 날이 훤히 샐 무렵이 되어서야 옥리를 통해서 자신이 잡혀서 온 이유를 어렴풋이나마 짐작을 할 수가 있었다. 그들은 비로소 정 수찬이 역모로 억울하게 몰렸다는 사실도 눈치로서 짐작을 할 수가 있었다. 그러니 어느 겨를에 정확한 사태를 짐작해 볼 수 있는 여유가 있단 말인가.

"어허 참 자네도. 정 수찬이 역모를 했다지 않는가?"

형 이발이 어이없어 하면서도 대답을 했다.

"정 수찬이 역모를 하다니요? 그럴 리도 없으려니와 그것 때문이 아닐 텐데요?"

이길이 소곤거렸다. 그는 이발의 말이 믿기지가 않았다. 얼굴에 인상을 그었다. 그러자 이번에는 백유양이 말했다.

"그것이 아니라면요?"

이번에는 백유양이 물었다. 피골이 상법해 있는 백유양은 이미 몸속의 진이란 진은 다 빠져나간 듯이 보였다. 백유양의 몸은 유난히도 병약해 보였다. 이발과 이길은 백유양에 비하면 그래도 원기가 조금은 남아 있는 것처럼 보였으니 망정이지, 그렇지 않았다면 이들은 당장 내일 아침에라도 송장을 치러야 할 것이란 말이 나올 뻔할 정도로 이들의 육신은 정신은 처참한 몰골들이었다.

"아니요. 아마도 아닐 겁니다. 우리가 모르는 다른 무엇이 더 있는 것 같아요 형님들! 우리가 모르고 있는 다른 무엇이……."

이길은 말을 하다 말고 고개를 갸웃했다. 대체 이 옥사의 원인과 동기를 알 수가 없었던 것이다. 대체 우리들이 잡혀

온 원인이 무엇이며 동기가 어디에 있는 것인가. 그것이 이길로서는 아리송했다. 동기가 아리송한 만큼 의혹은 더욱 커져만 갔다.

"허긴……. 그러고 보니……, 그렇긴 하기는 하네만. 정 수찬의 모반 때문만은 아닐 것 같은 생각도 들긴 하네. 그는 소문에 의하면 낙향해서 대동계만 열심히 하고 있다고 하지 않았는가? 그런 그가 어찌……. 역모를 할 수 있었을까? 아닐 게야. 수찬은 역적질이나 할 협량 좁은 그러한 사람이 아니지. 무언가 지금 조정에서 착오가 있어 일이 잘못 돌아가고 있는 게 틀림없는 것 같네! 그러니 우리는 수찬의 말을 들어보아야지 않겠는가? 그와 대질을 해야만 하네. 대질을 하여 보면 확연히 알 수가 있는 일이 아니겠는가."

다 꺼져가는 목소리로 백유양이 한 마디 했다. 마땅히 그러한 생각을 할만도 했다. 그때 이발 역시 백유양의 말이 맞을 거라는 생각을 하고 있었다. 그는 얼마 전에도 서찰을 보내오지 않았던가. 정여립은 역모를 꾸미지 않았다는 확신이 들었다. 정여립의 서찰에 의하면 자신은 어린 후학들을 가르치며 자신도 열심히 학문에 정진하고 있다고. 후학들을 가르치는 일에 자부심을 느끼고 있다고. 사내대장부라면 한 번 해볼 만한 일이라고. 그랬던 그가 역모를 일으키다니 믿을 수가 없는 일이었다. 만약 정여립이 사실로 역모를 했다면……? 이발은 두려웠다. 자신의 장래는 물론 가문은 이제 몰락이라는 끔찍한 생각도 들었다. 그러나 이발은 고개를 휘휘 내저었다. 다시 생각해 보았다. 그러나 아무리 곱씹어서 생각을 해보아도 정여립은 역모를 하지 않은 것이 분명해 보였다. 그러나 다시 한 번 더 생각을 해보았다. 만약 정여립이 역모를 꾸민 것이 사실이라면……. 미상불 낭패는 낭패였다. 이발은 다시 골똘히 궁리를 해보았다. 누가 왜 이 일을 꾸몄을까? 그러고 보니 분명 짚이는 것이 없지 않아 있었다. 서인들일 것이다. 서인들이 농간을 부리고 있다. 동인들을 몰아내기 위해서 말이다. 이 일에는 분명 서인들의 무서운 음모가 개입되어 있을 것이다. 그런 생각을 하며 이발은 치를 떨었다. 이제부터는 서인들과 전면전을 치러야만 하는가. 소름이 오싹 돋았다. 그러나 이발은 애써 불길한 생각을 떨쳐내려고 했다. 속짐작의 생각만으로 백유양과 동생에게 불안을 주고 싶지가 않았다. 그래서 그는 입을 다물고 있었다. 그러나 일에는 언제나 마가 끼일 수가 있는 법이고 액땜을 하려고 또 다른 일들을 준비해 두고 있는 법이다. 이 일에도 그러한 요소가 다분히 끼어 있었다. 불행하게도 이발의 짐작은 틀리지 않았다. 서인들은 차제에 동인들, 동인들 중에서도 특히 남명학파에 대한 대대적인 숙청작업에 들어가려고 작정을 하고 있었다. 정여립의 역모를 크게 키워서 동인들을 압박할 계획을 다 짜놓고 있었던 것이다. 더 나아가서는 선조를 움직여서 대대적인 정권교체를 하여야겠다는 음모를 품고 있었다. 다만 동인들만 모르고 있을 뿐이었다.

감방 안은 추웠다. 이들의 온 몸에는 붉은 선혈이 말라붙어서 겨울 찬바람이 몸에 들러붙어서 이미 딱딱하니 굳어져 있었다. 보아하니 감방 안으로 들어오는 찬바람이 매서웠다. 그러나 이들을 떨게 만들고 있는 것은 바람의 맹위가 아니었다. 물론 바람의 기세도 무서웠지만 그것이 이유의 전부는 아니었다. 동지섣달 매서운 바람이 감방 안에서마저도 유난히 그 맹위를 떨치고 있는 듯했지만, 그러나 실은 바람이 그들의 마음을 얼어붙게 하고 있는 것이 아닐 것이다. 그들의 마음이 얼어붙었기 때문이리라. 오히려 바깥바람보다 감방 안은 바람이 약해서 덜 추울 것이건만, 지금 이들에게 들이닥치고 있는 겨울의 맹추위는 바깥 한데서 들어오는 추위가 아니라 마음의 추위가 더 심했던 것이다. 이들은 초조했다. 정여립이 우리들을 배반했단 말인가. 그는 어디서 무얼 하며 꾸물대고 있는가. 왜 속히 도성으로 들어와 주상을 알현하고 자초지종 변명의 말 한마디 없는가. 시간이 지날수록 이들은 자신들의 동지로서 철석같이 믿고 있던 정여립한테서 배반을 당했다는 느낌을 떨칠 수가 없었다. 여태껏 그는 자기들한테 한 마디 의논도 없었다. 한 마디 의논의 말도 없이 그는 그답지 않게 독단으로 일을 처리해 왔다는 것인가. 한 마디의 작은 상의도 없이 역모와 같은 어마어마한 일을 꾸몄다는 말인가. 사람이 어찌 그러할 수가 있단 말인가? 그를 든든한 동지라고 믿고 있었고 친구라고 믿었었는데. 그러한 그가 어찌 그러할 수가 있다는 말인가. 이발은 정여립을 원망하는 마음이 샘처럼 솟아났고, 그러다보니 아울러 울화통도 치밀어 올랐다.

"아시게. 그들이 우리와 정여립을 대질시켜주겠는가. 천만부당한 말이지. 해가 동쪽에서 뜬다고 해도 믿지 못 할 말일세. 아마도 저들도 그런 생각은 추호도 없을 걸세. 그런데 사람의 마음속을 어찌 알겠는가마는 정여립 그 사람 나기는 난 사람이었지? 그 사람 큰 배포는 있었던 사내였지? 또한 어딘가 모르게 불온한 생각을 품고 있었던 사람임에는 틀림이 없었고 말이지. 잠자코 소리 없이 한 세상을 지낼 사람이 아니었지. 그나저나 그 사람이 도성으로 압송이 되어오면 대체 어찌된 영문인지 알게는 되겠지만 이거야 영 답답해서 어디 사람이 견디겠는가. 자초지종을 알고 난 뒤에야 당해도 당하고 대책을 세워도 세워야 하지 않겠는가? 그러려면 우리들이 정공과 대질을 해봐야 하겠는데…….”

이발의 말이었다. 지금 이들은 서로의 몸을 의지하며 추위를 쫓아내고 있었다. 세 사람이 옹기종기 둘러앉아 찬바람을 막아내고 있었다. 감방 안 여기저기에는 관솔불이 가물가물 타오르고 있었다. 그 관솔불 아래에서 모닥불을 쬐며 옥리 두 명이 두 눈을 껌뻑이며 마주보고 서 있었다. 그들은 이미 한두 잔씩들을 설핏 걸쳤는지 불빛에 비치는 얼굴들이 대춧빛처럼 검붉었다. 긴 삼지창을 벽에 비스듬히 세워놓고 쓸데없는 잡담들을 나누며 화톳불 아래에서 긴긴 겨울밤의 추위를 견뎌내고 있었다. 그때 잠자코 면벽하며 생각에 잠겨있던 백유양이 그런 이발을 곁눈으로 한 번 힐끗 쳐다보았다. 그의 얼굴에는 슬픔과 두려움이 가득했다.

“만약 사실이 저들의 말처럼 그러하다면……. 여보게들 내 말이 미안한 말이 될지는 모르겠지만 정 수찬은 아마도 도성에는 영영 돌아오지 못할 걸세! 어쩌면 이미 명줄이 다했을지도 모르겠다는 말일세.”

벽을 쳐다보던 얼굴을 돌리며 백유양이 슬픈 듯이 말했다.

“정공이 돌아오지 못하다니요? 대체 그게 무슨 말입니까?”

이길이 버럭 소리를 질렀다. 마주보고 서 있던 옥리 두 명이 동시에 고개를 돌렸다. 무섭게 눈을 치뜨고 노려보고 있었다. 찔끔해진 세 사람은 그만 입을 다물었다. 세 사람은 잠깐 동안 서로를 멀거니 쳐다보았다. 그러나 그들은 아무 일도 아니라는 듯이 곧 자신들의 대화에 빠져들었다. 옥리들도 자신들의 대화를 계속해서 이어갔다. 의금부 감옥은 생각보다도 더 더러웠다. 여러 곳에서 벌레가 기어 다녔고 피냄새가 진동했으며 살이 썩는 냄새가 감방 안 여기저기서 번져나고 있었다. 의금부 감옥 안은 냉기와 살기가 어우러진 지옥이었다. 여기저기서 신음소리가 흘러나오고 지금 곧이라도 죽음이 도사리고 있는 곳이 의금부의 감옥 안이 아닌가 싶었다. 예로부터 가장 살벌하고 으스스한 곳을 꼽아보라면 의금부 감옥을 쳐주었다. 바로 말해서 사람이 들어가 있어서는 안 되는 곳이 바로 의금부 감옥이었다. 숱한 사람들이 들어가서는 억울하게 죽어서 나오고 원한을 품은 채 살아서도 나오는 곳이 의금부 감옥이었다. 그러나 한번 들어가면 살아서 나오기가 죽어서 나오기보다도 더 어려운 곳이 바로 조선의 의금부 감옥이라는 곳이었다. 사람이 살고 있는 곳이니 만치 이곳에도 억울한 사람들은 있게 마련이었고 할 말이 참으로 많은 사람들도 있는 곳이었다. 조선의 팔도에서 가장 중한 죄를 짓고 각양각색의 사람들이 갇혀 있는 곳이니만치 별의

별 인종들이 다 모여 있었고, 별의별 일들도 심심찮게 일어 난는 곳이 의금부 감옥이었다. 그러니 이들 이발, 이길, 백유 양들도 그들 중의 한 사람이었다. 이들도 아무런 영문도 모르고 역모죄로 잡혀서 갇힌 곳이니 그들 역시 할 말이 있고 억울하다고 생각될 만한 사람들이었다. 사실 이들은 아무런 영문도 모르고 잡혀 왔다. 정여립의 모반사건으로 잡혀 온 줄도 모르고 붙잡혀 와서 한겨울의 추운 밤을 오롯이 새웠었다. 이들은 다음날 새벽녘이 되어서야 정여립의 모역사건으로 잡혀서 온 것을 알았다. 그리고 그 뒤끝은 아무런 영문도 모르고 심한 매질을 당한 것이 전부였다. 그것이 이들 세 사람을 가장 억울하도록 만들었다. 억울한 것으로 치면 이 감옥 안 어느 곳에선들 억울하다고 여기는 사람이 없을까마는 이들 세 사람은 유별나게도 억울하게 보였다. 이들이 역모죄에 얽혀 들어서이리라. 기필코 삼족을 멸한다는 역모죄에 얽혀들어서이리라.

그러나 이날은 낮 동안에는 아무런 일도 일어나지 않았다. 이제 다시 밤이 왔다. 이 밤은 어쩌면 그럭저럭 고문을 받지 않고도 보낼 수가 있을지도 모른다. 그러나 아무리 생각을 해보아도 역모에 연루되었다는 누명을 쓴 이상에는 이 감옥에서 살아서 나가지 못할지도 몰랐다. 서인들의 음험한 덫에 걸린 이상에는 그들은 후환이 두려워서라도 자신들을 절대로 살려두지 않을 것이리란 생각이 들었던 것이다. 이 도성 안에서 전부터 자신들이 정여립과 뜻이 맞아서 친밀히 지내 왔다는 점을 모르는 사람들이 없는 형편이지 않은가. 이런 마당에 어떻게 자신들이 빠져나갈 구멍을 만들 수 있단 말인가. 절망은 절망을 낳고 있었다.

세 사람은 이미 모진 매질로 온몸이 만신창이가 되어 있었다. 이제 이들은 희망의 끈마저 내던져 버리고 있었다. 다른 사람의 부축 없이는 걷기는커녕 일어나서 앉지도 못할 형편이었다. 기필코 저들의 심한 매질에 견디지 못하고 아무래도 내일은 죽어야 하리라. 이들은 그런 초조한 불안감을 밤새도록 함께 가지고 떨었다. 마침 그때 백유양이 이길한테 고개를 돌리며 말했다.

"아아, 이제야 내가 짐작 가는 바가 있네. 아, 생각을 해보게나. 저들이 누구인가. 음모와 술수에 뛰어난 서인들 중의 서인들이 아닌가. 모략과 술수에 뛰어난 서인들의 영수들의 축에 들고 있는 사람이 아닌가. 분명하네. 저들의 몇몇들의 음모가 분명하네. 그렇지 않고서야 어떻게 우리들이 역모죄에 걸려들 수가 있단 말인가. 그것도 낙향해 있는 정 공에 연관되어서 말이야. 그리고 말일세. 짚이는 것이 또 있다네.

무언고 하니 지금 수찬이나 우리들은 동인들의 영수 격이라고 말할 수 있지 아니한가. 저들이 노리고 있는 사람들은 바로 정 공과 우리들일세. 우리들이 과녁이란 말일세. 그러니 말할 것도 없이 저들은 우리들의 제거가 목적일세. 우리들은 물론 그런 영수들 축에 들고 있는 정 공을 역모로 얽어 넣고 있는 판인데 정 공이나 우리들을 저들이 그냥 두겠는가. 우리가 꼼짝없이 저들의 투망에 걸려들었네. 그들이 우리나 정 수찬을 고이 살려둘 것 같지가 않으이. 살려둔다? 천만의 말씀이지. 당연히 정 수찬이나 우리들을 죽여서 입을 막으려고 들 것이 아닌가. 저들의 죄상을 막기 위해서도 말일세. 저들의 목적은 오로지 정권의 회복이야. 빼앗긴 권력의 탈취란 말일세. 우리는 믿고 싶지가 않지만 우리 동인들은 저들의 마수에 걸려든 게야. 정철이 추국의 당상관으로 떠억하니 버티고 앉아 있는 것을 보고 나는 진작부터 눈치를 챘다네. 그러나 긴가민가했지. 그러나 이제는 분명해졌네. 우리들이 살아서는 이 의금부를 나가지 못 한다는 사실을 말일세. 나의 짐작이 맞는다면 어쩌면 정 수찬은 이미 살해를 당했을지도 모르는 일일세. 굳이 도성에까지 그를 압송해 올 이유가 없지 않은가. 그를 잡은 현장에서 입을 막아버리고 시치미를 떼면 더 없이 사후가 깨끗해지는데 말일네. 아암, 아주 깨끗해지지. 반역의 주모자들이 죽어서 없어진 마당에 저들 서인들이 활동하기가 더 수월해지는 것은 당연지사가 아니겠는가. 또한 역모의 죄를 0동인들한테 덤터기를 씌우기도 좋지. 무더기로 누명을 씌우기도 더 좋아진다는 말이지. 그런 생각이 들지 않는가. 두고 보게나. 멀지 않은 장래에 서인들의 세상이 오네. 아니지, 벌써 지금부터 서인들의 세상이 찾아왔었네. 그 말의 뜻은 우리 동인들은 몰락을 했다는 말이기도 하네. 그러니 내일의 국청에서는……. 의연히 행동해야 하네. 우리들은 비굴하게 굴어서는 안 되는 것이네. 우리 세 사람은 동인들의 영수답게 죽음에 임해서도 깨끗한 죽음을 맞이 하세나! 자복을 할 것도 없지만 매에 견디지 못해서 설혹 거짓자복을 해서는 절대로 아니 되네. 비겁한 최후를 맞지는 마세나 그려."

이길한테 하는 백유양의 말은 비장감에 젖어 있었다. 그가 이미 죽음을 각오하고 있는 말이었다. 그의 말을 듣다 보니 이발 형제도 고문에 못 이겨서 절대로 자복을 해서는 안 되겠다는 생각이 들었다. 어차피 죽어야 할 일이라면 절대로 비굴하게 죽어서는 안 되겠다는 생각이 들었다. 또한 정여립이 돌아오지 못 한다면 모든 게 끝장이라는 느낌도 들었다. 아마도 이미 역모사건의 기본 틀은 완벽하게 짜여져 있는 것이 분명해 보였고 따라서 결말도 눈에 훤히 보이는 것만 같았다. 잘 짜인 한 편의 그림을 서인들은 쥐고 있는 것이 분명해 보였다. 이번 이 사건은 주상이 개입된 역모 사건일까? 그런 것일까? 만약에……. 주상의 각본에 따라서 송익필 형제들 말고 다른 누군가가 헤어나지 못할 모략을 꾸몄다면……. 진퇴유곡이 될 것이 틀림이 없었다. 그렇다면 그 모략을 꾸민 사람이 있을 것이다. 대체 그는 또 누구일까. 세 사람은 이리저리 생각을 해보았다. 보아하니 정철은 아닌 것 같았다. 그는 잔머리를 잘 굴리지 않는다. 굴릴 줄을 모른다. 그럴 위인이 못 되는 인간이다. 그렇다면 송강은 아니었다. 송강은 처음부터 이 모략을 꾸민 자의 지시대로 움직이고 있는 것 같았다. 저들은 오래 전부터 치밀하게 일을 꾸며 왔고 기필코 성사되도록 만들어 온 것이 분명해 보였다. 이들은 서인들의 치밀한 함정의 덫에 걸렸다는 생각이 새삼 다시 머리에서 떠나지 않았다. 사실이 그렇다면 그야말로 미상불 일은 낭패였다. 덫을 놓은 자들을 짐작하고 있지 못한 손을 써서 반격을 할 수도 없었다. 마당에 장차 죽음만이 있을 것이다. 이발이나 이길도 비로소 사태의 심각성을 눈치 채게 되었다. 결과는 죽음만이 있다! 죽음은 피할 길이 없다. 이것이 우리들의 운명이라면……. 그러니 우리가 어차피 죽어야 한다면……. 죽어야 할 운명이라면…. 하늘의 뜻이 정 그러하다면……. 이길이 분노에 찬 음성으로 부르짖었다.

"아무렴요! 거짓 자복을 할 순 없지요. 또한 우리가 비굴하게 죽어갈 수는 없는 거지요!"

"그거야 당연하지 않겠는가."

이발의 말이 있었다.

"그렇다면 죽음을 겁내어서는 안 되겠지요. 형님들! 우리 장렬히 죽읍시다요!"

거듭 이길이 외쳤다.

"아암! 때가 되면 그리 해야겠지!"

그때까지 잠시 고개를 숙이고 생각에 잠겨 있던 이발이 조그만 목소리로 그러나 힘이 있는 단호함을 보이는 어투로 중얼거렸다.

"지천명이라지 않습니까요, 형님!"

그러자 백유양이 힘없이 눈을 내리깔면서 하는 말이 있었다.

"그였을까?"

그러면서 백유양은 다시 한 번 중얼거리는 것이었다.

"그나저나 대체 누구의 짓일까? 내가 알기로는 딱 한 사람 짐작되는 사람이 있기는 한데……? 설마하니 정말로 그였을까? 그가 이렇게까지도 잔인한 사람인가?"

백유양이 재차 입속말로 그런 말을 중얼거리자 이길이 비로소 백유양의 말을 가로채고 물었다.

"짐작되는 사람이 분명히 있다는 말씀이시군요, 형님!"

이길이 머리를 갸웃하며 중얼거렸다. 그러면서도 그의 생각은 설마하니 그가? 하는 마음인 모양이었다.

"글쎄다? 자네는 짐작이라도 가는 데가 있는가? 나는 있네만……."

"하긴 있기는 있습니다만……. 헌데 그가 지금 어디로 도망을 다니고 있는지 아는 사람이 없는데 어떻게 된 일일까?"

그러면서 이길은 고개를 갸웃거렸다. 송익필 형제들? 설마하니 그들이? 만약 그렇다면 미상불 큰일은 큰일이었다. 이길은 다시 한 번 머리를 갸웃거렸다. 아무리 생각을 해보아도 이런 모진 일을 자신들한테 할 사람이 선뜻 머리에 떠오르지 않았다. 서인의 당인들 중에서 당대 최고의 모사꾼이라면 누구일까? 송익필이다. 설마하니 그가? 그러나 이길은 머리를 갸웃거렸다. 그가 아무려면 그럴 리가 없었다. 아무리 원수진 일이 많다고는 하지만 사람이라면 이런 모진 짓을 할 리가 없다는 생각이 들었기 때문이다. 그러면서도 이길은 달리 생각을 해보았다. 송익필의 인물 됨됨이를 떠올렸던 것이다. 구봉 송익필, 그라면 능히 이런 치밀한 모략을 꾸밀 수 있을지도 모르겠다는 생각이 들었다. 그는 오래 전부터 관을 피해서 도망을 다닌다고 했다. 사람들은 지금 그가 어디 있는지 조차도 모르는 모양이었다. 그가 살았는지 죽었는지는 차치하고라도 지금껏 그의 행방이 묘연하다는 소문이 파다하게 나돌고 있는 인물이 아닌가. 제갈량을 뺨치는 모사꾼의 인물. 한때는 서인들의 책사꾼으로 이름을 날리기도 했던 묘한 인물. 갑자기 그의 환영이 이길의 뇌리를 강타하고 있었던 것이다. 그때 백유양도 같은 생각을 하고 있었던 모양으로 두 사람의 눈길이 마주쳤다. 죽은 유령과 같은 알 수 없는 인물 송익필! 어딘가에 그가 살아서 숨어 있다면 능히 할 수 있는 위인이었다. 그러니 이번의 이 기막힌 역모의 옥사도 일으킬 수가 있었을 것이다. 보나마나 그가 장막 뒤에서 정철을 움직여 주상을 만나 뵙게 하고는……. 그리고 주상으로 하여금 추국의 당상에 송강 정철을 앉게끔 만들어 놓고는……. 그리고 나선 정철로 하여금 동인들을 치는 데 앞장을 세웠으리라. 그리고 그 다음의 일은 너무나 쉽고도 빤했다. 불문곡직하고 동인들을 마구잡이로 고문을 해서 연루시킨다. 거짓 자백을 하도록 만든 후에는 동인들을 영구히 재기불능의 상태로 만들어 버리면 되는 것이다. 동인들의 선비들의 씨를 말리고 나면 집권의 수순은 간단할 것처럼 보였다. 이제 권력을 되찾아오는 일에만 몰두를 한다. 그렇게 하다 보면 조정의 권력은 영원히 서인들한테로 넘어올 것이 아닌가. 그리되면 서인들은 포치고 차치며 활개를 칠 수가 있지 않는가. 아무래도 서인들이나 송익필이나 정철은 그러한 계획들을 가지고 있을 성싶었다. 사람에게는 감이라는 게 있다. 이길이나 백유양에게도 직감이란 것이 있었다. 그렇게 생각을 하다 보니 확신이 들었다. 그래 송익필 그가 틀림없다. 그가 이 모략의 배후에 있고 중심인물이다. 그가 우리 동인들을 모조리 죽이려고 작정을 한다. 정권탈취를 위해서 그가 배후에서 지휘를 하고 있는 것이 분명하다. 여기까지 생각을 해오다 보니 갑자기 백유양이나 이길은 어둠속에서 그 어떤 예시 같은 것을 보고 있다는 느낌이 들었다. 알 수 없는 예시. 아울러 여우한테 홀린 것도 같았다. 갑자기 백유양이 자신의 무릎을 탁하니 쳤다. 모든 면에서 이번의 이 옥사는 성격상 송익필의 냄새가 짙게 풍겼으며, 그가 배후 조종자라는 느낌이 강하게 잡혀왔던 것이다. 비로소 백유양한테는 송익필의 치밀한 계획이 눈에 들어오기 시작했다. 여태까지 구봉 송익필의 존재를 까맣게 잊고 있었다는 게 오히려 이상할 정도였다. 아하! 바로 그런 것이로구나. 백유양은 자신의 무지에 통탄했다. 등잔 밑이 어둡다는 말은 이런 때에 하는 말이로구나. 그렇게까지 생각이 두루 미치자 백유양은 눈앞이 아찔해졌다. 백유양이 소리쳤다. 자신도 모르게 고함이 되어 나왔던 것이리라.

"바로 그 자요! 송익필이요! 구봉 송익필! 그 자가 지금 어딘가에 숨어서 일을 꾸미고 있는 듯하오!"

이길을 대신하여 백유양이 찢어질 듯이 목소리를 높이며 이발한테 부르짖었다. 백유양의 억양은 이미 확신에 차 있었다. 누가 무어라 해도 백유양은 송익필을 의심하는데 주저하지 않았다. 그러고 보니 의심은 더한 믿음으로 다가왔다.

"틀림없소이다. 송익필이가 서인의 장막의 뒤에서 움직이고 있는 것 같소이다. 그가 어딘가 숨어서 이 옥사를 조종하고 있다는 말입니다. 지금의 서인들 중에서 그가 아니면 이런 큰일을 해낼 자가 현재론 없다고 보아야 합니다! 누가 무어라 해도 그는 서인의 머리가 아닙니까? 제갈공명을 능가하는 지략의 소유자라고 소문이 난 자가 아닙니까? 이번의 이 옥사는 그가 우리 동인들을 죽이려고 꾸미고 있는 모략이 분명합니다. 모략이에요! 그러니 큰 낭패가 아닙니까? 낭패입니다. 지금 우리의 앞에는 무언가 큰일이 벌어지고 있는 겁니다. 우리들이 알고 있지 않은 사실들이 더 있는지도 모르겠군요. 그 어떤 무서운 사실들! 그런 사실들이 더 있는지도 모르겠군요. 어쩌면 이 옥사에는 우리 동인들을 치기 위해서 주상인 선조가 개입되어 있는지도 모르겠군요. 그렇지 않고서야 이렇게 모진 형벌을 가할 수가 있습니까? 그렇지 않고서야 정녕 이럴 수는 없는 일이지요."

그러자 이발이 눈을 크게 떴다. 전혀 뜻밖의 이름이 나왔기 때문이었다. 구봉이?

"구봉 송익필? 그 자는 어딘가로 도망을 갔다지 않았소이까? 그러한 소문이 파다하지 않았소이까? 그러한 그 자가 어찌?"

이발이 눈을 둥그렇게 뜨고 반문했다. 백유양한테서 전혀 뜻밖의 이름을 들었다는 표정이 여실했다. 그 또한 낭패라는 표정이 얼굴 가득했다. 그랬다. 이발은 오래 전부터 송익필과는 구원이 있었다. 그가 동인의 행동대장으로 활약하고 있을 당시, 송익필은 서인들의 책사로서 서로 행동과 지혜의 대결을 벌여왔다. 그때까지도 그들의 대결은 승부가 나지 않은 상태로 있었지만 성격 급한 이발이 송익필을 이길 수는 없었다. 그건 이발 자신도 인정하고 있는 터수였다. 이발은 매사에 성질을 앞세우는 선제공격형으로서 자신의 감정만을 앞세워서 서인들을 공격해 왔다. 반면 이발과는 달리 송익필은 공격을 당하면서도 방어 자세를 잃지 않고 차분히 어떤 사태에 대해서 대처를 잘 해왔던 관계로, 두 사람은 너무나 성격이 다르면서도 서로를 잘 알고 있는 처지이기도 했다. 이발이 동인들의 기세를 등에 업고 여러 해를 서인들을 깔아뭉개고 있는 사이에, 송익필은 권력을 잃고 우거지상이 되어 있는 서인들을 다독이며 지키느라고 혼자서 고군분투를 해왔다. 말하자면 두 사람은 당파를 초월해서도 이념이나 성격상 숙적의 관계였던 것이다. 그러한 과거가 있는 두 사람인지라 다른 여타의 사람들이 알지 못하는 또 다른 남다른 구원도 있을 수가 있었다. 그러니 송익필이라면 꿈에서라도 생각하기 싫고 보기 싫었던 이발이었다. 만약에 정여립이 역모를 꾸민 것이 사실이라면……. 사실이 그러하다면 자신의 운명은 장차 어찌될 것인가. 모골이 송연할 일이었다. 그러나 이발은 애써 좋은 방향으로 생각을 하기로 했다. 낙관적인 생각을 하기로 했다. 혹시라도 모른다. 정여립이 돌아와서 곧바로 해명이라도 하여 준다면……. 그렇게 생각은 하면서도 이발은 불길한 느낌에 몸서리를 쳤다. 어찌되었거나 지금 자신의 처지는 진짜인지 가짜인지는 모르겠지만 동지의 역모에 연루되어서 의금부에 잡혀와 있는 처지가 아닌가. 이럴 때는 정여립이 도성으로 압송이 되어 와서도 해명을 해주어야만 한다. 그것이 최선의 방법이 될 수밖에 없었다. 정여립이 압송되어 도성으로 들어와 주어야 한다. 자신은 물론 동인들을 위해서도 해명을 하여야 한다. 그것도 주상 앞에서, 자신은 물론 다른 동인들은 절대로 역적이 아니라는 충분한 해명을 선조 임금 앞에서 하여 주어야만 한다. 그렇게 하여 주어도 주상이 충분히 납득을 하여 주지 않는 한은 달리 또 방법이 없게 된다. 그러니 이번의 이 일은 이렇게 되든 저렇게 되든 자신은 결코 죽음을 면치 못할 것이라는 불길함이 이발한테는 있었다. 송익필이 뒤에서 정철을 조종하고 있었다면 더더군다나 그러할 터였다! 이런저런 생각이 들자 이발은 그만 눈앞이 다 캄캄해져 왔다. 그러나 그는 애써 침착함을 되찾으려고 노력하면서 백유양한테 말했다.

"허참! 이런 낭패가 있나. 그건 아마도 백공의 짐작이 맞는 것 같소이다. 우리가 지금 누구로부터도 충분한 설명을 들은 바는 없지만……. 만약 정철이나 옥리들의 말처럼, 정철의 주장대로 정여립이 주모자란 것이 사실로 드러나기라도 하는 날이라면……. 앞날이 다 캄캄합니다 그려. 어쨌건 구봉이 정여립을 이용해서 우리 동인들을 모함하고 있는 것이 틀림없어 보입니다. 그렇다면 더 나아가서 기필코 그는 우리 동인들을 크나큰 곤경으로 몰아넣을 것이 빤한 일이지요. 그렇지 않소이까? 예전부터 송익필은 정여립을 가장 미워했던 자들 중의 하나가 아니었소이까? 서인의 삼거두인 성혼, 정철과 함께 말이요. 그 자는 정여립더러 말했지 않소이까? 저 자는 백여우 같은 자라고. 그는 또 이렇게도 말했지요. 선비로서 의리 없는 자는 저 자라고 정 수찬더러 말했지요. 그는 율곡의 문하생이었으면서도 스승을 배신한 조선에서 가장 더러운 자라는 말도 했지요. 그런 말을 구봉 송익필 그 자는 입에 달고 살아오지 않았소이까? 그 자는 또 말했지요. 정여립은 조선의 군자의 도리를 저버린 자, 유학자의 도리를 저버린 자로서, 실로 배은망덕한 자로서 절대로 이 조선의 세상에서는 살아 있어서는 안 될 추한 자라고 말이오! 구봉의 눈으로 볼 때는 당연한 일이었지요. 그 만큼 구봉의 정여립에 대한 원한은 하늘에 사무쳐 있어요. 그러고 보니 구봉 그 자가 주동하는 일이 맞는 것 같습니다 백공. 구봉은 그렇게 좋은 머리를 그런 곳에다가 충분히 이용할 줄을 아는 자이니까 말이외다. 이럴 때 일수록 우리는 차분히 한 번 더 생각을 해 볼 필요가 있소이다. 송강 정철은 우리가 너무나 잘 알다시피 잔머리를 굴리거나 잔꾀를 잘 쓰는 모사꾼은 아니지 않소이까. 그의 과격한 성품이 사람들한테 화를 잘 내고 술을 좋아할망정 비교적 생각은 단순한 편이에요. 그리고 그는 정여립과는 특별히 다른 사람들보다 원한이 그리 깊은 사이도 아니고 말이지요. 울뚝불뚝한 성미 때문에 그렇게 보였을 뿐이었지요. 정철은 무엇보다도 성미가 단순한 사람이지요. 성미가 단순한 사람은 깊은 계략 같은 건 못 내는 법이에요. 생각이 그리 깊지 않으니까 말입니다. 정철은 아닐 겁니다. 이번의 이 옥사는 단순한 옥사가 아니라는 생각이 듭니다. 정략적으로 얽혀 있는 옥사란 말이에요. 그러니 나는 정철이 이 옥사의 일을 꾸몄다고는 생각되지 않아요. 또 성혼은 어떻소이까. 그가 비록 정여립을 미워한 것은 사실이지만 어찌되었건 그는 군자지요. 조금은 도량도 넓은 사람이기도 하구요. 사감을 가지고 남을 해코지 하지는 않을 겁니다. 남을 모함해서 곤경에 몰아넣을 사람은 결코 아니지요. 그는 성품 자체가 악하지는 않아요. 단지 서인의 영수로 있다 보니 성품이 조금 모질어져 있을 뿐이었지요. 그럼 나머지는 누가 있겠소이까? 없는 것 같소이다. 송익필 그 자의 형제들 말고 또 누가 있겠소이까? 지금까지도 나는 구봉이 죽었다는 말을 못 들었어요. 그가 어딘가에 숨어서 이번의 이 모반사건을 꾸몄을 가능성이 가장 큽니다. 이게 단지 내 짐작만이겠소이까? 아니에요. 분명한 일이에요. 이번의 옥사는 틀림없이 꾀 많은 구봉이 생각해 내었을 겝니다. 자못 일의 기틀

이 이루어져 가는 정여립의 대동계를 보면서 문득 궁리해고 짜내서 낸 계책일 것이오. 옳지! 옳다구나! 정여립의 대동계를 이용하여서 동인들 세력을 제거하는 구실로 삼자. 절호의 기회가 아니냐. 꾀 많은 구봉 송익필 그 자라면 얼마든지 할 수가 있는 생각이지요. 틀림없을 겝니다. 송익필 그 자와 아우 한필은 둘 다 학문이 깊지만 그러나 그 꾀와 지모에 있어서는 제갈량을 빰친다는 책략가이자 모사꾼이라는 소문이 전부터 자자하지 않았소이까? 더구나 송익필 그자는……!"

이발이 문득 말을 멈추고 생각에 잠기자 백유양과 함께 이길이 고개를 끄덕거렸다. 너무나 공감이 가는 이발의 명쾌한 설파였다. 그의 말을 듣고 있노라면 자신들의 마음에 의심이 가는 점이란 전혀 없었다. 아니 의심을 한다는 그 자체가 이미 우문으로 가는 지름길인 것만 같은 생각이 될 정도였다. 그 만큼 그들은 확신에 차 있었다. 또한 자신들의 생사존망에 대한 우려도 깊어져 갔다. 그래서 그랬을까. 확신에 찬 자신감이 동해서일까. 또다시 이발이 불길한 자신의 마음을 토로하기 시작했다.

"백공의 말이 사실이라면 지금 구봉은 송강 대감을 움직이고 있다는 말이 되는데……. 송강 대감이 저렇게 거세게 나오는 이유를 알 것 같소이다. 구봉의 잘 짜인 모략에 자신감을 가졌다는 말이지요. 송강의 고문이 처음부터 너무 거세어요. 소문에는 송강이 주상을 독대해서 이번의 옥사를 자신이 맡겠다고 자청을 했다고 합디다. 능히 그럴 수 있는 위치에 있는 송강이 아닙니까. 그는 이씨 왕가와는 외척간이니까 말이지요. 비록 지금은 시골에 묻혀 있다지만 그래도 괄시받을 만한 위치는 아니지요. 그렇다면 우리들의 운명이 난리가 아니겠소이까? 장차 이 조선 땅에 모진 피바람이 몰아칠 것만 같구려. 동인들은 물론 사림들의 목숨이 추풍낙엽이 될 것만 같다는 생각이 드는군요."

"그러게요. 듣고 보니 미상불 난리가 나기는 났군요, 형님. 그리고 또 아무런 영문도 모르고 있는 우리가 이렇게 감옥에 갇혀 있어야만 하는 신세 자체가 난리가 아닙니까? 아암, 난리지요. 어허, 이것 참 큰일이군요, 형님!"

가만히 듣고만 있던 이길이 말하고 나서 울상을 지었다. 이때까지도 이길은 사태의 심각성을 잘 모르고 있는 듯했다. 그도 그럴 것이 이길은 정여립의 모반 자체를 믿고 있지 않았다. 그러면서도 말했다.

"우리가 어떻게든 이 고비를 넘겨야지요. 정 수찬이 도성으로 압송되어 오면 진상이 명백하게 밝혀질 것이겠지만. 그러자니 시간이 문제가 될 것 같기도 하고요. 그가 압송되어 도착을 하기 전에 송강이 우리를 그냥 곱게 내버려 두겠습니까? 아까 보니 송강의 눈에 독기가 가득 합디다. 우리를 그 자리에서 잡아먹어 버릴 기세였어요. 더 나아가서는 우리 동인들을 깡그리 없애 버릴 눈치더라니까요. 유양 형님께서도 그렇게 보셨지요?"

겉으로는 태평스레 말하고 나서도 금세 이길은 갑자기 마음이 섬뜩해짐을 어쩌지 못했다. 그는 핏발이 서고 독기 서린 정철의 눈을 생각해 내고는 그만 몸서리를 쳤다. 그런 면에서는 백유양도 같은 심정이었다. 이심전심이라고나 할까?

"나도 그런 마음이 들었다네. 무서운 일일세. 그나저나 정공이 빨리 도성으로 압송되어서 올라와야 할 텐데……. 어쩌면 우리의 운명이 그의 도성 도착의 늦고 빠름에 달려 있는지도 모르겠네. 못난 주상이 송강한테 우리의 운명을 몽땅 맡겨버린 이상에는 우리로서도 지금에는 어떻게 해 볼 도리가 있을 것 같지가 않아. 백방으로 손을 써보아도 될까 말까 한 이 판국에 우리들은 손발마저 이처럼 묶여 있지 않나. 이처럼 감옥에 갇혀서야 무슨 일을 해 볼 수가 있단 말인가. 어허, 정말 낭패로고. 그나저나 대체 정공은 무슨 일을 저지른 건가? 무슨 이유로 역모로 몰렸다는 겐지……. 자네들도 모르는 건 마찬가지가 아니겠나."

낭패한 백유양이 중얼거렸다. 마음이 유약한 그는 이미 허탈한 웃음마저도 보이고 있었다.

"어제 추국장에서 보니 정여립의 대동계라는 것이 역모죄에 걸렸다는 것이 아니었소이까?"

이길이 물음 겸 대답을 대신했다. 그러나 백유양은 대동계 따위에는 관심이 없었다. 그러니 백유양은 대동계의 실체에 대해서 자세히 알 리가 없었다. 그저 뜬소문에 불과한 것들 정도로만 알고 있었을 뿐! 정여립 그가 전라도와 황해도 지방에서 대동계라는 조직을 만들어서 그 세를 확산해 나가고 있다는 소문은 무성히 들려 왔었지만, 그동안에 정여립을 만나본 적이 이 몇 년 사이에는 없었던 백유양이었다. 정여립이 낙향을 하고 나서부터는 말이다. 물론 정여립이 부쳐온 인편으로는 그가 학동들을 가르치고 있다는 말은 들어 알고 있었다. 그것으로 정여립이 잠시 숨을 죽이고 시간을 벌고 있다고만 생각을 해 왔다. 주상의 마음이 돌아설 때까지 기다릴 수밖에 없다는 생각을 해 왔다. 결국은 시간이 해결해 줄 것이라는 답신을 몇 번 보내어 주기까지 한 백유양이었다. 그러니 백유양은 자연히 대동계에 대한 소식이 어두울 수밖에 없었다. 백유양은 그랬지만 그러나 이들한테도 정보망은 있었다. 낙향을 한 정여립이 자신이 조직한 대동계원들을 데리고 몇 년 전에 왜구를 물리쳤다는 소문을 들어서 알고 있었다. 그런 짜한 소문들이 도성에까지 전해진 걸로 보더라도 그의 대동계의 세력이 무시할 정도의 힘은 아닌 성은 싶었다. 들려온 소문에는 몇 년 전 해에, 즉 1587년 정해년에 전주부윤 남언경과 전주병마평사 김수경의 도움 요청으로 왜구의 격퇴에 커다란 몫을 했다는 소문도 있었다. 전라도 지방의 대동계원들이 해변으로 몰려온 왜구들을 물리침은 물론이요 그들이 타고 온 왜선 18척을 불살랐다고 했다. 병선 5척을 나포했다고도 했었던가? 일명 정해왜변 때의 일이었다고 했다. 선조 20년, 1587년 때의 일이었다고 했다. 그때 그는 조정으로부터 아무런 보상도 받지를 못했지만 그의 대동계원들의 활약상은 기록으로도 남아 있다고 이들은 알고 있었다.

비록 그 전투에서 대동계의 보장이었던 이대원이 전사를 하기는 했지만 왜구들은 하루 만에 격퇴되었다고 했다. 전라도의 대동계원들은 장한 일을 했던 것이다. 물론 처음에는 대동계의 조직을 꾸려 가는 데에 어려움이 있었다. 그러한 어려움을 정여립은 뚝심으로 해결해 나갔다. 대동계원들은 결성 초기에는 계원들을 포섭하는 데 있어서 특별한 방법을 사용했다. 그들은 점조직으로 몰래 사람들을 포섭했다.

그러니 계원들은 물론이고 계원이 아닌 사람들도 누가 계원인지 아닌지를 알 리가 없었다. 사람들은 전혀 알 수가 없었다. 이러한 점조직의 포섭방식은 관청의 부당한 간섭과 비밀누설의 염려에서 벗어나기 위해 대동계원들이 자구책으로 취한 조치였다.

백유양은 생각해 보았다. 대동세상! 정여립이 꿈꾸어온 세상! 그런 세상이 과연 올 수는 있을까? 어렵다는 생각을 그때 백유양은 하고 있었다. 물론 이발이나 이길도 같은 생각을 했다. 서로 말은 없었지만 말이다. 그들 역시 양반가의 핏줄을 이어받은 사람들이 아닌가. 팔은 안으로 굽지 바깥으로는 굽지 않는 법이다. 양반과 상놈들이 한데 어울려서 살아갈 법이나 한 일인가 말이다.

그렇다면 대동세상이란 어떠한 세상을 말함인가.

우리는 여기서 대동이라는 말뜻을 살펴볼 필요가 있다. 원래 대동계에서 말하는 대동이라는 말의 뜻은 이러했다. 즉 대동소이, 대동단결, 태평성세 등의 뜻으로 쓰인 말이었다. 그런데 이러한 말에는 원래 사용된 고전의 원전이 있었다. 공자가 편찬한 『예기』의 〈예운 〉편에 등장하고 있는 것이 그 원전이다.

『예기』의 〈예운 〉편에서의 대동은 이상사회로서의 대동이었다. 즉 대동단결, 대동사회의 뜻이 포함되어 있는 것이다. 그러니 대동사회는 천하위공(天下爲公), 즉 '천하는 한 가문의 사유물이 아니라 천하 만민의 공유물' 이라는 뜻이 더 강했다. 그래서 정여립은 『애기』에 나오는 천하위공의 뜻을 받들기로 내심 작심을 했었다. 조직을 만들기로 결심을 하고 더욱 연구를 해서 그 결과 '천하는 공물'이라는 자신의 주장을 독자적으로 펼 수가 있었던 것이다. 그러면서도 한편으로는 해석을 달리해서 공자의 『예기』의 기본강령인 복례거부를 주장했으며, 또한 육례의 하나로 선비들한테 무술연마를 시키기도 했었다.

다시 말해 정여립의 생각은 공자와는 조금 달랐다. 천하는 누구나 소유할 수 있는 공유물의 성격이 강한 것이라는 주장에는 변함이 없었지만, 그것을 펴 나아가는 방법과 성격을 규정 짓는 데에는 공자와 해석을 달리했다는 말이다. 그러므로 천하 '왕좌'의 자리는 누구나 공유할 수 있는 것이다. 천하를 누구나 공유할 수 있는 것이므로, 그래서 누구나 천하를 찬탈하는 것도 거리껴할 필요가 없다. 이것이 대동사회다. 정여립의 생각은 그러했다. 밑바탕의 생각이 그러했으니 자연히 그는 조정과 주상 다위는 안중에도 없는 안하무인의 행동도 서슴치 않게 할 수가 있었다. 그러니 주상은 물론이요 조정의 신하들 사이에서는 그가 모난 돌이 될 수밖에는 없었다. 특히 당파를 달리하고 있던 서인들한테는 더 말해 무엇 하겠는가. 정여립은 행동으로 옮겨가지 않을 수가 없었던 것이다.

이 무렵부터 정여립은 그 어떤 조직을 만들어 보기로 생각하기 시작한다. 즉 그러니 이 조선의 썩어빠진 양반사회에서 이상사회로 가는 지름길을 만들기 위해서는 무언가가 있어야 한다. 조직이 필요하다. 반드시 누군가가 조직할 대동계가 필요하다고 보았다. 이 썩어빠진 양반사회를 구제하는 데에 꼭 필요한 것이 바로 대동사회라고 정여립은 보았다. 대동사회를 만들기 위해서는 기초적인 조직이 필요하다고 보았다. 그래서 그는 대동계의 조직에 전심전력을 기울였던 것이다. 이 당시 대동계를 조직하면서 정여립이 『시경』의 다음 구절을 자주 즐겨서 암송을 했다는 설이 전해지고 있는데 그것은 사람들한테 대동계를 만들기 위한 정여립의 내세우는 구실이었다.

— 씨 뿌리고 거두지 않으면 어찌 많은 곡식을 얻으며, 사냥하지 않으면 어떻게 뜰 안에 걸려 있는 짐승이 보이겠는가? 군자여! 일하지 않으면 먹지도 말라! —

우리는 이 말으로써 대동계의 실체를 짐작할 수 있지 않겠는가. 조선이라는 봉건사회 국가에서, 썩어빠질 대로 썩어빠져 버린 나라에서 자신의 이상사회를 꿈꾸었던 정여립이었다. 그는 일하지는 않고 놀고만 먹으면서 백성들을 착취하고 수탈만 하고 있는 조선의 양반사회, 양반들의 횡포를 용납할 수가 없었던 것이다. 그는 반항아다웠다. 개혁가다웠다. 이상가다웠다. 그는 자신의 꿈을 펼치기 위한 그 첫 단계로서 혁명을 꿈꾸었고 대동계라는 조직을 결성하여 보기로 한다. 그의 꿈이 차츰 익어가면서 엉뚱한 생각을 했던 것은 아니었을까? 조선의 양반사회를 뒤엎으려고 했던 것은 아니었을까? 살기 좋은 이상사회를 만들려고 했던 것은 아니었을까?

정여립은 또 대동계의 강령으로 이러한 조항을 넣었다고도 한다.

1. 양반 상반 노비 등 모든 사람들이 계원이 될 수 있다.
2. 범위가 군 현의 경계를 뛰어 넘는다.
3. 무술훈련을 병행한다.

등등의 것이었으니 그의 선구자적이고 개혁적인 혁신사상의 일단을 엿볼 수가 있다.

몇 년 전의 일이다. 그가 관직을 그만두고 금구로 낙향해 있을 무렵의 일이다. 1587년 왜구의 침입이 있었다. 정해왜변이다. 그는 대동계원들을 동원하여 왜구의 섬멸전에 참가했다. 그해 즉 선조 20년인 1587년, 그가 정해왜변에 참가하게 된 배경에는 사연이 있었다고 한다. 이 해에 왜구들은 서해안에 대규모로 침략해 들어왔는데 이들 왜구들은 주로 선산도와 선죽도 해안에서 노략질을 했었다. 이때 왜구들은 노략질은 물론이고 조선인 수백 명을 잡아가기도 했다. 민폐가 극심했다. 그래서 보다 못해 당시 전주부윤이었던 남언경이 도움을 청해 왔다.

부윤 남언경의 간절한 도움 요청이 왔던 것이다. 이때까지만 해도 대동계원들은 조정을 돕는다는 것에 대해서 시큰둥했다. 즉 이들은 처음에는 관군들을 도울 의사가 전혀 없었다. 대동계원들을 희생하면서까지 관리들을 도와야 할 이유가 없었던 것이다. 그러니 대동계원들은 처음에는 관망만 하고 있었다. 그러다가 어느 날 전주부윤 남언경과 전주병마평사 김수경의 간곡한 요청이 있었다.

정여립은 마지못해 전주, 태인, 금구의 대동계원들을 동원하게 되었다. 즉 어디까지나 전주부윤 남언경의 요청으로 대동계원들을 동원하게 되었고 싸우게 된 것이다. 그때 정여립은 병부를 만들어서 관에다 바쳤다. 즉 대동계원들은 전주부의 병부에 적을 두고서 관군들과 협조해서 섬멸전에 참가하여 왜구를 물리쳤었다. 그 당시 전주부윤 남언경은 금구의 정여립의 집으로 몸소 찾아와 이렇게 부탁을 하기도 했다고 한다.

"정 수찬! 나라를 위하는 길에는 따로이 이유가 없다고 합니다. 그러니 수찬은 이 나라를 위해서 계원들을 전주부로 좀 보내어 주시오. 그리하여만 주신다면 내가 나중에 이 일을 주상께 꼭 품신해 올리리다. 그리해 주시겠소?"

한참을 망설이던 정여립이 말했다.

"조정의 군사가 있지 않소이까?"

"군사라고 해보아야 몇 안 되오이다 수찬!"

"아무리 그렇다고는 하지만 우리는 사병도 아니고……. 단지 계원들일 뿐인데요 대감?"

이번에는 부윤의 말이 있었다.

"나라가 위급존망이니 어찌 하겠소이까?"

그때까지만 해도 정여립은 수찬직에서 물러나 낙향한 지가 얼마 되지 않았던 때였고 나라에 대한 애국심도 다소나마 남아 있던 때였다. 결국은 흔쾌히 승낙하며 이렇게 말했다.

"좋소이다. 당연히 나라를 위하는 일인데 어찌 주저할 수가 있겠소이까? 염려하시지 말고 며칠 내로 계원들을 전주부로 보내어 드리지요. 토벌에 참가할 계원들의 병부도 만들어 드릴 테니까 그것을 전주부의 병부에 남겨 두시도록 하시지요. 아마도 유사시에는 많은 도움이 되실 겝니다. 허고……. 장차 왜구들의 준동이 끊이지를 않을 것입니다. 그리고 요 근래에 들어서 왜국의 동태가 수상쩍어요. 그들이 왜 그런 소요를 부리고 있는지는 그 이유를 모르겠지만 근래 들어서 부쩍 왜구들의 준동이 심상치가 않다고 합니다. 헌데 왜국을 통일한 자의 이름이 누구였다고 하더라?"

"그렇습니다. 수찬! 요즘 부쩍 준동이 심해졌어요. 그들의 우두머리가 되는 자는 도요토미 히데요시 즉 풍신수길이라고 하는 자인데……. 그 자가 아직은 왜국의 천하를 통일하지는 못했다고 하더이다만. 지금 잡아온 왜인들의 얘기를 들어보면 풍신수길이라는 자가 전국을 거의 통일했다고도 하기는 하는 모양인데……. 이때가 두려운 때가 아니겠소이까? 자신을 도운 무장들의 반역이 두려울 때지요. 부하들의 반심이 무섭겠지요. 그래서 그런지 그 자는 자신을 도운 무장들의 힘들을 어디론가 돌려야겠는데 그것이 마땅치가 않았던 모양입다. 해서 그 자는 지혜를 동원한 모양입니다. 풍신수길이라는 자는 무장들의 눈을 외국 쪽으로 돌리고 있다는 소문이 있는가 봅디다. 명나라나 이 나라 조선을 넘보고 침략을 해오려고 한다는 말이 그래서 나온 것이겠지요. 그리고 그들의 내전에서 패한 군사들이 낭인이 되어 전국을 떠돌아다니다가 부쩍 대마도로 흘러든다는 말들이 있습니다. 지금까지 대마도로 흘러든 전쟁 낭인들이 왜구의 무리가 되어서 우리 서해안과 동해안을 침범하고 있다는 겝니다! 그러니 모름지기 상황은 일촉즉발의 상태인 게지요. 그러니 정 수찬이 나를 좀 도와주시오. 나는 정 수찬만 믿겠소이다! 모두가 나라를 위하는 일이 아닙니까?"

전주부윤 남언경과 병마평사 김수경은 자신들의 말을 마치고는 곧 자리를 일어서려고 했다. 그러나 부탁이 부탁인 만큼 정여립으로서는 대답을 하지 않을 수가 없었다.

"도와야지요. 부윤께서는 염려를 놓아도 됩니다. 이곳 장정들의 병부가 작성되는 대로 병부를 그들한테 들려서 보내어 드리지요!"

"고맙소이다, 수찬! 장차 내가 주상께 이 일을 꼭 품신하겠소이다!"

"그럴 것까지야……."

정여립은 고사했다. 그러자 전주부윤 남언경이 탯돌을 내려서면서 말했다.

"나라에서 어찌 그대의 그 같은 큰 공을 잊게 하겠소이까?"

"공이랄 것까지야……. 그럼 살펴 가십시오, 대감!"

그때 정여립은 전주부윤 남언경한테 그러한 약속을 했었다. 사실이 그랬다. 그리고 대동계원들의 명부를 줄 테니 전주부의 병부에 올리라고 하는 것은, 자신의 계원들을 유사시에 마음대로 써도 좋다는 허락인 동시에, 대동계 조직의 노출을 의미하는 뜻도 있었다. 그러니 대동계를 만천하에 공개해도 좋다는 뜻이었다. 비밀을 요하는 조직인 대동계에서 그러한 허락은 그만큼 위험이 큰일이 되는 것이다. 이는 오로지 정여립의 애향심의 발로에 의한 결단이었다. 오로지 자기 고장의 백성들을 위해서는 자신이 몰래 조직해 온 대동계가, 큰 위험에 노출되더라도 나라를 위해서는 기꺼이 쓰이게 하겠다는 마음이었으니, 정여립이 이러한 말을 하는 것을 보면 그 당시에는 조정에 모반할 뜻이 조금도 없었음이 확실했다. 정여립은 반역을 꿈꾸고 있었던 인물이 아니었다. 적어도 그 당시까지에는 말이다. 그것이 그러니까 정여립이 죽기 2,3년 전의 일이었다. 대동계 결성의 초기 무렵의 일이다. 정여립은 이때까지만 해도 순수한 마음에 승낙을 했던 것이다.

그건 그렇고 의금부 감옥 안에서는 이러한 얘기들이 계속해서 오가고 있었다. 이야기들이 길어갈수록 세 사람은 생명의 위협을 실감하고 있었다. 이번에는 장래의 자신들의 운명에 대해서 말들이 오가고 있었다.

"하여간, 형님! 몸조심을 해야겠습니다. 지금 정철의 고문이 너무 가혹하지 않습니까? 아직 정공이 도착도 하기 전인데 우격다짐으로 역모를 실토하라니요? 다짜고짜 마치 우리를 죄인 취급하는 것이 무언가 심상치가 않습니다. 우리가 서인들의 함정에 걸린 것 같은 느낌이 듭니다! 어쨌거나 정수찬의 말을 들어보지 않아서는 아니 됩니다. 그때까지는 입을 꼭 다물고 있어야 할 것 같습니다 형님!"

몹시도 불안한 예감에 몸을 떨면서 이길이 말하고 있었다. 이길의 말인즉슨 절대로 고문에 굴복당해서도 안 되고 추국관들의 엄포에 거짓 자백을 해서도 안 된다는 말이었다. 이발과 백유양은 알았다는 듯이 고개를 끄덕여 주었다.

"설마하니……. 우리한테 더 무슨 일이야 일어나겠느냐? 저들한테도 양심이란 게 있을 테지. 안 그런가?"

이발이 스스로에게 위안하려는 듯이 조심스럽게 말하고 있었다. 그러면서도 그는 그냥 한 번 씩 웃어보였다. 자신한테 용기를 불어넣어보려는 수작 같았다. 그 역시 두려웠다. 너무나 두려웠기에 애써 웃음이나마 한 번 웃어보지 않을 수가 없었던 것이리라. 이발은 온 몸을 부르르 떨었다. 그도 그럴 것이 그 역시 살이 떨리는 고문에 이제는 진절머리가 났었고 넌덜머리에 쓰러질 지경이었던 것이다.

"설마하니 죽이기야 하겠습니까마는 아무튼 이곳의 분위기가 너무 살벌해서 하는 말입니다. 이 국청장은 어쩐 일인지 처음부터 살벌하기만 합디다! 주상이 어제 친국을 하는 것으로 보나 삼정승들이 열 지어 앉아있는 것으로 보나 분명 이건 예사 옥사가 아닌 역모, 역모로 돌변된 옥사예요! 아무래도 우리들의 명줄을 거두려고 작정들을 하고 있음이 분명해요. 그러니 이 일을 어찌해야 합니까? 형님들!"

이때까지만 해도 이들 세 사람은 비교적 낙관적인 생각을 하고 있었던 것이 사실이었다. 그런데 감옥의 분위기가 갈수록 심상치가 않았다. 고문은 날이 감에 따라서 심해 갔고 잡혀서 들어오는 사람들의 수효는 자꾸 늘어났다. 이들 세 사람들도 그러한 살벌한 분위기를 모두가 느끼고 있는 참이었다. 그때 이길이 이렇게 장래에 대해서 불길한 말을 말했으므로 모두들 입들을 다물게 되었다. 하여 세 사람은 모두 불안한 마음으로 그 밤을 감옥에서 보내지 않을 수가 없었다. 세 사람은 등을 새우처럼 꼬부린 채 잠을 설쳤다. 그리고 뜬 눈으로 아침을 맞이했다. 아침을 맞이했건만 좋은 일은 생겨나지 않을 것만 같은 예감이 이들한테는 있었다. 새로운 피바람이 휘몰아칠 것만 같아서 지레 주눅이 들었다.

다음 날 새벽같이 다시 국청이 열렸다. 세 사람의 예상대로 국청장은 피바람이 몰아쳤다. 문제는 정철이었다. 정철의 독기는 죄인들의 상상을 초월하고 있었다. 세 사람이 부인하고 들면 부인하는 대로, 시인하면 시인하는 대로 이런저런 이유를 더불어 매달고 그들의 죄는 더욱 더 가중이 되어 갔으니, 매질은 극성스럽다 못해서 독기가 뚝뚝 떨어질 지경이었다. 그 지독스러움은 내장과 뼛골까지도 갉아먹을 지경까지 되었다. 그러니 사람인 이상 이들이 어찌 매질에 무작정 견디어낼 재간들이 있었겠는가. 매에는 장사가 없다고들 하지 않았는가.

결국 이들은 오래지 않아서 의자에 묶인 채 혼절하고 말았다. 애달다! 이들은 한꺼번에 한참 동안이나 혼절에서 깨어나지 못하고 있었는데 정철은 혼절한 이들에게 찬물을 끼얹어서 정신이 들도록 했다. 그리고는 다시 차례대로 매질, 압슬, 인두질(낙형烙刑)을 해댔다. 마침내 걸레조각처럼 되어버린 이들의 육신은 국청장에 널브러지고 말았다. 그러면 양동이에다 물을 떠다가 온 몸에다 퍼부었다. 이러기를 그날에도 몇 차례나 반복되었다.

아비규환이 따로 없었다.

국문장엔 피비린내와 비명이 어울렸다. 이들이 정신이 없으면 없는 대로 거짓으로 혼절한 척 한다고 매질을 마구 쳤고, 정신이 들면 드는 대로 바른 말을 하지 않는다고 또 매질을 마구 쳤다. 결국 매에는 장사가 없었다. 체면이고 뭐고 없었다. 이들은 누가 먼저랄 것도 없이 비명을 질러댔다.

그러나 냉혹한 정철은 달랐다. 정철은 비명을 지르고 있는 그들을 비웃었다. 거짓으로 비명을 지르고 있다면서 더욱 더 매를 치라고 호령호령이었다. 결국 그 국청의 모진 고문에서 세 사람은 곤장을 맞다가 혼절했다. 비명만 질러대다가 맥없이 쓰러진 것이었다. 엄동이었건만 몸에서는 더운 김이 무럭무럭 났다. 매 맞은 자리에서 나오는 김이었다. 그러자 사령들이 바가지로 찬물을 끼얹었지만 결국 실신에서 깨어나지 못했다. 아, 애달픈 일이었다. 아까운 젊은 인재들이 구제되지 못하고 그렇게 그들은 피가 낭자한 형틀에 묶인 채 차례차례 절명하고 말았다.

그날 이들은 정철한테 입에 담지 못할 저주를 퍼부었고 입에 담지 못할 악담들을 퍼부어 주었다. 다 죽어가면서도 겨우 마지막 귀신의 목소리를 창자로부터 끌어올린 그들은 정철에 대해서 온갖 저주의 말들을 마구 퍼부은 후에야 죽어갔다. 이들이 이 생을 마지막으로 하직하는 순간에 한 말들은 정철이 소름을 끼치기에 충분한 악담이었다. 일찍이 이처럼 지독한 악담은 들어 본 기억이 없는 정철이었기에 마지막 죽어가는 이들의 절규에도 참아내지 못하고 부들부들 떨었다. 그러니 가히 국청장은 생지옥을 방불케 했다.

"정철 너 이노옴! 네 놈은 저 하늘이 무섭지도 않느냐? 네 놈 또한 명을 다하지 못하고 뒤질 것이다! 그때엔 내 네놈의 육신을 발기발기 뜯어먹으리라!"

이건 이발의 말이었다.

"정철, 이놈아! 네 놈이 지금 우리들을 이렇게 짓밟고 있다마는 너희가 이긴 것이 아니니라. 너희들은 졌다! 지금이야 서인들이 이번의 옥사에서 이긴 것 같아 보이지만 그건 천만의 말이다! 피는 피를 부르는 법. 지금 흘리는 우리의 피는 곧바로 너희 서인들의 몸에서도 흐르리라. 그러니 너희 역시 끝내는 종말을 맞이하고야 말 것이니라! 네 놈들의 앞날에는 처참한 종말이 기다리고 있을 터, 처참한 죽음이 네놈을 기다리고 있다!"

이건 매사에 소극적이었던 백유양의 마지막 말이었다.

"네 이노옴! 저승에서 보자꾸나. 내가 너의 간을 씹어서 먹으리라. 네놈을 뼈째 갈아서 먹고 말리라."

이건 이길의 악담이었다.

그러나 정철은 죽어가면서 내뱉는 이들의 독설에 조금도 아랑곳하지 않았다. 그는 온몸을 부들부들 떨면서도 시선을 꼿꼿이 내리깐 채 죽어가면서 악담을 내뱉는 이들을 냉엄히 내려다보고 있었다. 그러다가 술 한 잔을 퍼마시고는 한 마디를 내지르는 것이었다. 그러나 그 얼굴은 이미 냉소에 가득한 얼굴이었다. 바야흐로 그때 정철의 대답은 더 모질고도 모질었었다.

"오오냐 어디 그렇게 할 수 있으면 그리해 보려무나! 내 너희들의 저주를 다 받아주마! 그건 그렇고 여봐라! 저놈들의 식솔들을 한 사람도 남김없이 잡아오너라! 잡아와서 저들이 보는 앞에서 형틀에 묶어라! 매를 매우 쳐라!"

그러자 숨이 곧 넘어가려는 마당에서도 자신들의 가솔들을 잡아오라는 말을 듣게 되자 이발, 이길, 백유양은 다시 또 정철한테 악담과 저주를 퍼붓는 것이었다.

"정철 이노옴! 내 가솔들에게 무슨 죄가 있단 말이냐? 이 노옴, 정철아! 너는 하늘이 무섭지도 않으냐? 오냐, 이놈아! 네놈은 반드시 천벌을 받고 말리라!"

이길의 저주였다.

"우리의 억울한 죽음은 하늘이 다 안다. 천벌이 어디 네 한 몸에게만 내릴 것 같으냐? 네놈의 후손들한테도 영원히 덮씌워질 것이니라!"

이건 이발의 저주였다.

"가솔들을 끌어들이다니……. 이 모진 늙은이야! 저승에서 우리 꼭 만나보자꾸나. 그때엔 내가 네놈의 간을 갈아 마시고 말리라!"

백유양의 몸서리쳐지는 저주였다.

세 사람 모두가 모진 말들을 한 셈이었다. 이들은 이와 같이 입에 담지 못할 악담들을 퍼부어준 후에야 미련 없이 죽어서 국문장을 나갔다. 거적때기에 둘둘 말아 싸여서 말이다. 그러니 이들의 죽음이야 말로 정여립이 주모자로 된 기축옥사의 첫 번째 희생자들인 셈이었다. 이들은 단지 정여립과 뜻을 같이했다는 단 하나의 이유로, 동인들이라는 이유로 이 세상을 영원히 하직하지 않으면 안 되었던 것이다. 그랬다. 달리 이들을 참혹하게 죽여야 할 다른 이유는 없었다. 이들은 단지 억울한 죽음을 당했을 뿐이었다. 이들의 죄목은 단지 정여립과 현재 가담하고 있는 당이 같고 개인적으로 친하다는 이유 하나만으로, 그리고 과거에도 절친했다는 이유 하나만으로, 현재 관직에 있는 신분이면서 서인들을 모질게 공격하며 핍박했다는 이유만으로, 동인들과 어울리고 있는 동인들이라는 이유 하나만으로, 그리고 자신들은 관계하지도 않았던 역모의 일로, 애매한 역적의 누명을 쓰고 억울한 죽음을 맞이하게 되었던 것이다. 그것도 너무나 처참하게 말이다. 사람으로서는 당할 짓이 아니었는데도 말이다. 단지 권력을 서로 차지해야겠다는 집념 때문에 그들은 그렇게 허무하게 죽어갔다. 사람의 권력과 야심이란 이렇게도 무서운 것이었다. 또한 사람의 마음이란 게 이렇게도 모질 수가 있었고 냉혹할 수가 있었다. 사람이 태어날 때에는 서로 원수진 일이 없는데도 사람들은 애써 원수를 만들고 그 자리를 지키기 위해서는 수단과 방법들을 쓰는 데에 아낌이 없었던 것이다.

전라도 땅에는 인재들이 많았다. 그 숱한 인재들이 이렇게도 허무하게 죽어갈 수도 있었던 것이었으니, 어찌 사람의 운명을 논할 수가 있으랴. 그때에 와서 전라도인 이발과 이길 형제는 누구이며 백유양은 또 누구였던가. 이들은 전라도 지방의 유수한 양반 가문의 젊은이들로서 이 나라 조선에서는 앞날이 촉망되던 뛰어난 장래성 있는 동량들이었다. 이들의 죽음은 나라로 보았을 때에 커다란 인재들의 손실이었다. 그러한 그들을 사감을 가지고 있던 정철은 장차는 정적이 될 것이라는 이유 하나로 해서, 또 자신들과 당적이 다른 동인들이라는 그 이유 하나만으로, 천인공노할 무자비한 고문을 가해서 이들을 애써 죽게 만들었던 것이다. 때려서 죽였던 것이다.

이 세상에서 사람의 하는 일이란 것이 이처럼 모질 수도 있었던 것이었으니, 이러한 일들은 사람 사는 조선의 세상에서는 언제나 비일비재했다. 이러한 파당의 뿌리, 음해와 모략은 조선시대 오백 년 내내 끊어지지 않고 줄기차게 내려온 전통이 되고 말았던 것이다. 참으로 조선이라는 나라는 불가사의한 나라였다. 질긴 당쟁이 끊이지 않고 대물림이 되어서 그 시대 역사의 중심을 장식하고 있었으니 말이다. 크나큰 조선의 오점이 아닐 수 없었다.

그때 세 사람의 죽음을 당상에서 가만히 내려다보며 냉철하게 확인한 정철도 그 역시 기실 사람이었다. 사람의 심장을 가진 인간이었다. 그도 마음이 무척 심란했던지 더 이상은 죽은 듯한 형상을 하고 있는, 아니 이미 죽어버린 사람을 더 이상 국문하지는 아니하고 국청을 파해 버렸다. 하기야 죽은 사람들한테 심문을 한다고 해서 더 이상 역모의 단서나 동조자들의 이름이 나오지도 않겠지만, 정철 역시 뜨거운 사람의 심장을 가진 인간인지라, 더 이상 자신의 가슴이 떨려서라도 더 심문을 할 수는 없었으리라.

이때까지도 그 역시 이들이 죽은 줄을 몰랐기도 했지만. 그 역시 이들한테서 독설을 얻어먹은 것이 아찔하도록 소름이 끼쳤다. 그는 옆에 놓아둔 술동이에서 연신 술을 퍼올렸다. 그는 계속해서 술잔을 기울였다. 정철은 지독한 애주가였다. 그런데다 지금은 가슴마저 떨려 왔다. 이곳이 국청 자리라는 것도 아랑곳 하지 않았다. 아예 그의 곁에는 독한 술독이 준비되어 있어서 가슴이 떨려올 적마다 안주도 없는 술잔을 몇 잔씩이고 연거푸 기울여 왔다.

그는 한 시라도 자신의 곁에 술이 없으면 금세 정신이 혼미해지고 비틀거리는 사람이기도 했다. 그는 천생 타고난 술꾼이었다. 그렇지만 그는 빼어난 가사의 달인이었다. 정철은 가사를 지을 때도 술을 찾았다. 그가 가사의 명문장을 지을 때도 그러하긴 했지만, 기실 가사문학을 지을 때보다는 읊조릴 때에 더욱 더 술을 필요로 하는 사람이었다. 말이야 바른 말이지만 그의 가사문학의 정수들은 거의가 다 술기운을 빌려서 나온 작품들이라고 해도 과언이 아니었다. 그는 고산 윤선도와 함께 조선 가사문학의 쌍봉이었다. 가사 문학을 짓는 데는 그렇게도 빼어나고 타의 추종을 불허하고 있는 그였지만 그러나 그의 심성은 그의 가사문학만큼이나 유려하고 화려하지가 않았던 모양이었다. 독기만이 득시글거렸다. 정치술도 그러 했다.

그는 이번의 기축옥사에서 동인들을 다룰 때에는 더 없이 가혹하고도 혹독하게 다루었는데, 그에 의해서 수많은 젊은 선비들이 죽어 나갔다. 그의 모진 성품에 의해서도 그러했고 원한을 누그러뜨리고 다스리지 못하는 아집과 독선 때문에도 더 그랬다. 그의 그러한 성격 때문에 기축옥사에서 더 많은 동인들의 희생자를 내었다고 볼 수가 있었다. 그의 단점이자 모난 병폐가 바로 그 점이었다.

인재들이었던 이발, 이길, 백유양은 그렇게 국청에서 죽어서 나갔다. 한창 때의 장년이었던 이들 세 사람은 젊은 나이에 동인들의 거두들이 된 신분인 채로 바로 정적들인 서인들의 모함에 걸려서 아깝게도 죽었다. 미처 다 피워 보지도 못한 나이에 기축옥사의 첫 희생자가 되어 이 세상을 하직하고 말았다.

아, 참으로 당쟁의 모짐이여! 원한 깊음이여! 두려움 모르는 낯 두꺼움이여! 냉혹함이여! 처절함이여! 중상모략이여! 이 얼마나 인생의 허무였던가.

이 이후 이들의 후손들 역시 역적의 자식들이라고 하여 손자들까지도 모조리 죽음을 당했다. 이들은 절손이 되었다. 후손들은 역적의 자식들이라 하여 완전히 명맥이 끊어지고 말았다. 또 오욕의 손가락질을 저승에서도 받아야만 했다. 그것뿐만이 아니었다. 선조의 명에 의해서 이들 직계 조상들의 몇 대까지의 묘까지도 모조리 파헤쳐졌고, 집터는 불로 지져졌으며, 그들의 뿌리이자 연고지였던 일가와 외척, 처가들도 바로 죽음 아니면 먼 고장에 유배라는 모진 형벌에 시달려야만 했다. 이것이 당시 당쟁의 시대에, 당쟁에 시달려온 조선의 유학자들의 운명이자 이 나라 조선 관료들의 피치 못할 운명이었다.

그 당시 이발의 관직은 대사간, 이길은 응교였으며, 백유양은 병조참지라는 중요한 벼슬자리에 있었다. 말하자면 청요직의 자리에 있었다. 이들은 한창 일할 나이의 전도유망한 조선 조정의 동량들이었으며 기개 있는 장년들이었다. 그들이 그렇게 허무하게 죽어갔다. 누구도 예측 못했던 역적이라는 누명을 쓰고 말이다. 아! 참으로 애석하다.

그리고 그 며칠 뒤에는 이발의 막내아우 이급이 붙잡혀 와서 곤장을 맞다가 역시 며칠 뒤 장독으로 죽었다. 이발의 막내아우 이급은 정여립과 교류가 친밀했다는 단지 그 이유 하나 때문에 죽었다. 그리고 그의 작은형도, 즉 정여립이 역적질을 했다는 이유 하나 때문에 죽었다. 그리고 그의 큰형도 얼마 뒤에 죽었다. 작은형과 밀통한 역적이라는 이유 때문이었다. 그리고 또 그 얼마 뒤에는 백유양의 아들 생원 진민, 홍민 그리고 시골에 있던 막내아들 수민이 잡혀 와서 장살로 죽었는데, 막내 수민이 잡혀온 데에는 실로 안타까운 사연이 있었다.

얼마 전에 전주에서 백유양의 아들 진민과 홍민이 잡혔다. 이들이 도성으로 압송되어 끌려가자 백유양의 하인이 면회도 할 겸 수발을 들기 위해 도성으로 올라 왔었다. 그런데 전주 촌놈인 하인은 도성의 지리를 전혀 알지 못했다. 의금부에 갇힌 두 상전들의 행방을 찾기 위해 도성 안을 배회하며 사람들한테 묻고 다녔던 것이 그만 탈이었다.

그때 도성의 길을 전혀 몰랐던 하인이 어리버리 거리를 배회하며 다녔는데 의금부를 찾기 위해서였다. 진민과 홍민이 의금부에 갇혀 있었기 때문이었다. 그가 의금부를 찾기 위해서 여기저기 대문간을 기웃거리자 순라를 돌던 성안의 포졸들이 그를 수상히 보게 되었다. 줄줄이 미행을 하기 시작했다. 미행을 하던 중 마침내 그를 수상쩍다고 여긴 포졸들이 그를 포박해서 겁을 주었다.

"네가 찾는 자가 누구냐? 어디의 누구를 찾고 있느냐. 네가 찾고 있는 자는 무얼 하는 자냐?"

이렇게 물어보며 추궁했다. 그러자 겁을 먹은 하인이 이렇게 말했다.

"지가 전주에서 올라올 적에 박가의 하인 놈이 따라오는 것을 보았습니다요."

"분명 박가의 하인이었다는 말이지?"

"그러문입쇼!"

하인 놈이 딴에는 그럴듯한 거짓말을 둘러댄다고 대었다. 그러나 포졸들이 누구인가. 눈치코치가 백단인 자들이다. 도성에서도 닳고 닳은 녀석들이다. 눈치와 코치 하나는 끝내주는 놈들이 아닌가. 마침내 수상쩍다 여기고 하인 놈을 족쳤다. 그러자 하인 놈이 대답을 못하고 어물어물했다. 더욱 더 수상쩍다고 여긴 포졸들이 하인을 더 다그쳤다.

"이놈, 아무래도 수상쩍다. 사실대로 고하렷다!"

"그건 저어……."

하인은 대답을 못했다. 그러자 포졸 놈들이 눈들을 찡끗하며 하인놈을 놓아주어 돌려보냈다. 뒤를 따를 작정이었다.

"원, 내 참! 박가 놈 하인 놈은 뭐 한다꼬 그 먼 길을 따라오는지 모르겠네."

그가 풀려나면서 포졸들이 들어보라고 하면서 하는 말이었다. 전라도에서 올라온 세상 물정 모르는 멍청한 하인 놈이 말을 둘러댄다는 것이 글쎄 그 짝이었다.

'이 놈이 아무래도 수상하다. 미행해 보자.'

하여 서로들 의미심장한 웃음들을 날리며 포졸들이 하인의 뒤를 몰래 미행했다. 미행의 결과 마침내 장안에 숨어 지내고 있던 백수민을 체포했다. 그렇게 하여 백유양의 사부자는 모두가 모진 장살로 인하여 죽음을 맞고 말았다. 그것도 사촌인 백유함의 원한에 찬 모함에 의해서 말이다.

이들의 사부자의 죽음에는 백유양의 사촌 백유함의 고변이 결정적이었고, 미미한 종친 의령군의 자식 이춘영의 모함이 그 다음으로 결정적이었다고 한다. 권력의 무서움이었고 원한의 모질음이 이러한 결과를 낳았던 것이다. 여기에는 또 그럴만한 사연이 있었다.

전주 사람 백유양은 기축옥사의 가장 큰 피해자 중의 한 사람이었다. 그가 일가족이라는 끔찍한 죽음을 당한 데에는 사촌의 권력욕 이외에도 일찍이 의령군이라는 미미한 왕족과 직접적인 원한 관계가 얽혀 있었기 때문이라고 한다. 백유양에게는 백인걸이라는 시인 삼촌이 있었다. 백인걸은 그 당시로서는 꽤 이름 있는 시인이었다. 그 옥사 무렵 이전부터 그 일은 얽혀져 있었다. 백유양의 삼촌인 백인걸의 사위로 점찍힌 자로 왕족인 의령군이라는 자가 있었다. 이들 간에 원한이 얽히게 된 것은 의령군이 백인걸의 사위가 되기 훨씬

전부터의 일에서 시작되었다고 한다.

백유양의 삼촌 백인걸에게는 혼기를 놓친 딸이 하나 있었다. 이 세상 부모들의 마음이 다 그렇듯이 백인걸이 혼기를 놓친 딸을 안타깝게 바라만보고 있던 어느 날이었다. 중매쟁이가 나섰다. 중매쟁이의 말로는 지금은 비록 행실 못하는 서얼 왕족이지만 혼처로서 마땅한 왕족이 있다는 것이었다. 그러자 푼수 없는 중매쟁이의 말을 듣고 나서는 느닷없이 어느 날 백인걸이 조카인 백유양한테 의논을 해왔다고 한다.

"내가 왕족인 의령군을 사위로 맞이하려고 하는데 너의 소견은 어떠하냐?"

그러자 주저하지 않고 백유양이 말렸다.

"아니 됩니다 삼촌, 그건 절대 불가한 일입니다. 한번 생각을 해보십시오. 의령군은 종친 중에서도 천한 서얼의 신분입니다. 그의 모친과 숙모들은 모두가 천한 출신들 입니다. 그들은 거리에서 모두 머리에 수건을 쓰고 다니는 거리의 여자들인데 우리 가문에서 어찌 그런 의령군과 혼인을 시키겠습니까?"

그러나 백인걸은 왕족을 사위로 맞이한다는 기대로 말미암아 조카의 그 말을 듣지 않았다. 감정까지도 상했다. 그 뒤에 백인걸은 몰래 의령군과 내통을 하고 조카가 한 말을 의령군한테 자초지종 누설해 버렸다. 이 일로 의령군은 백유양한테 원한을 품었다.

그 이후로 백유양과 의령군의 사이가 벌어졌을 것은 당연한 일이었다. 그런데다 백유양과 백인걸의 사이도 벌어졌다. 엎친데 덮친 격으로 그 무렵에는 백유양과 사촌 백유함의 사이도 좋지가 않았는데 그건 그들의 부친 사이에 땅 문제로 다툼이 있었기 때문이었다. 이래저래 백유양은 백유함과 의령군의 아들 이춘영한테 원한을 사고 있던 차에 옥사사건이 터졌던 것이다. 그 일이 있고 나서 세월이 한참 흘러서까지도 원한을 품고 있던 의령군이, 아들 이춘영과 함께 사촌 백유함을 꼬드겨서 백유양의 가족들을 피바람 속으로 몰았던 것이다.

전부터 백유양한테 원한을 품고 있던 의령군이 기축옥사를 기회로 여겨서 백유양한테 모진 원한의 복수를 한 셈이었다.

그러나 백인걸의 말로 또한 좋은 것은 아니었다. 백인걸은 을사사화가 일어난 뒤 오랫동안 정계에서 쫓겨나서 살았다. 그는 집이 가난하여 장성한 딸을 혼인시키지 못하고 있던 때에 의령군과의 혼담 얘기가 불거져 나와서 조카인 백유양의 의견을 물었던 것인데, 그가 입을 함부로 가볍게 놀려서 백유양의 일가에게 죽음의 화를 끼치게 된 것이다.

백유양이 사촌 누이의 혼사를 반대한 것에는 다 이유가 있었다. 의령군이 비록 왕족이기는 하지만 그가 서자 출신이었기 때문에 백유양이 가문의 명예를 위해서 반대를 한 것은 옳았다. 그런데 옳은 그것이 잘못 되었다. 그 원한으로 인해서 의령군의 아들 이춘영이 서인들과 함께 백유양을 모함해서 그를 죽음으로 몰았으니 말이다. 물론 거기에는 권력욕에 사로잡힌 사촌 백유함도 한 몫을 거들었기 때문에 가능했다. 뿐만이 아니었다. 거기에다 정략가자 의심 많은 선조의 비위를 맞추려고 부단히 노력해 온 정철이 이 사건을 터무니없이 확대해서 이들 일가를 모두 역적으로 몰아서 죽여버렸던 것이다.

또한 백유함이 거들었다는 말은, 백유함은 백유양의 사촌이었는데 이들은 일찍이 형제들인 부친들 간에 토지문제로 원한이 있었던 사이였다고 한다. 그래서 백유함은 부친의 원한을 갚기 위해서 의령군의 아들 이춘영과 함께 짝짜꿍이 되어서 사촌인 백유양 일가를 몰살하고 만 것이다. 그 당시 백유함과 이춘영은 정철의 좌우의 양팔이 되어서 기축옥사를 좌지우지했던 인물이기도 하였다. 이들의 죽음을 전후좌우로 하여서 전라도 지방에서는 피바람이 휘몰아쳤다.

전 전라도 도사 조대중, 전 남원부사 유몽정, 전 찰방 이황종, 전 감역 최여경, 선비 윤기신, 정여립의 생질 이진길, 김제군수 이언길 등이 며칠 사이의 이쪽저쪽을 전후해서 모두 장살을 당하고 그 일로 죽고 말았던 것이다. 그리고 기축옥사의 유배자는 더 부지기수였다.

우의정 정언신, 안동부사 김우옹, 직제학 홍종록, 지평 신식, 정숙남, 선비 정개청, 옥에 갇혀서 병사한 최영경 등, 3년 동안 끝나지 않은 이 옥사로 수천 명이 죽거나 유배를 갔다고 유성룡은 자신의 저서 『운암잡록(雲巖雜錄)』에다 적어 놓고 통탄하고 있다. 그리고 또 너무나도 황당했던 일은 이들의 시체가 거적때기에 둘둘 말린 채 성문 밖을 나가기도 전에, 이발의 82세가 된 노모 윤씨가 그의 여러 손자들과 함께 붙잡혀서 끌려왔다는 사실이다.

그 해도 저물어 가는 12월이었다. 이들 역시 나이 순서대로 모진 고문을 당해야만 했다. 역적한 자들의 운명이었다. 이때 하도 모진 압슬형의 고문을 당하게 되자 이발의 82세 된 노모가 정철을 향해서 이렇게 말했다고 한다.

"아이고오, 나으리! 이 늙은이한테 매질이 너무 심하오!"

그러나 정철은 싸늘히 말했다고 한다.

"사정 볼 것 없다. 이실직고만 하면 된다!"

정철의 냉랭한 말이었다.

"……?"

이발의 노모는 영문을 알 수 없었다. 집안에서 아들이 모반을 하는 짓을 본 적이 없었기 때문이었다. 침묵했다. 정철의 노기가 치올라 고함을 쳤다.

"매를 더 쳐라. 압슬을 더 가하라!"

정철은 그렇게 모질게 한 마디를 할 뿐 노인네한테 매질과 압슬형을 멈추게 하지 않았다고 한다.

"아프다! 아프다! 자식이 이미 역적과 친했다면 진실로 죽어 마땅하지만 반역을 공모했다고 하는 것은 천부당만부당 애매한 일이다. 설사 아들이 역적과 공모를 했다고 하더라도 이 늙은 몸이 무엇을 알겠는가? 형벌이 너무 과하다!"

그러자 그때 얼굴을 붉으락푸르락 붉히면서 정철이 차갑게 말했다고도 한다.

"집에 들락날락한 자들을 모조리 실토하기만 하면 된다! 어디 더 압슬을 당하겠느냐? 불겠느냐?"

"아이고오, 나으리. 이제 이 몸은 그만 죽소!"

결국 그 한 마디를 남기고는 이발의 팔십 이세 노모는 형틀에 묶인 채로 그 자리에서 숨지고 말았다. 또 그녀의 손자들도 모두 장살로 죽고 말았다. 그때 이발의 8세 된 아들 명철이 할머니의 죽음을 보며 이렇게 말했다고 운암잡록에는 전한다.

“평일에 아버지가 저를 가르치기를, 집에 들어가서는 효도하고 나가서는 나라에 충성하라고 했을 뿐 역적의 일은 들은 적이 없습니다.”

선조는 이 말을 듣자 명철을 때려서 죽이라고 호령을 하면서 이렇게 말했다고 전한다.

“이런 말이 어찌 역적 놈의 자식 입에서 나올 수가 있단 말이냐?”

결국 이발의 팔세 된 아들 명철도 장살로 죽고 말았다. 이 모양을 지켜보고 있던 형리들은 물론 추국을 관장하고 있던 다른 추관들도 선조와 정철의 메마른 인정에 고개를 돌리고 말았다고 한다. 이처럼 그 당시 기축옥사에는 웃지 못 할 다른 숱한 이야기들도 많았다고 한다. 죄란 것이 귀에 걸면 귀걸이 코에 걸면 코걸이 식이었기 때문이었다. 아무리 왕조시대의 이야기라고는 하지만 모든 죄들이 이렇게 이현령비현령으로 적용되고 가려지고 했던 것이다.

— 남녘 길 아득한데 새 날아가고
서울은 저기 저 서쪽 구름 곁에 있네
아침에 간 밤 꿈을 기억해 보니
모두가 어머니와 임금의 생각이라 —

이발이 도성으로 올라올 때 지었다는 시이다.

그렇게 이발이 극진히 생각했던 모친 윤씨는 그렇게 모진 장형을 받고 죽었다. 그렇게 생각해 온 선조한테서 이 무슨 아이러니인가.

이발의 신원에 대해서도 곡절이 많았다.

선조와 광해군 때는 아예 말도 꺼내기가 어려운 상황이었다. 허락될 수가 없었다. 그 뒤 인조반정 후 이원익이 상소해서 비로소 신원이 되었다. 이발은 정여립과 동갑내기다. 이발의 부친 이중호가 전라감사로 부임할 무렵부터(1573년 5월 무렵) 교제가 시작된 걸로 본다. 전주에 살던 정여립이 이중호의 가르침을 받으러 다니고 있을 때부터라고 짐작된다.

정여립이 서인에서 동인이 된 시기는 홍문관 수찬시절이라고 짐작되니(1583년 무렵), 정여립이 손을 내밀고 이발이 받아들이면서다. 세력을 잃은 서인을 버리고 세력을 가진 동인들한테 손을 내민 정여립의 자세에 문제가 있다. 기축옥사의 중요 인물이니 이발과 이발의 가계에 대해서 좀더 기록해 보겠다.

이발의 본관은 광주. 자는 경함. 호는 동암. 직제학과 전라관찰사를 지낸 이중호의 둘째아들. 무진년에 생원, 계유년에는 문과 알성 장원급제, 부제학에 이르렀다. 이중호의 맏아들 이급은 음서직으로 정읍 현감이었고, 셋째아들 이길은 생원으로 정축년에 알성시에 이등인 부장원으로 급제하고 홍문관 응교로 있었다. 한 마디로 천재의 집안이었다.

이발은 중후 엄정했으며, 성격이 분명해 시비를 논하기를 좋아했다. 학문에 뜻을 두어 홍가신, 허당, 박의, 윤기신, 김영일, 김우옹 등과 뜻을 같이하는 벗이었다. 장차 원대한 포석을 기약하고 있었다. 임금 앞에서 보는 알성시에 장원급제해서 당대 명성이 자자했고, 승진도 빨라 곧 이조정랑으로 승차했다. 요직의 자리였다. 이발은 조광조의 지치주의를 이념으로 삼아 선비들의 논의를 주도하고, 왕도정치를 제창해 기강을 확립했다. 남과 조금도 영합하려 하지 않았고 자신의 주장도 굽히려 들지 않았다. 명성에 비해서 적이 많았다. 서인의 거두 심의겸을 탄핵했고 파직시키기도 했다. 그로 인해 그는 동인들이 권력을 잡게 되는 계기를 만들어 주기도 했었다. 동서 알력으로 기축년 구월에 낙향했는데 그 해 시월 초이튿날에 기축옥사가 벌어졌다. 그의 명은 그것으로 다했던 것이다.

이 기축옥사에는 또 다른 새겨볼 만한 이야기도 더 있다.

이것은 나중에야 밝혀진 일이기는 하지만 애초에 송익필은 의연이나 도잠, 설청 등의 구월산 승려들 말고도 접촉을 해온 구월산의 승려가 몇 사람 더 있었다.

그중에 대표적인 인물로는 떠돌이 땡중 의엄(義嚴)이란 자가 있었다. 송익필은 그 자를 시켜서 그 당시 의적으로 소문이 자자한 천안의 천인 길삼봉 형제와 정여립을 결부시키려고 작전을 세웠다. 즉 참설(정감록)을 민간에 유포시켜서 대동계와 결부시키고 그 모든 것들을 한군데로 묶어서 정여립과 동인들을 때려잡으려는 계책을 꾸미고 있었던 것이다. 그래서 송익필은 생각을 했다.

'길삼봉 형제와 정여립이 역적질을 결탁했다는 혐의를 씌울 수만 있다면……. 이들은 물론 동인들을 역적으로 모는 것도 그리 어려운 일은 아닐 터인데……. 어차피 길삼봉이라는 자의 얼굴을 알고 있는 사람들이 없다고도 하지 않는가……. 아무려면 어떻겠나. 길삼봉과 정여립이 만났다고만 하면 되는 것이지. 그렇다면 어느 누구를 길삼봉으로 만들어서 정여립과 만나 역적모의를 했다고 하여야 하나? 대체 누구를……?'

혼자만 그러한 생각에 골몰하는 것이 그 무렵 자나 깨나 바로 송익필이 하는 골몰이었다.

그 무렵부터 송익필이 생각하고 있던 내용은 이랬다. 당시

의적이라고 불리던 도적의 괴수로서 천안 출신의 천노 길삼봉 형제가 있었다. 천안의 길삼봉이라면 백성들이나 천민들 사이에서는 의적으로 그 명성이 자자한 바가 있는 자였다. 말하자면 의적인 셈이었다.

그 자는 당시의 사람들한테 용맹하고 날래기가 범과 같았다고 불리던 자였는데, 당시 민간에서는 그의 명성이 전설로 내려오고 있던 터수였다. 그는 자자한 명성처럼 충청도의 여러 지방을 넘나들었다. 그는 또 소백산과 지리산 등을 오가며 신출귀몰한 활동을 하고 있었다. 그때까지도 조정의 관리들 중에서는 그 자의 행방을 알고 있는 사람이 없었다. 얼굴도 몰랐다. 단지 그에 대한 입소문만 무성할 뿐이었다. 그때 그 자의 행방이 오리무중이라는 소문을 송익필이 들었다. 그래서 송익필의 뛰어난 머리가 작동을 하기 시작했다.

그는 의적 길삼봉 형제와 정여립의 대동계를 결부시켜 보기로 작정하고, 더 나아가서 그들의 행동을 역적모의로까지 확대시켜서 동인들을 처리하기로 기본적인 작전을 세웠다. 그리 되면 정여립도 처리하고 동인들도 처리할 수 있는 일이니, 그는 말하자면 꿩 먹고 알 먹는 작전을 실행할 수가 있는 것이다. 송익필의 성격은 치밀했다. 그는 한편으로는 땡중 의엄을 구슬리는 반면에 정여립의 대동계 소식도 사람을 놓아서 여러 소문으로 들어서 파악하고는, 그것을 세상에 널리 퍼뜨릴 방법을 궁리하기 시작했다. 크게 소문을 내게 되면 필시 관아에서도 그 소문의 진위를 파악해 보기 위해 새롭게 진상조사를 할 것이라는, 그 다운 자신의 판단을 내렸던 것이다.

그렇게 관아에서 사건전모의 진상을 파악해 나가다가 보면 저절로 이 일은 확대될 것이고, 그렇게 되다 보면 사건이 저절로 파헤쳐져서 이 사건은 역모사건으로까지도 번져나가게 될 것이라는 판단을 송익필은 하고 있었다. 마침내 그는 정여립과 길삼봉, 그리고 미운 동인들을 동시에 음해케 할 방법을 찾아내게 되었다.

길삼봉만 새로운 인물로 만들면 되는 것이다. 소문대로 송익필, 과연 그는 당대의 모사꾼이었다. 그의 생각과 작전은 주효했다. 이 모두를 한꺼번에 옭아 넣을 수가 있는 묘책이 떠올랐던 것이다. 그것이야 말로 오래 전부터 바로 자신이 노리고 있던 바였다. 그러나 그의 생각만으로는 끝이 될 수가 없었다. 확실하게 해야 했다. 그 방법은 그 방법대로 두고 송익필은 확실한 또 다른 방법을 찾고 있었다. 무엇보다도 확실하게 성공을 하기 위해서였다. 그가 다른 작전으로 머리를 썩이며 고심하고 있던 그 와중에서도 송익필은 또 다른 줄기의 계책을 생각해 내었던 것이다.

의연 등이 전라도 땅으로 가서 정여립을 만나고 왔다는 사실을 알고서는 바로 아우 송한필을 시켜서 승려 의연 등을 자신의 수하로 끌어들이고자 작정했다. 그는 그 당시 소문을 믿었다. 해서 그는 언젠가는 역모를 할 것이라는 소문이 무성했던 승려 의연 등이 전라도의 정여립을 만나고 왔다는 사실에 크게 고무가 되었다. 그는 두 말 않고 그들 승려들을 자신의 계획에 끌어들이기로 작심했다. 그래서 그는 송한필을 시켜서 의연 등과 접촉을 하게 하는 한편, 다른 한편으로는 변승복과 박춘영, 지함두 등과도 접촉을 시도하게 했다. 그리고 그들과 자신의 수하들로 하여금 시중에 널리 소문을 퍼뜨리게 했다.

과연 그의 생각은 맞아 떨어졌다. 마침내 황해도 지역에서 대동계의 소문들이 무성히 퍼져 나갔다. 발 없는 말이 천리를 간다. 급기야 소문들은 꼬리를 물고 이어져 나가서 전라도에 있는 대동계원들과 황해도의 대동계원들이, 함께 연계하여 반란을 일으키려는 모의를 하고 있다는 소문으로까지 번져서 나갔다. 소문의 힘은 무서웠다. 그런 나도는 무성한 소문을 듣고 안악의 유생이었던 조구라는 자가 갑자기 출세욕에 사로잡혀서 관가에다 고변을 했다.

그러나 조구는 안악에서 고변을 하지 않았다. 그는 무슨 이유에서인지는 몰라도 안악에서도 한참이나 떨어져 있던 재령에 가서 고변을 했는데, 그 이유는 알려져 있지 않다. 다만 그때 재령군수 박충간은 이 사건은 자신이 혼자서 처리하기에는 난망하여 안악군수 이축을 찾아가서 의논을 해보았다.

그러나 이축 역시 뾰족한 방법이 없기로는 마찬가지였다. 그들은 할 수 없이 문무를 겸전했다는 신천군수 한응인을 찾아가서 의논을 했다. 의논을 한 결과 당장이라도 주상께 장계를 올려야 한다는 대답을 들었다. 해서 이들 세 명은 함께 장계를 작성해서 도성으로 올려보냈던 것이 시월 초의 일이다. 당연히 도성이 발칵 뒤집혔다.

그러나 일이 그렇게까지 급박하게 돌아가고 있어도 남도의 금구집에서 아무런 영문도 모르며 지내고 있던 정여립은, 변숭복의 조언에 따라서 금구의 집에서 도망을 쳐 죽도의 별장으로 가지 않을 수가 없었으며, 죽도에서 관군의 습격을 받고 비운의 죽음을 맞이했던 것이다.

아직도 의견이 분분한 타살인지 자살인지도 모를 어이없는 죽음을 말이다.

이때 기축옥사에 얽혀든 사람들 중에는 희한한 일로 당한 사람들도 많았다. 이 아래의 문장에서부터는 억울하게 죽음을 당했거나 귀양을 간 사람들에 대한 기록이다. 이 기록들을 보다 보면 저절로 웃고 울지 않을 수가 없는 것이었으니, 과연 이것이 동양 최고의 성리학을 연구하고 공부해 온 조선의 최고 지성인들이라고 자부해 왔던, 조선의 성리학자들의 정치 행태라는 것이 과연 이와 같은 너저분한 행태였던가 하는 자조의 웃음을 웃지 않을 수가 없다.

이런 것이 공자왈 맹자왈 하면서 고도의 통치술과 정치학을 연구해 왔으며 공자의 이념에 따라서 오로지 윤리도덕의 이념만을 정치 술에 행해야 한다고 설파해 왔던 조선 유학자들의 발자취였다는 말인가. 하는 한숨이 절로 나오게 만드는 일들이 벌어졌던 것이다.

그러한 모골이 송연한 행동들에 사람들은 분명히 가슴 서늘함을 느꼈으리라. 어디 그뿐인가. 기축옥사 3년 동안에 1,000여 명의 선비들이 죽어 나갔다고 한다. 이들 죽어나간 선비들 중에는 동인의 선비들 대부분이 피해를 입었다. 그리고 동인의 젊은 선비들 중에서도 남명 조식의 문하들이 주류를 이루고 있었다고 한다.

반면 이황의 문인들은 비교적 피해가 적었다고 한다. 이유가 있다. 전라도 지방에서는 최부의 제자들이 가장 큰 피해를 당했다고 했다. 최부의 제자들 중에는 남명 조식의 문하생들이 많았기 때문이다. 그러니 동인들 중에서도 남명 조식이 가장 큰 피해를 입었다고 할 수가 있었다. 어쨌건 그 당시에는 가문이나 집안에서 어느 한 사람이 역모를 실제로 실행했던 또 무고였던 간에 한 번 옥사에 엮이어 들고나면, 그 나머지 사람들은 친구는 물론이거니와 사돈의 팔촌까지도 옥사에 엮이지 않을 수가 없었다.

조선 최대옥사인 기축옥사도 또한 이런 면에서는 예외가 될 수가 없었다. 그러니 동인이라며 명단에 적을 올렸던 사람들 치고 정신과 몸이 온전한 사람들이 없을 정도였다. 마구잡이로 잡아들였다. 그러니 죄 없는 무고한 선비들이 희생당할 것은 당연했다. 그렇게 많은 선비들이 희생되었으니 기축옥사가 한창일 당시에는 어이없는 죽음을 당하거나 억울한 죽음을 당한 사람들이 부지기수로 많았다고 하는 말이 맞을 수도 있었다.

그 대표적인 것으로는 이런 일이 있었다. 아래에는 다른 애망한 일들로 어이없이 죽음을 당한 억울한 선비들의 이야기이다. 이들 두 사람은 단지 눈물을 흘렸다는 이유로 오해를 받고 죽은 자들이었다. 조대중과 김빙의 어이없는 죽음에 대해서는 여담삼아 이야기해 보겠다.

먼저 조대중의 죽음에 관한 진실을 살펴보자.

— 조대중은 전라도 도사로서 전라도 지방을 순시하던 중 보성에 이르러 부안에서 데리고 온 관기와 이별하는 안타까움에 눈물을 흘렸다. 그런데 이 고을 사람 정교가 나주 땅으로 가서 유발 등 여러 사람에게 그 일을 고했다. 그가 '정여립의 죽음을 듣고 방에 들어와 울었다.'라고 말을 한 것이다. 그 말이 그만 잘못 와전되기에 이르렀다. 그 말을 들은 전라감사 홍여순이 즉시 보성군의 색리인 선정진, 공생, 임길운 등을 공초했다. 이들은 한결같이 말하기를 '그가 역적을 위해서 울었다는 것은 알 수 없는 일이지만, 부안의 여종과 서로 이별할 때 울었던 일은 있습니다.'하고 대답했다. 그런데 말의 와전이란 것이 대중 잡을 수 없이 와전이 되기 마련이었다. 이 조대중의 일도 바로 그러한 예에 속한다. 조대중이 애첩과의 이별이 애석해서 울었던 사건이 남도의 유생들이 비난을 하고 나섰던 것이다. 남도의 유생들은 전 도사 조대중이 죽은 역적 정여립을 위해서 울었다는 상소를 조정에다 올렸다. 그렇지 않아도 무슨 트집이 없나 하고 기를 쓰며 살피고 있던 서인 계열의 사간원에서는 '역적을 위해서 울었다.'라는 죄목으로 조대중을 논계하려 했다. 그것을 본 정언

황신이 동료들에게 말했다.

그때는 무고죄가 대중없이 성했던 때였다. 무슨 일이든 이현령비현령의 죄목이 통하고 있던 시절이었다. 오늘날의 무고죄에 해당하는 반좌지율죄의 적용도 소용이 없었던 때였다. 아무데에나 죄목을 가져다 붙이기만 하면 통하던 시절이었다. 황신이 말했다.

"사실인지 허위인지 살피지도 않고 제 나름대로 논계하는 것은 온당한 일이 아닙니다. 만약 조대중이 좋은 사람이라면 함부로 역적과 교제했음을 마음속으로 반드시 뉘우칠 것이요, 조대중이 간악한 사람이라면 오히려 역적과 친했던 자취가 나타날까 보아 두려워할 것인데, 역적을 위해 울었다는 것은 결코 정리에 가깝지 못하니 경솔히 거사해서는 안 됩니다. 이는 한 사람의 목숨 줄이 오락가락하는 사안이니 신중을 기해야 할 것입니다."

사람들은 그의 말이 합당하다고 여겼다. 그래서 이 일은 잠잠해지는가 싶었다. 하지만 전 도사 조대중의 운명은 그의 바람대로 그리 순탄치가 않았다. 조대중의 운명은 바람 앞의 등불 신세가 되는가 싶었다. 그 후 정언 황신이 체임된 뒤 다른 대간이 와서 말했다.

"조대중이 울면서 정여립을 위해 음식도 먹지 않았다."

라고 말하여 다시 논계가 시작되었다. 조대중은 결국 옥에 갇히고 말았다. 여러 말들이 바람타고 흘러 다니면서 그만 엄청 부풀려진 것이다. 말이란 원래가 그러한 성질이 있기 마련이지만 이건 너무나 아니었던 것이다. 그런데 엎친데 겹친다는 격으로 또 다른 일이 생겨났다. 이때 정여립의 난이 일어날 무렵 담양부사 김여물이 토포를 위해 여러 고을을 돌아다니고 있었다. 그가 화순 고을에 이르러 조대중의 집을 방문했다. 그때 마침 정여립이 자살했다는 보고가 들어왔다. 조대중이 김여물한테 말하기를,

"나라의 역적이 이미 잡혔으니 오늘 술자리를 벌이는 것이 불가하지 않을 것이오."

하고 자신의 집에서 김여물과 종일토록 술을 마시고 크게 취해 헤어졌다. 그 뒤 옥에 갇힌 조대중은 담양부사 김여물이 증인으로 나서 그와 같은 사실을 밝혀주기를 기다리고 있었다. 그런데 김여물은 마침 그때 의주목사로 부임하러 가던 길이었다. 그는 가던 길을 되돌아와서 기꺼이 조대중의 억울함을 밝혀주려고 의금부 문 밖에서 명을 기다리고 있었다. 국청에서는 김여물한테 물어보지도 않고 바로 형신에 들어갔다. 한 차례 신문이 끝나자 조대중은 소매 속에서 절구로 된 시 한 구를 꺼내어 바쳤다.

'지하에서 만약 비간을 따라 간다면 외로운 넋 웃음 머금고 슬퍼하지 않으리.'

이 상황을 지켜본 판부사 금부의 간원 한 사람이 상문하려 했다. 자신을 비간과 같은 충신의 부류로 자칭한다는 것이 간원의 눈에는 거스르게 비쳤다. 그는 조대중을 밉게 본 나머지 더욱 엄혹하게 국문을 함과 동시에 그의 자백을 받아내려고 했다. 그와 동시에 늘어 앉아있는 국청대신들한테 더욱 더 자세하게 문초를 해도 되겠냐고 아뢰었다. 그러자 국청대신 심수경이 이를 물리치고 받아들이지 않았다. 그러면서 심수경이 말했다.

"이는 죽을 때 나온 난언인데 어찌 신빙성이 있겠는가?"

"…하오나 그가 자신을 비간에 비유한 것은 좀……. 어찌 자신이 비간과 같은 충신의 반열에 들어갈 수가 있습니까?"

"그건 너의 말이 옳다! 하나 더 이상 따져 보아야 무슨 소득이 있겠는가. 그만 덮어 두도록 하라!"

"알겠사옵니다 대감."

간원은 말은 그렇게 하였지만 형신을 멈추지는 않았다. 결국 일이 그렇게 되어서 조대중은 국문을 받던 중 결국 장살되었다. 그가 죽은 며칠 뒤 의금부 판사 최황이 조대중의 절명시를 올리자 선조가 크게 놀라서 국청대신 심수경을 돌아보며 물었다.

"어찌하여 일이 이처럼 되었는가?"

그러자 국청대신 심수경이 대답했다.

"무릇 죄인의 하소연을 자고로부터 수리한 예가 없사온데 하물며 죽을 때를 당해 미친 자의 정신없이 지은 시를 전하께 어찌 아뢰오리이까?"

선조는 미친 자란 심수경의 말에 크게 자존심이 상했다. 자존심이 상한 선조는 크게 노해 조대중의 처첩과 자녀, 동생과 조카 등을 잡아오게 해 모두 장살로 죽였다. 그렇게 되어서 조대중은 역적으로 논해져서 육시형을 당했다. 육시형이란 팔 다리를 잘라내고 머리와 허리를 또 잘라내는 가장 처참한 조선시대의 형벌이었다.

그러나 사필귀정은 살아있는 법이다. 결국 나중에 조대중의 억울함이 논의에 붙여져서 심수경은 죄를 입고 벼슬이 갈렸다—

이때 벼슬이 갈렸지만 훗날 심수경은 죄가 사면되어서 우의정에까지 올랐다. 또한 조선의 청백리로 우러름을 받았던 인물이다.

그러니 그 당시의 기축옥사가 매양 이 모양이었다. 기축옥사의 이면에는 무조건 미운 자를 무고하여 잡아넣고 보자는 이상한 풍조가 퍼져 있었다. 정여립의 일가는 물론이요 전에부터 정여립과 가까이 지냈던 사람들, 그와 교유가 있던 사람들은 물론이었고, 그와 일면식도 없었던 사람들이 입을 함부로 놀려서, 혹은 엉뚱한 무고에 말려들어 가서 장살을 당해 죽거나 유배를 간 사람들도 부지기수였다.

그 당시에 무고하게 죽어간 사람들이 비단 조대중만이 아니었다. 조대중은 본관이 옥천이었다. 자는 화우. 호는 정곡. 참봉 조세명의 아들이다. 그는 이황의 문인이었다. 1576년 소과 합격. 1582년 식년문과 병과로 급제, 벼슬살이를 시작했다. 그는 도사시절 기생과의 이별로 눈물을 흘렸다는 고변 때문에, 그 눈물이 정여립의 죽음을 슬퍼한 것이 아니냐는 무고로 인해서, 아까운 젊은 생명을 잃게 된 것이다. 전도가 유망한 관리였다. 바야흐로 기축옥사가 벌어지고 있었을 당시에는 정적들의 목숨들이 파리의 목숨과 같이 가벼운 시절이었다.

얘기가 나온 김에 다시 한 가지 예를 더 들어보기로 하자. 김빙이라는 사람이 있었다. 김빙은 당시 병조좌랑의 벼슬에 있었다. 그는 평소에 풍현증이라는, 바람만 쏘이면 눈물이 흘러내리는 눈병을 앓고 있었다. 정여립을 추형할 때 김빙은 그 주변에 있었다. 그가 흘리는 눈물을 본 주변의 사람들이 그가 정여립의 죽음을 슬퍼해 울었다고 고변했다. 그는 고문을 받던 도중에 죽고 말았다.

당시의 『부계기문(涪溪記聞)』에 보면 이러한 기록이 나온다.

— 기축년 옥사를 다스릴 적에 정철은 영수가 되고 백유함, 이춘영 등은 오른쪽 날개가 되어 보좌했다. 이때 서인들의 당론(黨論)이 다른 자들을 후려쳐서 거의 다 없애 버리기로 되어 있었다. 김빙이란 자는 전주 사람이니, 정철과는 서로 사이가 좋지 않았다. 틈이 생긴 지가 이미 오래였다. 김빙은 평소 풍현증(風眩症)이 있어서 날씨가 춥고 바람이 불면 눈물이 흘렀다. 정적을 육시할 때에 김빙도 백관의 반열 가운데 서 있었는데, 때마침 날씨가 차서 어김없이 눈물이 흘렀다. 그는 일찍이 백유함과도 틈이 있었던 터라 백유함은 김빙이 슬피 운다고 얽어서 죽였다. 이때부터 조정과 민간이 정철과 백유함을 꺼리고 두려워해 바로 보지를 못했다.—

이에서 보는 것처럼 사사로운 감정 때문에 죽은 사람들도 많았고, 사사로운 원한 때문에 서인들은 애매한 사람들을 동인으로 몰아서 죽게도 만들었다. 그러나 이황의 문인들인 유성룡 등은 같은 동인들이었지만 남명 조식의 문인들을 두둔

해 주기를 좋아하지 않고 있었다. 이들은 같은 동인들이었지만 이황의 문인들은 이론적인 성리학을 중시하는 편이었고, 반면 조식의 문인들은 실천하는 성리학을 추구하고 있었다. 때문에 이황의 문인들 중에서는 은근히 서인들의 입장을 두둔하려는 풍조가 있기도 했다.

그러한 관계로 서인들은 이황의 문인들에게 가급적 피해를 주지 않기 위해서 애쓰는 반면에, 조식의 문인들한테는 가혹한 징벌을 가했던 것이다. 그로 하여 기축옥사에서는 조식의 문인들이 가장 큰 피해를 입게 되었다. 『부계기문』을 지은 사람은 하담 김시양이라는 사람인데, 그는 당시에 귀양생활을 하고 있다가 기축옥사의 얘기를 들었다. 그는 귀양지인 함경도 종성에서 『부계기문』을 저술했다. 그는 이황의 문인이었다. 그렇기 때문에 그는 비교적 올바른 시선으로 기축옥사를 관찰하고 바라볼 수가 있는 위치에 있던 사람이었다.

그런 그가 자신의 저서에서 한 기록이 『부계기문』이라는 책이었으니 그의 저서에 신빙성이 없다고는 말 못하리라.

그러나 서인이었던 민인백의 『토역일기(討逆日記)』에는 그때의 상황이 전혀 다르게 기록되어 있다고 한다. 이는 기록자의 자의가 내재되어 있기 때문이었다. 민인백은 서인이었고 정철의 문하였다. 그러니 자의로 해석을 내릴 수도 있었다. 그의 토역일기의 일부를 보자.

— 정여립의 시체를 군기사 앞에 무릎을 꿇려놓고 목을 베고는, 모든 관리들을 세워놓고 차례로 이를 보게 했다. 또 전주 사람 전적 이정란과 형조좌랑 김빙으로 하여금 정여립이 맞는지를 살펴보게 했다. 그때 김빙은 시체를 어루만지고 눈물을 흘리면서 말하기를, "네가 어쩌다가 이 모양이 되었느냐?"라고 했다. 결국 김빙은 정여립과 친하다는 이유로 구속되어 장살형을 받고 죽었다. 정여립의 머리를 철물시장 다리 근처에 매달아 놓으니 생원 남이공이 마침 말을 타고 지나가다 말에서 내려 말하기를 "존귀한 사람의 머리가 여기에 있으니 말을 탄 채 지나갈 수 없다."라고 했다.—

이는 기록하는 자가 자기 당파의 입장에서 자신의 생각을 말하고 있기 때문이었다. 그러니 어떤 사건을 보는 관점에 따라서는 그 사건이 얼마든지 왜곡될 수가 있었으니, 정여립의 사건 역시 동인들과 서인들의 입장이 이처럼 달랐다.

서인들은 정여립의 옥사에 한 사람이라도 더 많이 얽어 넣어 해코지를 하려고 했던 반면에, 동인들은 자당의 사람들이 될 수 있는 한 피해를 입지 않았으면 하는 바람이 있었다.

이 상반되는 이해상충은 그 당시 선비들의 숙명이자 당인들의 운명이었다. 이러한 숙명 때문에 기축옥사는 걷잡을 수 없는 지경으로까지 번져갔던 것이다. 기축옥사는 선조 당시 1,000여 명의 선비들이 어떤 형태로든 희생당한 조선 최대의 옥사였다.

끝없는 수난 속의 최영경

오늘날 선조가 임진왜란 당시 의주 행궁으로 피란을 와서 지었다는 시 한 수가 남아 있다.

— 관산 달 아래서 슬프게 울고(痛哭關山月)
　압록강 바람에 마음 상한다(傷心鴨水風)
　신하들아 이제 와서도(朝臣今日後)
　또다시 동서인을 가를 터이냐(寧復更東西)

이 시는 선조가 임진왜란 당시 그러니까 정여립의 난 2년 후가 되는 임진년에 의주로 피란을 가서 행궁에서 지었다는 시다. 이 시는 그 당시 조선 강토의 최북단으로 쫓겨와서 지었다는 시다. 그때 선조는 명나라로 망명을 하느냐 압록수의 강물에 빠져죽어야 하느냐의 갈림길에 서 있었던 절박한 시기였다. 그래서 동서당쟁에 대한 선조의 마음을 잘 대변해 주는 시로 알려져 있다. 그 만큼 선조도 당쟁의 후유증에 대해서 잘 알고 있었고, 당파싸움에만 골몰하고 있는 신하들에 대한 염증을 마음속 깊이 느끼고 있었다.

그런 반면에 선조 역시 이년 전 기축옥사로 희생된 선비들에 대한 죄스러움이 앙금으로 크게 남아 있었다는 얘기도 된다. 재야 선비였던 최영경 또한 선조가 그의 죽음을 크게 가슴 아파한 사람 중의 한 사람이었다. 최영경은 기축옥사 도중에 고문을 받다가 옥중에서 고문의 후유증으로 희생된 사람이다.

조선시대의 가장 미스테리한 역모사건! 또 그 후유증이 극심했던 기축옥사!

우리가 알다시피 기축옥사의 주역은 정철이었다. 그는 언제나 자신의 뜻과 마음에 배치되거나 자신과의 학문에 배치되거나 하여, 자신과는 잘 맞지 않는 정적들은 말살해야만 했다. 그래야만 오로지 곧은 직성이 풀렸던 정철의 성미상, 기축년에 일어난 정여립의 옥사는 정철한테는 때 아닌 호기를 만나게 된 셈이었다.

그는 이때를 당하여 오래전부터 내려오는 전가의 보도처럼 된 자신의 그러한 능력을 발휘하기 시작했다. 그는 송익필의 사주로 도성으로 올라온 후 선조를 알현하는 자리에서, 자신 만만하게 서인인 자신이 이번의 옥사를 이끌어가야 한다고 선조한테 감히 진언을 했다. 구봉 송익필의 사주로 인해서였다. 선조는 희색이 만면했다. 그렇지 않아도 신권의 힘을 믿고 설치는 동인들한테 치어서 알게 모르게 자신의 왕권이 크게 추락하였다고 믿으며 동인들한테 염증을 내고 있던 용렬한 선조의 허락을 기어코 얻어내는 데 성공하였다.

그때 선조는 너무 자신만만하게 이번의 옥사를 자신한테 맡겨줄 것을 요구하는 정철한테 이렇게 묻기까지 했다고 한다.

"왜 너야만 하느냐?"

선조가 이씨 왕실과는 인척간이 되는 교만하고 거드름이 많은 자를 용상에서 내려다보며 물었다.

"이번의 옥사는 동인들에 의해서 일어난 일이니 서인인 신이 맡는 것이 온당한 일이 아니옵니까?"

"그 말은 맞다."

"그러니 이 옥사는 소신이 맡는 것이 가장 합당한 줄로 압니다 전하!"

사실 정철의 말은 맞다. 공평을 기하려면 역모가 일어난 동인 측에서 옥사를 맡아서는 안 되는 것이다. 정철의 말인즉슨, 말하자면 기축옥사는 서인들이 아닌 동인들에 의해서 일어난 옥사이었으므로, 동인들한테 이 옥사를 맡겨서는 안 된다는 주장이었다. 사실 말인 즉슨 정철의 말은 전부가 맞는 말이었다. 정여립이 동인들의 행동대장 내지는 영수급에 해당되는 인물이었으니 국청을 담당할 위관으로는 서인이 맡는 것이 옳았다.

형평상으로는 그랬다. 당상 추국관이 공평성을 결여했느냐 결여하지 않고 있느냐의 문제는 별도로 하면 말이다. 하여간 선조는 정철의 그 말이 마음에 들었다. 선조는 고개를 크게 끄덕였다. 선조는 정철을 우의정으로 임명하면서 성혼이 사양한 위관의 자리를 그 자리에서 바로 정철한테 맡겼다. 송익필과 정철의 뜻대로 되었다. 옥사의 위관을 맡으면서 정철의 인정이 없는 메마른 기질은 그 진가를 크게 발휘하게 된다.

정철은 중종 31년(1536) 정유침(鄭惟沈)의 넷째아들로 서울 삼청동에서 태어났다.

그는 아들로서는 정유침의 막내였다. 어려서부터 총명하고 의젓했던 그는 두 누이들의 사랑을 독차지하면서 자랐는데, 이는 그가 어릴 적 성격을 형성하는 데에 지대한 영향을 미쳤다고 보인다.

정철은 타의 추종을 불허하는 아집이 있는 데다 고집이 세었고 교만했다. 타인과의 타협을 모르는 반면에 감수성이 예민한 그의 예술가적 기질은, 어렸을 때의 그러한 여성들, 즉

누이들에 둘러싸인 가정환경에서 영향을 받았던 것이 분명해 보인다. 무슨 일에서나 타협을 거부하고 독선적인 그의 모난 성격은 위로 두 누이들의 사랑이 지나쳐서 생겨난 아집과 독선의 결과라고 생각된다. 집안의 막내였으니 말이다.

그는 인종의 귀인인 큰누이와 계림군 이유의 부인이었던 작은누이 덕분에, 어려서부터 화려한 궁궐을 제집처럼 드나들며 보낼 수가 있었다. 그는 화려한 궁궐을 드나들게 되면서 여러 아랫사람들로부터는 섬김과 공경의 미학을 일찍부터 얻고 또 받아왔다. 그러한 어릴 적 성장과정에서부터 그는 오만과 독선, 교만을 배웠고, 사람들을 깔보고 무시하는 안하무인의 철학을 배웠다.

또 그는 문정왕후의 아들인 경원대군(훗날의 명종)과 절친한 소꿉친구가 되면서부터는 궁궐의 후문이 아니라 정문으로 버젓이 드나드는 꼬마 빈객이 되었다. 그러니 궁인들은 그를 꼬마대감 모시듯 했다. 그러니 장차의 성공과 출세는 이미 그에게는 보장이 되어 있는 것처럼 보였다. 어디 그 뿐이겠는가.

구중궁궐 깊은 곳에서 외롭게 지내고 있던 그의 두 누님들은 막내인 그를 끔찍이도 귀여워했다. 친정의 막내 동생인 그를 큰누이와 작은누이는 사랑하고 애지중지하며 아끼고 보살펴 주었다. 그녀들은 대궐을 마치 제집처럼 드나들면서 자신들을 찾아오는 친정의 막내 동생인 그를 어느 누구보다도 아껴주었고 관심을 가지고 보살펴 주었던 것이다. 그리고 어리지만 총명하고 의젓한 그의 성품은, 궁궐 내에서도 여러 궁인들한테 귀여움을 독차지하게 되었다.

그리고 그의 출세를 보장해 줄 만한 것이 또 있었다. 재주였다. 오늘날에도 정치적인 것이 아닌 모습으로 우리가 보아 알고 있는 그에 관한 지식 말이다. 그는 가사문학에서는 조선의 독보적인 사람이었다. 가사문학에서는 위대하다고 할 정도로 그가 큰 업적을 남겼다는 점이다. 그는 성격상 정치적으로는 여러 모로 여러 곳에서 실패한 흔적을 남기기도 했지만, 부인하지 못할 것은 그가 우리나라의 가사문학에 뛰어난 업적을 남긴 인물이었다는 점은 인정하지 않을 수가 없다는 점이다.

오늘날에 와서 그건 어느 누구도 부정하지 못한다. 그의 가사문학은 오늘날 우리 교과서에서도 많이 배운 것처럼 아주 문장이 미려하고 내용도 감동적인 것이 참으로 많았다.

예를 들어 보면 그가 전라도 담양의 창평에서 지었다는 〈관동별곡〉과 〈성산별곡〉, 〈사미인곡〉은 지금까지도 한국 가사문학의 백미 중의 백미로 손꼽히는 데에 손색이 없다. 어디 그뿐인가. 그가 강원감사 재직 시절에는 〈훈민곡〉이라는 곡을 지어서 백성들에게 널리 부르게 하기도 했는데, 그 가사는 백성들을 훈육하기 위한 교훈적인 내용의 가사였다. 그는 가사로 노래를 지어서 그곳의 백성들을 교화하는 데에 이용했다.

그는 전라도 지방인 담양 창평에서 유년시절을 보냈다. 불운한 시절을 맞아서 벼슬을 버리고 낙향을 한 아버지를 따라서였다. 정치적인 수난으로 그의 아버지는 담양에 터를 잡고 그곳에서 영구히 살 궁리를 하였는데, 그것이 그에게는 학문을 두루 섭렵할 수 있는 호기이기도 했다. 그는 담양에 살면서 어릴 때부터 호남지방의 대학자인 기대승, 김인후, 양응정, 송순 등에게서 유학의 기초학문을 어렵지 않게 배울 수 있었다. 그리고 그 당시 전국적인 시인으로 이름이 난 임억령에게서는 시를 배웠다.

유학자들은 시 짓는 것을 필수로 여기고 있던 때였다. 그리고 또 그는 호남의 영산 무등산 자락에서 시인의 꿈을 키워 옴과 동시에, 명사였던 아버지의 영향으로 그 당시에도 서인으로 불리고 있었던 이이, 성혼, 송익필 등과도 교유할 수가 있었다.

그러한 과정을 거치면서 정철은 정치와 관직에 대한 꿈을 남몰래 키워갔다. 당연히 그의 미래와 장차 관운은 이들에 의해서 결정이 될 것처럼 보였다. 세월이 흘렀다. 마침내 송강 정철은 17세에 이르자 성산지방의 부호였던 유강항의 딸과 결혼을 한다. 결혼을 하고 나서도 선비라면 누구라도 그렇듯이 관리의 꿈을 버리지 못해서, 그는 26세에 진사시에 일등 합격을 하고, 그 다음해에 별시문과에 장원으로 합격을 해서 궁궐 안으로 초청이 되어 들어가게 되었다.

장원급제 후 궁궐에 초청이 되어 들어가서는 어릴 적의 소꿉친구였던 성년이 된 명종을 만나게 된다. 명종은 옛 정을 잊지 않고 왕궁으로 그를 불러 성대한 축하연을 베풀어 주었다. 그는 명종의 후광과 후원 아래 성균관 전적 겸 지제교에 임명되었다가, 곧바로 사헌부 지평으로 승진을 했다.

정5품의 관직이자 사헌부의 요직이었다. 출세가 보장되는 자리인 것이다. 그의 사헌부 지평의 임명은 오늘날로 치면 그야말로 고속승진에 해당되는 것이었다. 그럼에도 그는 성질은 고치지 못했다. 차츰 관직이 올라감에도 불구하고 교만하고 불같은 자신의 성정을 지울 수가 없었다. 그것이 기축옥사에서 여실이 드러나는 것이다.

정철한테는 정치가로서의 결점이 많았다. 송강 정철은 정치가에게는 필수인 포용력과 관대함이 없는 사람이었다. 그리고 그는 직선적이고 다혈질의 사람이었다. 유학의 지식에 대해서는 교만하고 자만심이 많은 사람이었다. 그는 모든 일에서는 흑백을 너무나 분명히 가리려 들었으며, 그런 까닭에 반대파들로부터는 집중적인 공격을 받기도 한다. 이 모두가 정치적으로는 실격인 성품이었다.

그는 언제나 자기가 일을 앞장서서 하지 않으면 안 되는 것처럼 행동했다. 그는 언제나 서인들의 투사가 되어서 무자비하게 정적들을 공격하고는 했는데, 때마침 명종대를 지나서 선조대에 들어와서 정치판이 동인과 서인으로 분분하게 나누어지자 그는 곧바로 서인의 투사로 변신을 했다. 당연히 동인들에게는 미운 오리털이요 서인들한테는 당파를 위해서는 물불을 가리지 않는 용감한 투사의 사람으로 비치기 시작했다. 그러니 그만큼 정철은 상대방으로부터는 모진 공격도 많이 받고 비난도 많이 받는 편이었다.

반면에 자기편으로부터는 칭송과 아낌도 많이 받았다. 그는 성격에 호오가 분명한 사람이었다. 애증과 선악이 분명했다. 성격이 그렇게 되고 보니 정철은 학자나 문인으로는 제격의 사람이었지만 정치는 절대로 해야 할 사람이 아니었다. 정치는 성격이 둥글어야 했는데도 그는 성품이 둥글지 못했다. 그의 모난 성격은 점점 정적을 늘리고 적들을 양산하기만 했던 것이다.

그 당시 사람들의 말을 빌려 보면, 그는 풍류를 즐기고 시문을 잘 짓는 일류 풍류남아였던 건 분명했다. 하지만 그의 모난 성격 탓으로 술좌석에 이르러서는 언제나 크고 작은 논쟁이 벌어지곤 했다고 한다. 그럴 때마다 그는 자신의 주장을 굽히는 법이 없었고 자신의 학문의 우월성을 나타내 보이려고 애쓰곤 했다고 한다. 그의 말이 곧 좌중의 학문이요 진리라고 생각해 온 경향이 농후했던 것이다. 일이 그러하니 그와 반대당 사람이었든 그와 같은 당 사람이었든 간에 그에게는 적들이 없을 수가 없었다. 자연히 음해하는 사람들도 많았다. 자고로 사람한테는 적들이 많으면 인생은 언제나 자신의 생각보다도 고달파지는 법이다. 그건 자고로부터의 법칙이었다. 정철의 인생이 그러했다.

그러나 그때까지는 비교적 그는 관운이 좋은 편이었다. 그는 왕가의 인척이라는 너무나 큰 혜택을 입고 있어서 사림의 사람들이나 조정의 관인들은 그를 멀리할 수가 없는 처지였다. 그리하여 그는 채 몇 년이 지나지 않아서 고속출세의 길로 들어서게 된다.

정철은 31세에 함경도 암행어사가 되었다. 선조 원년에는 이조좌랑, 34세 때는 정6품의 홍문관 수찬, 정5품의 홍문관 교리, 5월에 다시 또 정5품의 사헌부 지평이 되었다. 불과 장원급제 육년 만에 성균관 전적 겸 지제교에서 정5품의 사헌부 지평으로 올라선 것이다.

그러나 그는 37세 되던 해에 부친인 정유침이 돌아가서 3년의 시묘살이를 해야만 했다. 시묘살이를 끝내고 마침내 40세에 상복을 벗고 조정으로 부름을 받고 돌아온 그는 내자시정, 사인, 직제학 등의 관직을 거치며 순조로운 관직 생활을 하게 된다.

그러나 시대는 바뀐다. 바야흐로 그 무렵부터 당쟁이 움트기 시작했던 것이다. 명종대에 들어와서 동인의 김효원과 서인의 심의겸의 대립과 알력이 생겨나고 있었다. 그도 어느 한쪽을 선택하지 않으면 안 되는 시기가 온 셈이었다. 초기 동서 양당의 대립에서 그때까지는 당색이 없었던 그도, 따르던 이이와 성혼, 송익필의 진로에 따라서 서인인 심의겸의 편에 서게 된다. 선택의 여지도 별로 없이 그는 꼼짝없이 서인으로 낙인이 찍혀 버린 셈이었다.

조선의 당파싸움에 있어서 당적을 바꾸기는 매우 어렵다. 한번 서인이 된 이상에는 이탈은 쉽지가 않았다. 동료들이 그의 다른 진영으로의 이탈을 막아서기 때문이다. 그는 서인이 되자 그의 성격을 고스란히 드러내어서 서인의 투사가 되었다. 그는 좌충우돌 동인들을 공격하는 일을 멈추지 않았다. 서인인 그를 향해 동인들 측에서는 이발과 이길, 백유양 등을 내세워서 그와 대적하게 했다. 그렇게 되어서 같은 전라도 출신들인 정철과 이발의 형제, 백유양 등은 머지않아 극심한 당쟁의 소용돌이에 휘말려들게 되었던 것이다.

결국은 훗날 기축옥사라는 미증유의 역모사건에 말려들어서 적과 적의 입장이 되어서 서로 만나지 않을 수가 없게 되었던 것이다. 그것은 거의 이들의 숙명이자 필연이 내재된 운명의 과정처럼 보이게도 했다. 이들 당파의 대립은 결국 미증유의 피바람을 몰고 온다.

어찌되었거나 정철은 일천오백칠십팔 년 정월, 사간, 집의, 직제학을 거쳐서 그해 5월에는 당상관 3품 승지가 되었다. 그 사이에 당쟁은 점점 더 격화해져 갔었고, 이때 이발과의 씻을 수 없는 불화도 시작되었던 것이리라. 그는 당쟁이 걷잡을 수 없이 치열하게 전개되자 그의 성격상 가만히 앉아 있지를 못했다.

그는 조정의 안위가 걱정되어서 당쟁의 조정을 시도해 보기도 하였지만 곧 실패를 했고, 그 여파로 좌절에 빠지기도 했다. 그는 선배인 이이한테도 도움을 요청해 보았지만 거절 당하기도 했다. 이것이 그를 더욱 낭패스럽게 한 것은 물론이다. 그러나 이이한테도 말 못할 사정이 있었다. 전에도 이이는 한번 당쟁의 조정을 시도해 보았지만 실패를 맛본 경험이 있었다. 그래서 이이는 조정하는 일에 매우 소극적이 되어 있었다. 이이는 조정의 그 모든 일들을 정철한테 위임하고는 낙향을 해버렸다. 그 때문에 그는 이이 대신 조정의 실패에 대해서 모든 책임을 짊어지게 되었다. 동시에 그는 동인들의 집중적인 공격의 포화를 맞게 된다. 그때 동인들은 정철한테 서인에게만 유리한 치우친 조정을 하고 있다고 몰아붙였던 것이다.

정철은 조정하는 일에 점차로 의욕을 잃었다. 마침내 그는 조정을 포기하게 된다. 조정을 포기하게 되면서 서인들의 무자비한 투사로 변신을 하게 되는 것이다. 당시의 사정으로 치면 투사로의 변신만이 그가 살아날 수 있는 유일한 길이었다.

당시까지만 해도 선조의 신임을 받고 있던 그는 도승지, 예조참판, 함경도 감사를 지내고 48세에 예조판서로 승진했다. 그리고 이이가 죽은 이듬해에는 즉 일천오백팔십삼 년에는 대사헌으로 승승장구하게 되었으나, 의외의 사건으로 그는 선조한테 미움을 받게 되었다. 선조의 작은 부탁 한 가지를 들어주지 않는 사건이 일어나게 되어서였다. 어떤 옥사를 주관하면서 선조가 사면하라고 한 어떤 관리를 명령을 어기고 방면하지 않았던 것이다. 성품이 대나무처럼 곧았던 그는 그 일로 더 이상 선조 임금한테 면목이 없다고 여겨졌다. 그리하여 정철은 선조 18년 4월, 조정에서 물러나 부모가 묻힌 경기도 고양 땅에 머물게 된다.

그러다 어릴 적의 고향인 담양 창평의 송강정으로 물러간다. 그곳에서 그는 호를 송강으로 고쳤다. 송강이라는 호는 창평의 정자 이름에서 따왔다. 그곳 창평에서 머무는 몇 해 동안에 정철은 주옥같은 〈사미인곡〉, 〈속미인곡〉, 〈성산별곡〉 등의 조선 불후의 명작들을 창작하게 된다. 그러다 그는 몇 해 후 다시 경기도 고양 땅으로 돌아가서 은둔을 시작하게 되었다.

그가 고양 땅에 머물고 있던 무렵인 1589년 11월 8일 기축년, 황해도 재령 땅에서 숨어 지내고 있던 구봉 송익필이 아우 송한필을 시켜서 송강한테 서신을 보냈다. 당시 구봉은 오랫동안 계획해 온 자신의 계책을 실천에 옮겨야만 했다. 구봉은 정철더러 도성으로 올라가서 주상을 만나보라는 서신을 아우를 통해서 고양 땅으로 내려 보냈다. 송익필은 서신에서 송강을 꼬셨다. 송강더러 도성으로 올라가 선조를 만나서 기축옥사의 위관이 되어 달라는 것이었다. 해서 이번의 옥사를 주관하게 해달라고 선조한테 요청해 보라고 꼬드겼다. 이 제안에 송강도 솔깃했다. 도성으로 진입했다. 송강을 만나본 선조도 반겼다.

선조는 그동안 동인들의 횡포를 싫어하고 있던 찰나였다. 마침 그때 공교롭게도 정여립의 역모사건이 일어났다. 이것이 기축옥사의 서막이 되었던 것이다. 전라도인 동인인 정여립의 모반사건으로 인하여 동인들을 싫어하고 믿지 못했던 선조는 서인인 송강의 요청을 기꺼이 받아들이기로 했다. 당쟁으로 골치가 아팠던 선조로서는 옳다 잘 되었다 싶었던 것이다.

그래서 선조는 특명으로 정철을 우의정에 앉혔다. 급기야 선조는 정철에게 기축옥사를 다루도록 지시를 한다. 참판 성혼 대신에 기축옥사를 다루는 위관을 시켰다. 그의 나이 50세. 그가 조정에서 물러난 뒤 4년 만의 일이었다. 그는 위관이 되어서 화려하게 재기를 했다. 재기와 동시에 그는 또다시 서인들의 영수로 떠오르게 된다.

그때는 서인의 원조인 심의겸이 물러난 뒤였다. 그래서 성혼과 송익필 정철이 서인들의 영수로서 행세를 하게 되는 시기가 도래하였던 것이다.

어떤 옥사든 간에 국청에서는 위관의 자리가 가장 중요한 자리이다. 위관의 자리는 역할이 매우 중요하고 다양하다. 국청에서 위관이라는 자리는 주상이 직접 임명하는 자리다. 그런 자리인 만치 역모의 옥사에서는 임금을 대신한 자리다. 때문에 가장 중요한 역할을 맡게 한다. 아울러 그 권한과 책임도 막중하게 부여해 준다. 죄인들을 주상이 직접 국문을 하게 되면 모르되 그렇지 않을 경우에는 주상을 대신해서 국청을 주관하게 되는 사람이기 때문이다. 그러니 동인들로서는 아찔한 순간이 찾아왔다.

정철이 위관이 된 이상에는 동인들이 볼 때는 크나큰 불운이었다. 반대로 서인들한테는 행운의 순간이 되기도 했다. 동인들은 자신들의 좋지 않은 운명을 예감해야만 했다. 오래지 않아서 동인들의 예상은 맞아떨어졌다. 모든 동인들의 운명은 송강 정철의 손아귀에 놓이게 되었다.

정철은 술을 매우 좋아했다. 그는 또 여색을 좋아했다. 가사문학과 술과 여색은 그의 삶이자 예술이며 멋이었다. 호방한 성격은 그런 걸 사랑하게 한다. 그는 틈만 나면 추국장에서도 술을 곁에 두고 마셨다고 한다. 그래서 국청에서는 체모도 없이 그는 항상 술에 찌들어 사모를 비뚤게 썼으며, 말소리는 항상 거칠었다고 한다. 이에 기축옥사 당시 황추포란 추관이 성혼한테 이런 말을 남기기도 했다고 한다.

"위관이 항상 술에 취해 실수하는 일이 있으니 극히 민망스러운 일입니다."

"그러니 어찌하겠느냐?"

아마도 추관의 말은 진실이었을 것이다. 그는 술에 취해서 옥사를 제대로 다루어낼 지혜가 부족했지만 선조는 그것을 알지 못했다. 그러나 중대한 모역사건이라는 이유만으로 선조는, 속이 옹졸하고 감정적인 정철을 그대로 위관으로 남겨두어서, 결국 이발 등 옥사에 연루된 동인의 영수들 대다수가 무참한 죽음을 당하게 했던 것이다.

선조의 멍청하고 흐린 판단이 옥사의 일을 크게 그르치게 만들어서, 숱한 아까운 선비들을 죽음으로 내몰고 귀양살이를 하게 했으며 삭탈관직으로 내몰았다. 그 바람에 선조 때에 무려 1,000여 명이나 되는 아까운 젊은 인재들이 희생을 당했던 것이다. 후대의 시선에서 볼 때 너무나도 아까운 선비들의 희생이 아닐 수 없었다.

그러므로 그때는 서인들의 완전한 승리처럼 보였다. 하지만 역사는 흐르는 물과 같은 것! 낮은 곳으로 흘러가는 것! 정치 또한 흐르는 물과 같은 것! 정치도 궁극적으로는 낮은 곳으로 흘러가는 것! 높은 곳은 한계가 있다. 올라가면 내려온다. 그렇게 옹졸하게 정적들을 잡아 죽이고 잡아가두었던 정철의 말로도 서서히, 그리고 조금씩 그 끝이 다가오고 있었으니…….

그것은 정철에 대한 선조의 미움이었다. 알다시피 선조는 변덕이 심한 인물이었다. 아이처럼 변덕이 심할 뿐만 아니라 시기심이 많고 독선적이기도 했다. 그의 그러한 성격은 그가 2년 후에 일어난 임진전쟁의 전 과정을 보면 잘 알 수가 있다. 한 마디로 선조는 임금의 재목이 아니었다. 임금의 재목이기는커녕 재상감 재목도 못되는 인물이었다. 용렬했다. 그건 정철도 마찬가지였다. 정치인이 되어서는 안 될 재목이었다. 그저 풍월이나 읊으면서 시나 짓고 가사나 지으면서 살아가야 할 인생이었다. 그것이 그의 적성에 딱 맞았다. 정치와는 맞지 않는 인물이었다. 정치와는 거리가 있었다.

다른 어떤 기록에 의한 정철의 성격을 묘사한 대목이 있었다. 그것들에 의하면 정철은 남한테 할 말이 있으면 반드시 입 밖에 내야만 했고, 사람들의 허물을 보면 아무리 가깝고 친한 사람이라도 조금의 용서함도 없었으며, 화를 산같이 입더라도 당파를 위해서는 앞장서서 싸우기를 불사한 인물이었다고 했다. 그런 정철의 성격상 정치가로서의 그의 삶은 파란의 연속일 수밖에 없었다. 또한 기축옥사에서 보인 정철의 태도와 처사는 올바른 법의 집행 행위가 아니라 사적인 감정을 앞세운 보복의 집행 성격이 강했다. 그래서 그의 정적들인 동인들은 그를 가리켜 '동인 백정'이니 '간인독철' 등의 별칭으로 불렀다.

그는 이후 조선조 3백 년 동안 피비린내 나는 당쟁의 시대를 연 장본인이 된 인물이 되었다. 그렇거나 말거나 그는 서인들로부터는 정반대의 평가를 얻었다. 그는 이이와 성혼의 다음으로 서인들로부터는 추앙도 받았다. 그러한 엇갈린 평가를 받았던 정철이었다. 호오가 사람들로부터 심했던 정철이었다. 그래서 그런지 선조의 사랑은 영원하지 않았다.

선조는 바보가 아니었다. 그도 신하들에 대한 소문을 듣고 있었다. 이런 감정의 기복이 심한 정철을 두고 선조는 그와의 거리를 두기 시작했다. 그때 기축옥사로 인한 사태의 심각성을 이해하며 괴로워하고 있던 선조였다. 기축옥사로 인해서 너무나 많은 선비들을 죽인 후유증으로 심히 괴로워하며 크게 후회를 하고 있던 선조였다. 죄책감이 많았다. 선조는 마침내 그를 달갑게 보지 않기 시작했다. 그의 곧은 성품이 껄끄러웠다. 예나 지금이나 언제 어디서나 사람의 인심은 조석변이라고 했다. 사람의 인정만큼 냉정한 것도 없다.

마침내 선조가 그를 꺼려하자 선비들과 간관들이 상소를 올렸다. 그를 내칠 것을 건의하기에 이르렀다. 선조도 그를 심히 꺼려하고 있던 차에 마침내 내치기를 결심하기에 이른다. 『선조실록』에 이 무렵의 간관들의 상소가 남아 있다.

— 정철이 사납고 강팍한 성질로 화의 실마리를 만들고 온당치 않은 무리들을 모아 그 세력을 확장했습니다. 몰래 함정을 파서 무고한 사람들을 죄에 빠뜨리며 법을 사칭해 사사로이 원수를 갚았습니다. 이는 평생에 눈 흘긴 조그만 혐의까지도 모두 보복하려고 한 것입니다. 그리 해 밖으로는 경박한 무리들을 충동질해 다수의 여론인 것처럼 임금의 귀를 미혹시키고, 안으로는 간사한 무리들을 사주해 대간의 성세를 빌어 엉큼한 모함을 꾸며 댔습니다. 이는 밤낮으로 끊임없이 사감이 있는 자들을 공격해서 반드시 죽을 땅으로 몰아넣으려 생각했던 것입니다.—

선조는 마침내 그를 내쳤다.

그는 선조 이십육 년(1593) 12월 18일, 강화도 송정촌에서 58세를 일기로 파란만장한 일생을 마치게 된다. 그는 선조에게 내쳐진 후 입에 풀칠할 대안조차 마련하지 못할 정도로 빈한하고 곤궁한 삶을 살다가 생을 마감했다. 빈곤과 울분은 결코 그의 취향이 아니었고 자비와 관용은 그의 기질이 아니었다. 그렇게 그는 말년을 불운하게 보내지 않으면 안 되었다. 일세를 풍미했던 정승의 말로 치고는 너무나 허망한 죽음이었다.

사감을 가지고 동인들을 때려잡았던 기축옥사는, 결국 옥사에서는 정철이 총사령관이었고, 송익필이 기획 참모였으며 성혼이 우군의 대장 격이었다. 모든 전체적인 기획에서부터 세부적인 작전까지는 구봉 송익필의 머리에서 나왔던 것이며, 송강 정철은 그 모든 작전을 지휘한 총사령관에 불과했다. 송익필이 총책사였다면 정철은 돌격대의 총사령관이라고 할 수가 있었다. 그만큼 기축옥사에서 송익필의 위치는 크고 높았던 것이다.

이 무렵 최영경이라는 지리산 자락에 살고 있던 한 은둔의 선비가 있었다. 그는 조식 남명의 문하로서 유명한 책벌레였고 잘 알려진 은둔 선비였다. 사림의 세계에서는 비교적 명성이 있는 인물이었다. 재야의 재상이라는 별칭도 따라 다녔다. 그는 은둔 생활을 하고 있는 사람인만큼 청렴하기도 했고 세속에서도 멀리 비켜나 있었다.

최영경은 본관이 화순, 자는 효원, 호는 수우당으로 1529년 서울에서 태어났다. 선조 6년(1573)에 이조의 추천으로

이지함, 정인홍, 조목, 김천일과 함께 왕명으로 재야의 사림으로 천거되어 6품직에 제수되었다. 그는 학문이 뛰어나 일찍이 당대에 그 명성이 자자한 사람이었다. 하지만 그는 조정과 재야에서조차 선비들의 논의가 두 갈래로 나뉘어지고, 그들의 논의 또한 명리에로만 치우쳐 가자, 그는 그만 벼슬에 뜻을 접었다. 그는 두 번이나 관리에 임명되었는데도 조정에 나가지 않고 초야에 묻혀 살았다. 그러니 당연히 집안이 가난했다. 하지만 그의 마음은 그런 것에는 초연해서 생전에 온전한 옷 한 벌이 없을 지경이었고, 바깥출입을 할 때는 남의 옷을 빌려서 입고 다니면서도 조금도 부끄러워하지 않은 인물이었다. 그는 다른 사람들과 사귀기를 즐겨하지 않았다. 오직 초야에 묻혀서 학문 연구에만 몰두했다.

그렇게 세월을 벗 삼아 살아가고 있던 최영경에게도 변화가 찾아왔다. 그가 지리산 자락에 숨어서 살고 있을 때에 기축옥사가 일어났기 때문이었다. 조식의 문하였고 동인이었던 그에게도 당연히 모함이라는 게 따라 붙었다. 아마도 그가 조식의 문하였기 때문에 더욱 그러했을 것이다. 경인년 2월, 사헌부에서 선조에게 아뢰었다.

— 최영경은 역적 정여립과 매우 친하게 지냈습니다. 정언

신의 서찰 중에 나오는 최효원이란 바로 최영경을 이름이었으니, 이것으로도 그가 정여립의 역모에 참여해서 서로 밀접하게 지내온 것을 알 수 있습니다. 따라서 그의 관직을 삭탈하시기를 청합니다—

최효원이 최영경이라는 말은 그의 자가 효원이었기 때문이었다. 선조는 처음에는 사헌부의 상소를 무시했다. 두 번째도 그랬다. 사헌부에서는 굽히지 않고 세 번을 거듭 아뢰었다. 그래도 기축옥사에 진절머리가 나 있던 선조는 사헌부의 말을 듣지 않았다. 그렇지만 사헌부는 끈질겼다. 그해 6월 2일 정언 이흡이란 자가 다시 선조한테 간하기를,

"최영경이 역적 정여립과 가장 친했습니다. 관직을 삭탈하기를 바랍니다."

이에 견디다 못한 선조가 마침내 승지한테 비답을 내렸다.

"내가 최영경이 어떤 사람인지는 알 수가 없다. 그러나 역적과 결탁했다는 것은 드러난 증거가 없으므로 그대로 두어도 불가할 것이 없으니 벼슬을 삭탈할 것까지는 없다."

선조는 최영경한테 더 이상 죄를 물어서는 안 된다는 비답을 내렸다. 그러나 사헌부의 집념은 놀라웠다. 선조의 비답을 받아들고서도 물고 늘어지기를 계속했다. 그에 따라서 선

조의 버티는 끈기도 놀라웠다. 그때까지도 선조는 역시 듣지 않고 버티고 있다가 하도 끈질긴 사헌부의 요구에 견디지를 못하고 마침내 굴복하고 말았다. 나중에는 삭탈관직도 승낙하고야 말았다. 이로 말미암아 지리산 자락의 촌선비 최영경의 옥사가 처음으로 시작되었던 것이다.

그때 성혼은 최영경과 사적인 감정이 있었다. 거기에는 이러한 사정이 있었다. 오래 전의 일이었다. 최영경이 성혼을 소인배라고 불렀다. 또 정철이 성혼과 가까이하는 것을 보더니 정철마저도 멀리하기 시작했다. 최영경은 성혼과 정철을 의식적으로 멀리한 것이다. 그때 정철과 성혼은 서인이었다. 최영경은 동인이었다. 그것도 남명 조식의 문하였다. 당시 남명의 문하들은 행동의 실천을 중시하고 있을 때였다. 그 방침으로 인해 조식의 문하인들은 서인들을 신랄하게 공격했다.

당연히 그들 서인들과 조식 문하의 동인들은 서로 뜻과 마음이 맞을 리가 없었다. 그리고 학문적으로는 최영경은 조식의 문인이요 정철과 성혼은 이이의 문인들이었다.

조식과 이이 이들 두 사람 간에는 학문적 대립도 많이 있었고 지방색도 경상도와 전라도였으니 달랐다. 그러니 서로 교류하는 문인들도 당연히 구분되어 다를 수밖에 없었다. 이들 양자의 두 선비들 간에는 앙숙간이 되지 않을 수가 없는 조건들이었던 것이다.

이 무렵 천안의 천노에 길삼봉이라는 자가 있었다. 그는 도적이었지만 백성들로부터는 의적이라는 소리를 듣고 있었다. 그는 용맹했고 지략이 뛰어났다. 관청에서도 그를 잡을 길이 없어서 손을 놓고 있는 멍한 몽환의 상태에 있었는데, 송익필이 그와 최영경을 같은 사람으로 결부시켜서 잡아들여 국문을 하자는 기묘한 계략을 짜내었다.

그것은 과시 송익필다운 계략이었다. 송익필은 계략을 조금 더 다듬은 후 며칠 뒤에 성혼과 정철을 꼬드겼다. 최영경을 길삼봉으로 둔갑을 시키자는 계략을 설파했다. 성혼과 정철은 송익필의 기발한 그 의견에 단번에 승낙을 해주었다. 그 결과 최영경이 길삼봉이라는 누명을 뒤집어쓰고 국청으로 잡혀와 국문을 당하게 되었다.

최영경은 정여립과 친했다는 그 이유 외에도 그가 길삼봉이라는, 둔갑술과 기묘한 재주를 가진 자로 탈바꿈되었다. 최영경은 순전히 송익필의 계략과 어렴풋이 항간에 떠돌고 있던 유언비어 때문에 고초를 겪게 된 것이다. 그래서 송익필의 계략과 성혼의 사주로 정철은 갑자기 최영경을 잡아들여서 국문을 하게 되었다. 마침 그때 일이 공교롭게 되느라고 송익필의 그 말이 맞는다고 최영경이 길삼봉이라고 고해바친 자도 있었다. 정철은 옳다구나 쾌재를 불렀다. 그런데 이 사연의 이면은 이러하다.

평소에 정여립과 사이가 좋지 않았던 금구의 유생 김극관이라는 자가 제원 찰방 조기에게 어느 날 술김에,

"길삼봉이 곧 최영경입니다."

라고 말한 바가 있었다. 둘은 뜻이 맞았다. 이들은 자신들의 말을 증명하기 위해 어사 백유함의 말을 증거로 들기로 했다. 당시 백유함은 어사의 신분으로 전라도 지방을 돌고 있었다. 그때 제원 찰방 조기가 전라감사 홍여순에게 일러바칠 때에, 진사 양천경, 강현, 홍천경 등이 증인으로서 거론되었다. 조기는 증인들을 데리고 감사한테 일러바쳤던 것이다.

홍여순은 서인이었다. 홍여순이 사람을 보내 조정에 알리는 한편 경상우병사 양사영에게 거짓으로 꾸며진 문서를 보내어서 보이게 했다. 또 한편으로는 형리들을 풀어서 최영경을 체포하게 했다. 곧 잡혀서 최영경이 전라감영으로 들어왔다. 또 포졸들은 최영경의 집을 수색해서 이황종이 보낸 편지를 찾아냈다. 이황종의 편지를 증거로 해서 다시 최영경을 얽어 넣기로 했다. 직접 편지를 눈으로 보게 된 홍여순은 서

찰과 함께 최영경을 도성으로 올려 보내었다. 다시 국청이 열렸다. 선조가 임석했다. 국청에서 국문이 시작되기 전에 선조가 홍여순에게 물었다.

"길삼봉이 최영경이라고 한 사람이 누구인가?"

그러자 거짓말들이 튀어나오기 시작했다. 정언 구성은 경상도사 허흔에게서 들었다고 했고, 허흔은 병판 김수로부터 들었다고 했다. 국청의 자리에서 병조판서였던 김수를 잡아다가 국문하기를 청하자, 임금이 병판 김수를 정원에서 문초하게 했다. 다른 한편에서는 정철이 위관의 자격으로 최영경을 심문했다.

"네가 길삼봉이냐?"

"……?"

"네가 길삼봉이 맞느냐?"

재차 정철이 물었다. 그러자 너무나도 어이가 없었던 최영경이 허허허헛 하고 웃었다. 그는 웃으면서 이렇게 대답했다.

"내가 이 약한 몸으로 하루에 삼백 리 길을 어떻게 뛰어다닌다는 말이냐. 들으니 길삼봉은 지리산과 충청도의 산악지방을 호랑이처럼 단숨에 넘어 다닌다고 하더라!"

그러자 정철은 그만 말문이 막혔다. 그가 한참 후에야 말을 터서 말했다.

"길삼봉은 말랐느냐 비대하느냐?"

그러자 최영경이 대답했다.

"내가 그가 아닌데 그걸 어떻게 알겠느냐?"

또 한참이 지난 후에 정철이 다시 물었다.

"…올해 너의 나이가 몇 살이냐?"

"그건 내가 대답할 수가 있다. 60이 조금 넘었다."

그러자 정철이 말했다.

"길삼봉은 30세가 조금 넘었고 키가 크고 야위었다는 말도 있다. 낯은 쇳빛이라는 말도 있고 수염이 길고 피둥피둥 살이 쪘다는 말도 있는데……. 수염이 길어서 허리까지 내려오고 낯빛은 희고 길다는 말도 있다. 보아하니 네가 그런 것 같기도 하다! 허나 나도 잘 모르겠구나!"

이때 정철은 술에 취해서 사모가 비뚜름하게 머리 위에 걸려 있었고 그의 말은 횡설수설하였다. 그러니 제대로 추국이 이루어질 리가 없었다. 한 차례의 국문이 끝난 후 최영경은 다시 옥에 갇혔다. 이렇게 옥사가 한창 진행되는 중에 이항복이 정철에게 따져 물었다. 이항복은 그때 아무 당파에도 속해 있지 않았다.

"지금 보아하니 여러 죄인들의 공초가 서로 같지 아니하고 늙고 젊음과 비대하고 야윈 것이 모두 판이하게 다르다. 지금 여러 죄인들이 공초중에서 최영경과 비슷한 몇 가지를 맞추어서 말하는데, 이로써 곧 길삼봉이 최영경이라고 사람들은 말한다. 지금 생각해 보니 그런 이런저런 말들은 외간에서 낭설로 전해졌던 것이 아니었다. 반드시 국청에서 옥사의 곡절을 밝게 아는 사람만이 교묘한 함정을 만들어 최영경을 길삼봉으로 만들려고 먼저 낭설을 퍼뜨려서 사람들의 귀에 익게 한 것이다."

이때 어느 당파에도 속해 있지 않았던 이항복은 이렇게 정철에게 따져 말하기도 했다. 이항복은 최영경의 옥사가 돌아가는 꼴을 의심했던 것이다. 그러고도 모자랐던지 어느 날 이항복은 또 최영경의 옥사에 대해 정철한테 물어 보았다.

"옥사가 시작된 지 이미 여러 해가 지났는데도 어디 최영경을 길삼봉이라고 지목한 자가 한 사람이라도 있었습니까? 지금 무던히 들은 말로서 최영경을 잡아가두었다가 불행히도 그가 죽게라도 된다면 반드시 조정의 공론이 있을 것이외다. 그때 가서 대감이 그 책임을 어떻게 지겠소이까?"

이 말을 들은 정철은 깜짝 놀라서 말했다.

"내가 평소에 최영경과 비록 의견은 같지 않았지만 어찌 해칠 마음이야 있었겠소? 이 말은 전라도에서 와전되어 나왔으니 내가 무슨 상관이 있겠소?"

그러자 이항복이 다시 말했다.

"대감이 최영경을 모함했다는 것이 아니외다. 무근지설인 줄을 알면서도 앉아서 보고만 있고 그를 구하지를 않으니 어찌 그것이 위관의 올바른 체신이라 하겠습니까? 허나 위관이 역적의 명목으로 옥에 가득한 죄수들을 하나하나 다 신원할 수는 없습니다. 그러나 최영경으로 말하면 죄수들 중에서도 가장 죄목을 붙일 수 없는 처지일 뿐만 아니라, 효성과 우애가 바른 산림처사인데 어찌 그를 구하지 않소이까?"

이에 정철이 대답했다.

"내가 마땅히 힘을 다해 구해내어 보리다!"

그러나 끝내 정철은 최영경을 구할 생각이 없었다. 정철도 혼자서 마음대로 할 수 있는 일이 그 당시에는 별로 없었다. 정철도 눈치를 보아야 할 곳이 있었다. 정철이 이항복과의 대화에서 결단을 하지 못하고 그리 어물쩍하게 대답을 한 것은, 성혼의 최영경에 대한 미온적인 태도에 영향을 받은 바가 컸다. 성혼은 최영경을 정철보다도 더 구해 줄 생각이 없었던 것이다. 그 원인은 최영경의 성혼에 대한 작은 비난에서 비롯된 것이기도 하다. 언젠가 최영경이 특명으로 옥에서 풀려나 잠시 남의 집에 머물게 되었을 때, 친구 사이인 성혼이 아들 문준을 시켜서 최영경한테 쌀말을 보냈던 적이 있었다. 그때 문준이 말했다.

"이것으로 고향에 갈 노자에 보태십시오."

그러면서 성혼의 아들 문준이 최영경한테 물어보았다.

"무슨 일로 사람들한테 미움을 받아 이 지경에까지 이르렀습니까?"

이에 최영경이 무심코 대답했다.

"아버님에게 미움을 받아서 그렇다네."

문준이 최영경의 그 말을 아버지한테 고자질했다. 아들의 말을 들은 성혼이 화를 냈다. 또 성혼의 아들한테서 이 말을 들은 성혼의 제자들 중에 대간으로 있던 구성, 정흡 등이 선조에게 최영경을 다시 국문하기를 청했다.

그들이 볼 때는 최영경의 대답이 괘씸했던 것이다. 그때 마침 선조도 역시 재야에서 학문과 이름이 떠르르한 최영경을 달갑게 여기지를 않고 있던 때였다. 그를 혼내줄 기회를 잡았다고 생각했다. 선조는 다시 국청을 열기로 마음을 먹었다. 선조는 망설이지 않고 대답했다.

"그리 하라."

선조가 허락을 해서 다시 두 번째 국문이 시작되었다. 국문은 질질 끌었다. 최영경의 죄가 애매했지만 성혼이 정철을 교사하고 있기 때문이었다. 그리고 최영경이 옥에서 나올 수 없었던 원인이 또 하나 더 있었다. 그것은 정철과의 구원이 있었기 때문이었다. 일찍이 유성룡이 정철을 만나서 최영경의 옥사에 대해 물은 일이 있었다고 한다. 그러자 여전히 술에 취해 있던 정철은 손으로 자기의 목을 가리키며 말했다는 것이다.

"그가 일찍이 내 목을 이렇게 찍어 넘기려 했습니다."

그 말은 최영경이 일찍이 항상 정철을 두고 '인색한 소인'이라고 말하면서 "박순과 정철은 모두 머리를 베어 매달아야 된다."라고 말했기 때문이었다.

정철은 그 말을 잊지 않고 유성룡한테 자신의 목을 긋는 시늉을 했던 것이다. 그렇지 않아도 옹졸하기가 밴댕이 속 같은 정철이었으니 그를 좋게 볼 리가 없었을 것이다. 그런데다 성혼의 감정까지 사고 있던 터였으므로 정철이 최영경을 놓아줄 리가 만무했다.

이제 최영경의 목숨은 바야흐로 바람 앞의 촛불이 되고 말았다. 그러므로 옥사는 어떤 일이 있어도 뒤로 미루어질 수가 없었다. 바야흐로 미운 놈의 이마빡에 알 박기를 하겠다는 수작이었다.

최영경이 처음 진주감옥에 갇혔을 때 사대부 및 품관들이 최영경을 알든 모르든 간에 옥문에 모여 들었는데, 거의 1,000여 명에 이르렀다고 한다. 선생이 옥문을 닫고 들이지 아니하니 그들은 여러 날을 노숙하면서 흩어지지 아니했다. 그 중의 어떤 사람이 최영경한테 물었다.

"선생이 여러 달 동안 옥에 있으면서 혹시 조그만 동요라도 있었습니까? 없었습니까?"

그러자 최영경은 늠연히 이렇게 대답했다고 한다.

"죽고 사는 것을 잊은 지 이미 30년이 지났네."

자신은 이미 죽고 사는 것을 초월한 지가 오래라는 말이었다. 최영경은 오랫동안 옥중에 갇혀 지내고 있었다. 옥중에 있으면서도 항상 대궐을 향해 앉아 있었고, 단정히 꿇어앉아서 벽에 기대어 앉는 법이 없었다. 그러던 어느 날이었다. 밥을 먹고 난 후 기색이 파리해진 최영경이 같은 옥사에 갇혀 있던 박사길의 무릎을 베고 눕자, 옥안의 사람들이 그의 위독함을 알고 가족에게 연락을 취했다. 가족들은 최영경의 병세를 판단하기 위해 글씨를 한 장 써달라고 했다. 이에 최영경은 조용히 일어나 바를 정(正) 자를 크게 썼는데, 글자 획이 비뚤어졌다. 최영경은 박사길을 향해 돌아보면서,

"그대는 이 글자를 아는가?"

하며 묻고는 조금 있다가 죽었다.

가을이 무르익어 가던 9월 8일이었다.

일설에는 최영경의 죽음에는 또 다른 의문점이 있었다고 전한다. 남하정은 『동소만록(同巢漫錄)』에서 그의 독살설을 주장했다. 길삼봉과 최영경을 무리하게 연결하여 처리를 하려다가 그들의 조작이 탄로 날 것을 두려워한 서인측에서, 마침내 최영경을 독살해 버렸다는 주장이다. 『동소만록』에서 말하기를, 무근한 낭설을 만들어 낸 홍정서(洪廷瑞)가 국청에 잡혀가게 되자 겁이 나서 진주 선비 정홍조(鄭弘祚)에게 이렇게 말했다고 한다.

"너한테서 들은 이야기이니 숨기지 말라. 다른 말 하지 말고 내가 하라는 대로 해서 영화도 부귀도 함께 누리자."

"……?"

정홍조는 홍정서의 제안이 달갑지 않았지만 마지못해서 승낙을 하지 않을 수가 없었다. 홍정서는 그렇게 회유와 협박을 거듭해 가며 정홍조를 최초의 발설자로 만들어 놓고는, 이어 국청에 나아가서는 길삼봉이 최영경이라는 말은 정홍조로부터 들었다고 공술했다. 이에 정홍조가 국청에 끌려갔다. 정홍조가 끌려가서는 끝내 자신의 발설을 부인했다. 뿐만 아니라 정홍조는 국청에서 자신의 주장을 강력하게 말하기까지 했다.

"최영경은 어진 선비다. 그런 어진 선비를 내가 어찌 무고를 하겠느냐?"

즉 정홍조의 말은 이러했다. 홍정서가 무근한 말을 만들어 놓고 지적할 사람이 없으므로 자기를 발설자로 삼으려 하나, 어떻게 최영경처럼 어진 분을 모함에 빠뜨릴 수가 있겠느냐. 그러한 일은 절대로 없었다고 실토를 했다는 것이다. 이에 무고죄로 처벌될 것을 두려워한 홍정서가 옥졸을 매수해서, 병으로 식음을 전폐하고 하루에 한두 잔의 술만 입에 대고 있던 최영경을 독주로 살해했다는 것이다.

이러한 설은 충분히 있을 수가 있는 일이었다. 그 당시의 옥사는 불법이 판을 치던 때였다. 하물며 기축옥사에서는 법이 제대로 지켜지지도 않았다. 그때는 국청을 주관하고 있던 서인들의 독무대였다. 그러니 동인들은 모두 자신들의 한 몸을 보전하기에도 바빴다. 서인들도 그렇게 하지 않을 수가 없었던 것이 당파싸움이라는 것이 상대가 죽지 않으면 내가 죽어야만 할 절박한 형편에 놓여 있었기 때문이다. 그러니 더 물을 것도 없이 무조건 동인들을 때려잡아만 서인들이 살 수가 있는 세상이었다. 그처럼 살얼음을 걷는 것 같은 살벌한 당쟁의 시대였으니, 또한 그것이 서인들이 살아남는 최대의 목적이기도 했으므로, 최영경과 같은 인망 있는 동인의 재야 선비를 온전히 살려둘 수가 없었을 것이리라. 그러니 그 당시는 참으로 피비린내 나는 비극의 시대였다.

선조 역시 『선조실록』에서 이렇게 말했다.

"내가 이 무렵의 일을 알 수가 없고 또한 누구의 소행인지는 알 수가 없다. 그러나 영경이 독물로 살해된 것만은 확실하다."

선조는 정철이 최영경을 모함해서 독살한 걸로 알고 있었다. 오래지 않아 선조는 최영경을 죽인 것을 후회하는 듯한 말을 했던 것이다. 그러나 그건 이미 엎질러진 물에 대한 후회일 뿐이었다. 엎질러진 물을 도로 단지에 주워 담을 수는 없었다. 복수불 반복이라고 하는 말이다. 하물며 사람의 일에 있어서랴. 그 폐해가 오죽이나 자심하겠는가.

그 뒤 정인홍은 최영경의 신원을 위해 올린 두 번의 상소문을 통해 기축옥사를 주도했던 서인들을 비난했다.

"예로부터 소인이 군자를 공격할 때 혹 붕당으로 지목하기도 하면서 역모로 엮습니다. 이보다도 더 참혹한 일이 없으니 통탄스럽습니다. 세상을 올바르게 다스리는 도리로 말하면 학문이 높은 선비들을 얽어 반역의 죄에 빠뜨리는 것은 실로 한 나라의 수치입니다."

또 정인홍은 기축옥사에 대해서도 말을 한 적이 있었다.

"기축옥사는 소인이 군자를 역모와 반역의 죄로 몰아서 죽인 사건이다."

이렇게 기축옥사의 성격을 주장한 정인홍의 상소는 기축옥사가 끝난 후 그 음모를 폭로한 최초의 글이었다. 훗날 광해군 시절에 정인홍의 대북파가 정권을 잡은 뒤 이렇게 말했다고도 한다. 대사헌을 제수 받고 사양한 뒤에 한 말이라고 전해진다.

"기축옥사를 뒤에서 사주한 자는 성혼이고 얽어서 죽인 자는 정철이다!"

이 말은 성혼이 길삼봉과 최영경을 같은 인물로 몰아서 역도로 만들어 버린 것에 대한 비난이었다. 또한 최영경을 역모자로 본 것에 대한 정인홍의 날카로운 비난이었다. 그때까지도 정인홍은 성혼과 정철의 뒤에서 송익필의 책략이 있었음을 아직 모르고 있었을 때의 일이리라.

또 정인홍은 성혼을 비판하는 상소를 올리기도 했다. 선조 삼십오년(1603), 임금의 부름을 받고 조정에 나아간 정인홍이 성혼을 비판하는 상소를 선조께 올렸다.

"간악한 정철을 남모르게 사주해 어진 최영경을 죽였으며, 나라의 명맥을 파괴하고 사람들을 욕되게 했으니, 그는 일본의 히데요시와 같은 인물입니다. 안에 선비 도적들이 있은

연후에야 밖에 힘으로 침략하는 외적이 있는 것입니다. 임진왜란도 실은 안의 도적들이 화를 부른 것입니다."

여기서 정인홍은 기축옥사로 인해 수많은 젊은 인재들이 형장의 이슬로 사라지면서 나라가 쑥대밭으로 변했기 때문에 임진왜란은 필연적으로 일어날 수밖에 없었다고 말하고 있다. 매우 일리 있는 말이다. 천여 명의 젊고 아까운 인재들이 희생된 옥사임을 생각해 보라. 오늘날에 와서 그가 대북파였다는 이유 하나로 정인홍을 흉악한 간인이라고 비하하고 있지만, 그는 줄기차게 정철과 성혼, 송익필 형제의 간악함에 대해서 상소해 왔다. 그러니 그 당시의 세론에 대해서 도외시할 수가 없는 것이다. 아니 땐 굴뚝에 연기가 날 리 없기 때문이다. 아무튼 정인홍은 말했다.

"기축옥사의 총사령관은 정철이었고, 계획한 모사꾼은 송익필이며, 구원군 사령관은 성혼이다."

이 말에는 그 당시의 세론이 어느 정도는 가미가 되어 있을 것이다. 세론 없는 추측은 삼사에 가납이 되지도 않을 뿐더러 조정의 공론에서도 힘을 얻지 못한다. 아무리 당파의 기세가 드세었을 때라고는 하지만 조선의 정치는 왕권의 정치이자 신권의 정치였으며, 백성들에 의한 여론의 정치였기도 했기 때문이다. 실제로 오늘날 우리들이 알고 있는 조선의 정치와는 좀 다른 면도 있었다.

또 한 번은 이런 일도 있었다고 한다. 그 무렵 성혼의 문인이며 최영경과도 절친한 친구 사이인 김종유(金宗儒)란 자가 파주에 살고 있던 성혼을 찾아가서 크게 울면서 말했던 적이 있었다고 한다.

"최영경을 선생이 구원하지 않으면 훗날에 반드시 비난이 있을 것입니다."

그때 성혼은 한참을 말없이 있다가 이렇게 대답을 했다고 한다.

"최영경은 편벽한 사람이다. 삼봉이 아마도 그의 별호이지?"

이름이 삼봉인 천안의 도적 괴수 길삼봉과 자신의 별호가 삼봉이었던 최영경을 이렇게 무리하게 연결을 지어 가면서 성혼은 그렇게 말했던 것이다. 이에 김종유가 말하기를,

"길삼봉은 요괴가 지어낸 말인데 선생님이 어찌 그런 말을 하시는 것입니까?"

그러자 성혼이 웃으면서 말했다 한다.

"그렇지 않다. 떠도는 소문들이 그렇지가 않은가?"

그날 김종유는 집으로 돌아오면서 여러 친구들을 만나서 이렇게 말했다고 한다.

"최영경이 죽는다네. 성혼은 그를 구원할 생각이 없다네."

이것이 정인홍으로 하여금 성혼이 뒤에서 정철한테 사주한 것이라는 말을 하게 한 빌미였다. 그러나 정인홍도 이때는 아직 몰랐던 사실이 있었으니 그것은 송익필의 역할에 관한 것이었다. 이 모든 옥사의 처음서부터 끝까지에는 송익필과 송한필의 주도면밀한 계략이 있었던 것을 정인홍은 그때는 아직 몰랐던 것이다.

정인홍은 이 기축옥사가 기획에서부터 결과에 이르기까지에 이들 두 형제의 역할이 지대했던 것을 그때는 모르고 있었던 것이다. 기축옥사에 있어서 아마도 정인홍이 송익필의 커다란 역할에 대해서 알고 있었다면, 과연 그는 어떤 행동을 취했을까? 모르긴 몰라도 송익필을 잡아서 간이라도 씹어 먹으려고 하지 않았을까?

덧붙일 말이 또 있다. 훗날 선조는 자신의 결정을 부정하며 이렇게 후회를 했다고 한다.

"조헌이 사건 중에 보낸 상소문 두 건은 송익필의 사주를 받아서 쓴 것이다. 조헌을 잡아가두고 주인을 배반하고 도망친 송익필을 서둘러 잡아라. 내가 흉악한 성혼과 표독한 정철에게 속아 어진 신하들만 죽였구나!"

선조는 이런 말을 남겼다고 한다. 그러나 아무리 후회를 해 본들 지나간 것은 이미 되돌릴 수가 없는 법이다. 그렇게 알게 모르게 역사는 후회 속에서 흘러가는 것이었다. 바로 역사의 아이러니라고나 할까?

끝없는 수난 속의 정개청

대체 사람의 운명이라는 것은 무엇일까? 운명 그것의 실체는 무엇일까?

그러나 나는 아무리 생각해 보아도 운명이라는 그 실체 자체를 모르겠다. 우리가 운명이라고 말할 수 있는 것은 지난 과거가 아니고 다가올 미래에 해당되는 사항이기 때문이다. 그러니 우리가 이 세상을 살아가면서 운명의 실체를 알아야 하겠다는 그 거드름은 단지 오만과 자만에 해당되는 항목이 아닌지 모르겠다. 그러하긴 하나 우리 인간들은 호기심이 많다. 호기심 많은 인간들이니만치 타인의 운명에 대해서도 알고 싶은 것들이 너무나 많을 법도 하다.

그러다 보니 자연히 나와 주변 사람들의 운명에 대해서도 관심이 없을 수 없으리라. 그건 본능에 해당된다. 그런 관계로 인간이라는 존재는 내 자신은 물론 주변인들의 사주에도 관심이 많고 팔자에도 신경을 쓰는 것이리라. 그러다 보니 크고 작은 문제가 왜 없겠는가. 그래서인데 가만히 생각을 해보면 어떤 사람의 운명을 알아야 하겠다는 집념을 갖는다는 것은 그 사람의 참으로 어려운 난제라고 하지 아니할 수 없다.

그럼에도 불구하고 사람들은 자신의 운명을 물론이고 타인의 운명에 대해서도 지대한 관심을 갖는다. 귀추에 대해서 신경을 쓴다. 그러나 어찌하겠는가. 우리들이 운명이라는 것의 실체를 아는 것은 고사하고 껍데기도 알지 못하는 주제인데 어찌 나와 타인의 운명을 알 수 있겠는가. 그리고 덧붙이자면 가장 나를 잘 알고 있다고 자부하고 있는 내가 나의 운명을 모르고 있는데 내가 어찌 다른 사람의 운명을 알 수 있겠는가. 안다고 말할 수가 있겠는가. 그러니 우리가 타인의 운명을 알 수 있다고 말하는 그 사실은 실은 그 사실 자체만으로도 무지하게 시건방을 떠는 일이 아닌지 모르겠다.

사람의 운명이라는 것이 정말로 한 치 앞도 내다보지 못한다는 말은 얼추 맞는 것 같다.

지금 뜬금없이 내가 왜 이런 말을 하느냐 하고 물어본다면 내가 진심으로 할 말이 있기 때문이다. 대체 무슨 말이냐. 조선 사회에서는 항차 벼슬에는 뜻이 없고 학문에만 뜻이 있던 초야의 한 선비를 몰아쳐서, 그를 역사라는 무대에서 사라지게 만들어 버린 일에 대해서 말하고 싶기 때문이다.

조선 사회에서 역사와 권력이라는 거대한 시대적 흐름이, 그의 흔적만을 이 세상에 남긴 채 역사의 소용돌이 속으로 밀어 넣어 버린 일이 불행히도 과거에 있었기 때문이다. 그 소용돌이의 깊이는 너무나 깊었고 또 그 너울은 너무나 거대했다. 배경은 조선이었고 그 소용돌이의 이름은 기축옥사라는 옥사였다.

물론 지금에 와서도 그렇고 과거에도 그러했지만 기축옥사는 비단 정개청이라는 산림의 올곧은 처사선비 한 사람만을 거친 여울의 물결 속으로 삼켜버린 것은 아니었다. 수많은 조선 사림의 젊은 인재들이 그러한 수난을 당했다. 특히 동인의 젊은 선비들을 풍비박산으로 만들어 놓았다. 두 주먹으로 땅을 치며 통곡할 일이 아닐 수 없었다.

전라남도 나주 대곡동 사람인 정개청이라는 선비 또한 수난을 당했다. 그 또한 자신의 운명을 한 치 앞도 내다보지 못한 사람 중의 하나였다. 그는 젊어서부터 자신의 운명을 개척해 나가는 데에는 비상히 용감했지만, 막상 자신의 이상한 운명, 비극의 그림자를 비켜가는 특별난 재주는 그가 가지지 못했던 모양이었다. 입지 않아도 될 화를 그는 입었다. 그 당시 그가 운명을 비켜갈 수 있는 재주라야 별것이 아니었다. 사람들의 시선을 피해서 조용히 살아가면서 학문에만 정진할 수 있기만 하면 되었다.

그러나 그것이 잘 안 되었던 모양이다. 선비 정개청 역시 기축옥사의 희생에서 벗어나지 못했다. 그는 남명의 문인이었고 동인의 선비였다. 남명의 문인이었고 동인 계열의 선비들 대개가 다 그렇듯이 그 역시 송익필과 정철의 손아귀를 벗어나지 못했던 것이다.

사람들은 말한다. 그의 죽음은 자업자득이라고. 왜냐하면 그는 동인이었고 남명의 문인이었기 때문이다. 올곧게 살아왔고 앞으로도 정치에는 물들지 않으려고 했기 때문이다.

서인들 편에 줄을 서지 않았고 동인들 편에 줄을 섰기 때문이다. 그것이 화근이라면 화근이 되었는데, 그 대가는 너무나 혹독했다. 죽음이 그 대가였으니 말이다.

그는 어릴 때부터 매우 총명하고 집중력이 놀라웠다고 한다. 그랬던 그였지만 그 역시 그런 자신의 장점에 대해서는 잘 알지 못했던 모양이었다. 그는 다른 여느 마을의 젊은이들처럼 사람들을 피해서 조용히 살아가기보다는 이웃 사람들과 어울리며 살아가기로 작정을 했다. 그러려면 공부를 열심히 해야 했다. 그는 총명했다. 머리가 잘 돌았다. 기억력도 비상했다. 그는 젊어서부터 과거공부에 열중해 와서 자기 고을의 초시에서는 여러 번 합격을 했었다고 한다.

그러나 세상은 그가 생각하고 꿈꿔왔던 것만큼 그렇게 단순하지 않았다. 화려한 꿈은 있으되 세상이 그를 받쳐주지를 않았다. 세상은 그의 마음과 뜻대로 되게 해주지를 않았던 것이다. 무엇이 그러했던가. 당시 조선사회의 사회구조가 그러했다.

사회구조는 그가 뚫지 못할 벽이 존재하고 있었다. 양반가문만을 중시하는 양반사회 제도의 뚫지 못할 장벽 때문에, 정개청은 번번이 초시에서는 합격을 했지만, 소위 줄이라는 것이 없었던 그에게 말단이나마 벼슬자리가 주어질 리가 만무했다. 9품직의 말직이나마 그에게 벼슬자리가 주어진 적이 없었던 모양이었다.

그로 인해서 크게 낙담하고 좌절해야만 했던 그는 벼슬의 뜻을 접고 오로지 학문의 길로만 전념하기로 마음을 바꾸어 먹는다. 그 길만이 유일하게 자신이 이 세상을 살아갈 수 있는 유일한 길이라는 걸 몇 번의 실패 끝에 깨달았던 것이다.

정개청은 서당의 훈장을 꿈꾼다. 그 뒤에는 초야의 선비가 되기로 한다. 학문의 길로 대성하기를 바랐다. 생각해 보면 그걸 못할 것도 없었다. 그런 길을 못 걸어갈 것도 없었다.

그리하여 그는 책을 싸서 등짝에다 짊어지고 제주도의 한라산으로 들어갔다. 한라산에다가 토굴을 깊이 파고 외부와는 단절한 채 밤을 낮 삼아 낮을 밤 삼아서 학문을 닦는 데에만 온 힘을 기울였다. 총명했던 그였기에 학문의 진도가 남달랐다. 그렇게 세월이 흘러가서 어느 정도 학문을 이루었다고 생각이 되자 그는 불현듯 고향인 나주로 돌아왔다. 돌아오자마자 곧바로 결혼을 했다.

그러나 신혼생활은 오래 가지 못했다. 결혼을 한 지 얼마 되지 않아 그는 집을 나갔다. 조정에서 출사를 해보겠다는 야망보다는 학문을 더 해야겠다는, 출사의 좌절로 인한 좋지 않은 기억들을 지워버리기 위해서라도, 학문으로 대성해 보겠다는 그의 오랜 소망으로 인하여 정개청은 미련 없이 집과 아내를 버리고 전국의 이름난 스승을 찾아 집을 나섰던 것이다. 떠돌이 서생이었다.

그는 주자학을 연구하는 도중에 떠돌이 중이 되었다. 땡중이 되어서 풍수지리를 공부하기도 했고 관상학도 배웠고, 사주풀이 공부도 했다. 그러나 뭐니 뭐니 해도 그의 전공은 주자학이었다. 하여간 그는 주자학 공부에 온 힘을 기울였다. 반면 풍수지리 공부에도 온 힘을 다해 전념했다. 그는 어떤 학문을 파든 깊이 있게 파고드는 공부벌레였다.

그런 그였기에 오래지 않아서 그의 해박한 학문이 널리 주위에 알려지기 시작했다. 명성이 오름에 따라서 차츰 자신의 문하로 문도들이 모여들기 시작했다. 오래지 않아 문전성시를 이루었다. 그는 작은 성취에 만족하지 못했다. 그는 문전성시에 만족하지를 않았다. 다시 참스승을 찾았다.

그는 학문을 더 할 욕심으로 그 당시 광주에서 추앙받던 선비 기대승을 찾아갔다. 기대승은 도성에서 대사헌의 벼슬을 버리고 낙향해 있었다. 그를 면대했던 그 자리에서 정개청은 뜻밖에도 거절을 당했다. 가문이 시원찮다는 면박과 함께 그는 기대승의 집에서 쫓겨났다. 기대승은 이렇게 말했다.

"너와 같은 하찮은 자가 어찌 나에게 배우러 왔느냐?"

"……!"

그는 너무나 분했다. 분한 마음에 그는 도성으로 올라가서 당시 명재상이었던 박순을 찾아가게 된다. 그러자 박순은 기대승과는 달리 정개청을 흔쾌히 받아주었다. 박순은 정개청의 학문을 인정해 주었다. 사람 됨됨이도 유심히 살폈다. 오래 가지 않았다. 박순은 정개청을 자기 집에 두고 아들과 사위를 가르치게 했고, 정개청 자신은 박순한테서 학문을 배웠다.

광주의 기대승한테서는 배척을 당하고 쫓겨났지만 박순한테서는 제대로 된 평가를 받았던 셈이다. 정개청은 그렇게 박순의 밑에서 몇 년을 공부했다. 학문이 일취월장했다. 새로운 학문에 배가 고파지기 시작했다. 벼슬에는 뜻이 없었다.

그후 그는 개성에 있는 화담 서경덕을 찾아가서 학문을 배웠다. 서경덕은 새로운 학문을 하고 있었다. 서경덕의 새로운 학문에 눈을 뜬 정개청은 학업을 마치고 고향으로 돌아왔다. 고향으로 돌아와 무안 엄다에다 정자를 지었다.

정자를 지은 후 제자들을 가르치기 시작했다. 그러자 나주, 광주에서 명성을 듣고 사람들이 몰려들었다. 나주의 나덕준, 서울의 남이공 등이 그 당시 그의 제자들이었다.

화순의 최홍우, 보성의 안중묵, 송제민, 정식, 유양 등도 그의 제자들이었다. 그렇게 제자들을 가르치는 한편으로 그는 성리학과 주역 공부도 열심히 했다. 그러기를 10여년! 지방에서 어느 정도 그의 학문이 소문이 나게 되자 도성에 있던 이이와 박순이 정개청을 칭찬하며 소문을 내어 주었다.

그가 재야의 훌륭한 학자라고 칭찬을 아끼지 않았으며, 이들은 정개청한테 귀한 서적들을 보내주기도 했다. 자연히 후원자도 생겨났다. 담양 출신 유희춘은 그의 제자인 나덕준 형제를 설득해서 나주 대안동에 넓은 서재를 지어서 정개청한테 주기도 했다.

이미 이때는 정개청의 나이 50세! 명성이 자자한 그에게 조정에서는 여러 차례 참봉 벼슬을 내렸지만 거절했고, 9품직인 동문교관을 내려도 받지 않았다. 오로지 제자들만 가르칠 뿐이었다. 그때 나주 향교에서 그를 교관으로 삼자는 논의가 있었다. 그러자 이는 받아들였다. 그의 나이 54세에 오른 첫 벼슬이었다. 향교의 교관은 9품직이었다. 능참봉과 같은 직급의 벼슬이다. 한직이었다. 나주 관아에서 급료가 나왔다.

이 무렵 그는 그 유명한 『배절의론(排節義論)』을 지었다. 절의를 배격해야 한다는 글이었다. 이 짧은 글이 훗날 정여립의 역모사건 때에 결정적으로 그를 궁지로 몰아넣는 단초가 되었다. 서인들이 절의를 버리자며 후학들을 현혹한 그를 배신자로 몰아갔기 때문이다.

선비들의 세상에서 의를 버리자고 하는 것만큼 위험한 사상도 없다. 신과 의는 사림들의 요체, 즉 주자학의 요체였다. 특히 선비된 자로 신의가 없는 자는 배척을 당해야만 하는 세상이었다. 예전부터 공자가 그러라고 했기 때문이다.

그럼 정개청이 나주에서 향교 교관으로 근무를 하며 배절의론을 저술할 무렵 정여립은 어디에 있었는가. 그 무렵 정여립은 금구에 있었다. 정여립은 금구에서 제자들을 가르치며 대동계를 조직해 전주 일대와 금구, 진안, 부안 일대의 세력을 휘어잡고 있었다. 그는 대동계를 준군사화했다. 대동계는 학문과 무예를 병행하면서 수련하는 조직이었으므로 그것이 가능했다. 그때는 정여립의 대동계 세력이 무시하지 못할 정도로 전라도 일대에서는 이미 커져 있었다.

그러나 이 무렵 정개청은 무안에 있었다. 무안에서 자신의 문인들과 함께 강의계(講義契)를 하며 향약을 보급하고 있었고, 또 향음주례(鄕飮酒禮)를 시행하는 등 문인 집단의 결속을 다지고 있었다. 그는 학문에만 전념하는 사람이 아니었다. 그는 정여립처럼 사회적 활동에도 깊은 관심을 기울이고 있었던 것이다.

정개청은 향촌에서 활약하면서 예학과 성리학에 독자적인 경지를 개척한 인물이었다. 그 당시 재야에서는 그의 학문을 따를 자가 없었다고 하는데 최영경마저도 그를 부러워할 정도였다고 한다. 실제로 당시의 사람들은 최영경보다는 정개청을 학문에 있어서는 한 수 위로 쳐줄 정도였다고 한다. 그런 그의 재주를 아껴서 박순이 여러 차례 조정에 천거를 했다.

그러나 정개청은 한 달여 동안 머물렀던 교정낭관 외의 벼슬은 일체 받지 않았다. 벼슬에 뜻이 없었다. 그런 그였지만 나주 향교의 교관 자리는 계속 유지하고 있었다. 그는 한 달여 동안의 교정낭관 생활을 하던 중 정구와 최영경, 정여립과도 교분을 쌓았는데, 그때 그의 나이 57세 때였다.

교정낭관이란 조정에서 경서를 간행할 때 교정을 보는 일을 말한다. 그는 이 교정낭관직을 딱 한 달 동안만 보았다. 이것이 그가 일생 동안 조정에서 일을 한 것의 전부였던 셈이다. 마침내 운명의 그 날이 찾아왔다.

1589년, 기축년 10월.

정여립의 모반에 대한 고변이 전라도와 황해도에서 연이어 올라오자, 위관이 된 정철은 사건의 주모자인 정여립은 이미 죽고 없었지만, 그 나머지 사건의 연루자들에 대해서는 더 이상 미룰 수가 없다며 엄벌을 속히 하라는 글을 조정에다 올렸다.

선조도 허락을 했다. 그러는 와중에 나주 생원 양천회, 예조정랑 백유함의 상소, 낙안 유생 선홍복의 진술이 줄을 지어 이어지고 있었다. 그러자 기댈 곳이 없었던 동인들은 사면초가에 몰렸다. 당시 정철의 서슬은 서릿발 같았고 선조의 엄명은 지엄하기만 했다. 엎친 데 덮친다고나 할까. 다시 전라도 유생 정암수의 상소도 올라왔다.

『조선왕조 실록』을 보자.

— 정개청은 오랫동안 정여립과 친밀해 온갖 사악한 이야기들에 서로 호응한 자입니다. 그가 일찍이 '배절의론'을 지어 후배와 제자들을 현혹시키니 사람들이 말했습니다.

"이 폐단이 반드시 간교한 방책을 일으켜 마침내 나라를 망치고야 말 것입니다."

아, 성인이 『춘추』와 『강목』을 지을 때 절의를 매우 소중하게 여겼습니다. 그런데 정개청은 글 읽는데 힘써 유민(流民) 출신으로 사대부의 대열에 참여한 뒤에는, 감히 터무니없는 말을 만들어 스스로 반란의 길에 빠졌습니다. 이는 임금을 잊고 버리는 마음이 뚜렷한 것입니다. 진주의 유종지도 정여립과 사이가 각별했습니다. 그들이 산중에서 회합할 때 그 제자 양형만 뜻을 알아보고 편지를 보고난 뒤 즉시 태워 버렸다고 합니다. 그래서 서로 오간 편지들의 내용은 알 수가 없습니다. 하지만 지난번에 이들은 고을의 선비들에게 과거에 응시하지 말라고 하면서 이렇게 말했습니다.

"장차 망하는 나라에서 응시해 무엇 하겠는가?" 어찌 이것이 신하로서 차마 할 말이겠습니까? —

이 소식을 들은 제자 배명 등이 상소를 올렸지만 이미 때는 늦었다. 그때는 이미 정여립과 정개청이 더불어 산에서 놀았다는 헛소문이 전라도 안에 널리 퍼져 버린 뒤였다. 그 때에 이르러서 전라감사 홍여순이 있었다. 그는 공을 세우고 싶었다. 그는 증언하는 자들에게 편향성을 가지고 있었다.

홍여순은 옳은 것도 옳고 그른 것도 옳다고 하면서 무조건 사건을 유리하게 다루고 또 엄하게 다루라고도 지시하기도 했다. 어느 곳에서든 누구한테든 고소장이 올라오기만 하면 홍여순은 말했다.

"옳고 그름을 따질 필요가 없다. 그들의 말이 모두 옳다!"

이것이 홍여순의 말이었다.

그해 5월 나주 향소에서 장계를 올려 조정에 보고를 했다.

"정개청이 유생 조봉서와 같이 정여립의 집터를 보는데 갔었다고 하므로, 그를 나주 옥에 가두었습니다."

정개청이 정여립과 가까이 지냈다는 죄목 한 가지와 또 절의를 배척했다는 다른 한 가지 이유를 내세워서 정개청의 국문은 시작되었다. 그러나 국청에서의 법은 법이 아니었다. 국청에서는 무조건 죄목을 인정하고 마침내 국문을 시작하는 것이다. 죄인 정개청도 가만히 앉아서 당할 운명이었다. 그러나 정개청은 앉아서 고스란히 당할 수만은 없었다. 살기 위해서도 자신을 변호해야만 했다. 그래서 정개청은 공초를 당했을 당시에 주상에게 상소를 올려서 자신을 변호하려고 했다. 그가 쓴 긴 상소였지만 정개청의 상소는 받아들여지지가 않았다.

그러나 얼마 후 선조는 정개청이 정여립에게 보낸 편지를 국청에다 내려 보냈다. 그러면서 선조는 오히려 신하들한테 이렇게 물었다고 한다.

"정개청의 편지에서 정여립에 대해 '도를 보는 바가 넓고 밝은 것은 당대에 오직 존형 한 사람뿐'이라 했으니, 그 도란 도대체 어떤 것인가?"

그리고는 문신에게 명해 정개청이 지은 『배절의론』을 조목별로 해설해 각 고을로 내려 보내게 했다. 모든 사람들한테 널리 알리게 했다. 그러자 옥중에 갇혀 있던 정개청이 상소를 올렸다. 살기 위한 자구책이었다.

— 당시에는 비록 지혜가 있는 사람일지라도 정여립이 장차 역적이 되리라고는 알지 못했을 것입니다. 하물며 신처럼 어둡고 용렬한 사람이 어찌 그가 임금에게 불충한 마음을 품고 있는 줄 알았겠습니까? 무릇 편지에 쓰는 말은 친할수록 그 말에 번거롭고 공경하는 뜻이 없으며, 사이가 소원할수록 공경과 칭찬을 더하는 것입니다. 신이 예전에 쓴 배절의론은

주자가 논한 것을 읽고 느낀 바가 있어 동한시대에 절의가 무너진 것을 밝힌 것뿐입니다……. 글을 쓴 이유는 절의의 근본을 북돋아 기름에 있었던 것인데도 도리어 절의를 배척했다고 하니, 이는 신의 본심이 아닙니다. 저는 원통함을 품고 있을 뿐 변명할 곳이 없습니다—

정개청은 자신의 억울함을 호소했지만 선조나 위관이었던 정철의 시선은 전혀 싸늘했을 뿐이었다.

오래 전부터 선조는 정개청의 산림처사로서의 인기를 시샘해 왔고 정철은 그와는 좋지 않은 감정을 가지고 있었다. 좋지 않은 감정을 가져온 만큼 그가 선조나 정철로부터 구원을 받을 확률은 극히 미미했다. 선조의 시기심은 자타가 알아주는 바였다. 선조와의 관계는 그렇다고 하지만 정철과의 소원한 관계는 어떻게 생겼을까?

정철과 정개청이 소원하게 된 데에는 이유가 있었다. 정개청은 언제인가 정철이 술을 많이 마시는 것을 싫어해서 이런 기록을 남겼다. 그것을 정철이 보았던 것이다.

"정철은 주색에 미쳐 예법을 능멸하고 있으니, 검소한 행위를 싫어하거나 풀어놓고 지내기를 좋아하는 자들이 떼로 몰리며 그를 따랐다."

이런 상황이었으니 정철로서는 정개청에 대한 감정이 좋을 리가 없었다. 정철은 언젠가는 정개청을 한번 손을 보아줄 필요가 있었다. 정철 역시 정개청의 인기를 시샘하고 있었다. 그뿐만이 아니었다. 그는 정철의 술 마시는 행위를 좋아하지 않았으며 그의 마음을 선비의 위선이라고도 보았다. 어떤 사람이 정철의 맑은 절개를 취할 만하다고 하였을 때, 정개청은 웃으면서 이를 부정하며 이렇게 말한 적도 있었다.

"그 사람은 위선자이지 올바른 사람은 아니다."

당시 권력을 잡고 있던 위관 정철이 이 말을 들었다. 그렇지 않아도 속이 밴댕이 속처럼 좁은 정철이었다. 정개청의 말은 사림의 선비들을 등에 업은 오만이라고 정철은 보고 있었다. 그것도 동인들을 등에 업은 것이라고 보았다. 그러니 정철로서는 손을 보아줄 필요성이 다분히 있었다. 성질이 급한 정철이었다. 그는 이 일로 인하여 정개청에 대한 감정을 더욱 깊이 품게 되었다. 선비들 사회에서도 금기시되는 말이 있었다.

당시 선비들 사이에서는 해서는 안 될 말이 반드시 있었다. 누구를 막론하고 신의가 없는 사람 혹은 절의를 버린 사람이니 하는 그런 말들을 절대로 입에 담아서는 안 되었다. 그런 말들은 선비사회에서 절대 금기시하는 말이었다. 그런 말들을 해서는 아니 되었음에도 불구하고 정개청은 함부로 했던 것이다. 스스로 화를 자초하는 일이었다. 공교롭게도 일이 터지려니까 정개청이 그러한 말을 한 때에 정여립의 옥사가 벌어졌다.

정철은 정개청을 엮어 가기로 했다. 미운 동인들이었다. 동인을 한 사람이라도 더 많이 옥사에 엮어갈 필요성이 서인들로서는 있었다. 지금이 기회였다. 옥사가 일어나고 위관이 되자 정철은 재빠르게 각 고을로 사람을 내려 보내어 의심이 갈만한 사람들을 잡아오도록 했다.

"죄인과 같은 당으로 잡을 만한 사람을 캐내라!"

즉 정여립과 당파가 같은 사람들 중에서 혐의가 있을 만한 사람들을 찾아내어서 잡아들이라는 말이었다. 누가 들어도 참으로 어리둥절할 정철의 말이었다. 그러나 그 당시에는 사람들은 정철이 내려보낸 그 말의 뜻을 잘 모르고 있었다. 같은 당으로 '캐내라!'는 말에 사람들은 고개를 갸웃했다.

그러나 그 의문은 얼마 가지 않아 풀렸다. 그렇게 며칠이 지나갔다. 비로소 사람들은 정철이 한 말의 뜻을 이해하게 되었다. 참으로 무서운 말이었던 것이다. 그런데 당시 나주 사람 5,6명이 정개청을 고발했다. 그가 정여립과 내통을 하고 나주의 한 야산에서 만났다고 고변을 했던 것이다.

그러한 고변장이 접수되자 정철은 비로소 쾌재를 불렀다. 정개청을 잡을 절호의 기회가 찾아온 것이다. 그에게는 자신의 의도가 관철될 기회가 찾아든 것이 기뻤다. 그는 정개청이 역모사건에 연루되었다는 것과 또 절의를 배척했다는 두 가지 죄목으로 정개청을 잡아들여서 국문을 하기 시작했다. 국청이 시작되었다. 한 차례 고문이 오고가고 한 후에 송강이 물었다.

"네가 쓴 '배절의론'의 뜻이 어디에 있느냐?"

그러자 정개청이 국문 도중이었지만 송강에게 말했다. 이때 그는 애써 자신을 변호하려고 했다.

"그것은 주자의 말이오!"

정철은 냉소하고 버럭 화를 내면서 소리쳤다.

"어디……! 주자, 주자하는데 네가 어찌 주자를 아느냐? 주자도 그 스승에게 배신한 일이 있었더냐?"

정개청은 고개를 수그리고 말이 없었다. 송강이 애써 자신을 모함으로 자신을 엮어 가려고 하는 것을 알았기 때문이다. 그래서 정개청은 굳이 침묵했다. 그 후로 그는 다시는 국청에서 입을 열지 않았다고 한다. 송강의 의도를 바로 직감했기 때문이었다. 그 일이 있고 난 뒤부터는 정철이 사람들한테 정개청에 대한 말을 할 때마다 꼭 먼저 하는 말이 있었다고 한다. 감정이 가득한 말속이었다.

"정개청은 반역하지 않은 정여립이요, 정여립은 반역한 정개청이다."

정여립과 정개청을 애써 동일 인물로 여겨서 처벌을 받게 하려고 했던 정철이었다. 정철은 재야에서 오래 전부터 학문이 자자한 그를 그냥 두고 볼 수가 없었다. 정철은 시기심이 많은 자였다. 자신보다 뛰어난 학문을 가진 자를 내버려둘 수가 없었다. 사림에서 명성이 있는 자를 가만히 두고 보지를 못했다. 그때부터 정철의 마음속에는 이미 정개청을 죽여야겠다는 생각이 너무나도 깊이 자리를 잡고 있었다. 그만큼 정철은 정개청을 시기하고 반드시 없애야 할 사람으로 여겼고, 정개청을 해코지해야겠다는 마음을 가지고 있었던 것이 분명했다.

기축옥사에 즈음하여 정철은 정개청의 학문을 시기하여 마침내 『배절의론』을 걸고 넘어가기로 작정하고 있던 것이 분명했다. 그리고 마침내는 그를 고문해 죽음에 이르게 하였다. 결국 정철은 정개청을 살려둘 마음이 없었던 것이다. 그는 오직 정개청을 자신의 학문의 적으로 생각했던 것이 분명했고 정치적으로는 차후의 정적으로 여겼음이 분명했다.

다음 날 위관의 자격으로 정철은 선조한테 다음과 같이 고

했다.

“정개청이 초지일관 정여립의 집터를 보러 갔었다는 말에 대해 원통하다고 하면서, 정여립 등과 대질하기를 원하는 것을 보면 사실이 아닌 것 같습니다. 그러나 그가 지은 ‘배절의론’은 후학들을 현혹해 그 화가 홍수나 맹수의 해악보다도 더 할 것이니 형벌을 가해 처벌키를 청합니다.”

아주 쉽게 선조는 그렇게 하라고 했다. 선조 역시 정개청을 죽이려는 마음을 먹었던 덕이리라. 판결은 유배형으로 결정이 될 예정이었다. 정개청은 평안도 위원 땅으로 유배될 예정이었다. 그가 유배를 떠나기 전 선조한테 정철의 고하는 말이 있었다.

“그의 죄가 매우 중하니 함경도 아산보로 보내시옵소서.”

“그리하라.”

“하옵고 전하! 그의 문하들 처리는 어찌 하오실까요?”

“어찌하다니? 해산해야 하지 않겠는가? 그의 학문이 사악한 것이라면 당연히 그리 해야지 않겠느냐?”

선조는 정개청의 학문이 절의를 숭상하지 않음은 사대국인 명나라 유학에 배치된다고 보았다. 명나라의 유학은 절의를 숭상하는 것을 기본으로 하는 학문이었으므로 정개청의 ‘배절의론’은 그의 해명에도 불구하고 당연히 조선의 조정에서도 용납될 수가 없었다. 조선의 유학은 명나라 주자학을 그대로 모방한 것에 불과했기 때문이다.

"황공하옵나이다. 신 그리 처리하겠사옵니다. 전하!"

"그리하라."

이날 선조는 정철한테 그리 하라는 말을 두 번이나 하였다. 정철의 어깨에 힘을 실어주기 위함이었다. 정철한테 힘을 실어줌으로써 너무나 비대해져 있는 동인들의 세력을 약화시키겠다는 선조의 의도가 고스란히 반영된 처사였다. 그것은 서인들한테 장차 힘을 실어주겠다는 선조의 무언의 약속과도 같은 것이었다. 정철은 부쩍 어깨에 힘을 주고 자리에서 일어났다. 자신의 비위에 거슬린 자들은 앞으로 가차없이 쳐낼 수 있다는 자신감이 충만했다.

정개청이 죽었다. 그의 운명이 그것이 다인 모양이었다. 운명을 탓하기 이전에 시대를 잘못 만났고 사람을 잘못 만난 탓이었다. 그것이 그의 잘못이 아니었음에도 불구하고 그의 죽음은 사람들한테 크게 안타까움을 가져다주었다. 정여립의 옥사가 시작된 지 불과 반년 여 만의 일이었다. 정철한테 한 번 밉보인 사람들은 이렇게 자신이 무슨 죄를 지었는지도 모른 채 죽어야만 했던 것이다.

정개청은 함경도의 아산보 유배지에 귀양 가는 도중에 죽었다. 국청 때 입은 혹독한 상처 때문이었다. 그때가 1590년 6월 27일이었다.

'동방의 진정한 선비'이며 '퇴계에 버금가는 학자' 혹은 '주자와 정자를 이을 오직 한 사람'이라는 칭송을 세인으로부터 받았던 정개청이었다. 그는 여러 책을 썼는데 국청 도중에 모두 다 유실되고 오직 『우득록(愚得錄)』 세 권만 남아 있다. 너무나 안타까운 일이었다. 그는 나중에 고성 정씨의 시조가 되었다.

정개청은 본관이 철원, 자는 의백이고 호는 곤재라 했다. 집안은 대대로 전라남도 나주 대곡동에 살았는데, 그는 대대로 아전 노릇을 하는 집안에서 태어났다. 아버지는 정세웅이었다. 나주에서 대대로 아전 노릇을 하던 정세웅은 나중에 무안으로 자리를 옮겨서 세도가 심의겸 집안의 마름이 되었다. 그는 심의겸의 농장을 관리하면서 살게 되었는데, 그의 배려로 정9품인 봉산 향교의 교관을 지냈다.

그 영향으로 정개청 또한 관리를 꿈꾸기도 했지만 신분의 벽으로 인해 포기하지 않을 수가 없었다. 그는 성리학은 물론 풍수지리서와 도학서 따위를 두루 섭렵했다고 한다. 정개청은 학문을 하는 도중에 스승도 여러 명을 거쳤다. 박순, 서경덕 등의 이름난 학자들이 그의 스승이었다.

『대동야승(大東野乘)』의 기축록 해제는 이렇게 시작된다.

— 선조 재위 22년째인 기축년에 정여립의 역모사건이 있었다. 당시 맑은 선비로 이름이 높던 최영경과 정개청 등이 근거 없는 모함을 받아 최영경은 옥중에서 죽고, 정개청은 함경도 경흥으로 귀양 가던 도중 사망한 사실이 있다. 특히 정개청은 최영경보다 배움과 경력이 더 한층 높아 많은 제자들이 그의 문하에 있었다. 그는 영의정 박순도 선조에게 강력히 추천했던 인물이었다. 그는 호남의 선비들 중에서도 경학에 밝고 글을 잘 지어 선조 임금의 신임이 특별히 두터웠다. 그러나 그는 당시 서인의 영수였던 정철과는 사이가 좋지 못했다. 그러던 중 정여립의 기축옥사가 일어났다. 어떤 자들이 무고하여 말하기를, 정개청이 정여립과 내통했다고 밀고했다.

그 때문에 서인 소장파들이 맹렬히 그를 공격했다. 그 때문에 정개청은 북방의 변경으로 귀양을 가게 되었다. 귀양가는 동안 사망하니 동인들의 격분은 하늘을 찌를 듯했다. 이로부터 동인과 서인들 간의 대립은 격화일로로 접어들게 되었고, 기축년의 역모사건에 대한 처리는 동인과 서인간의 당쟁의 중요한 쟁점으로 떠올랐다. 백성들은 기축옥사라고 하면 정여립의 역모사건보다는 오히려 정개청의 원통한 죽음으로 인식하기까지에 이르렀다.—

정개청은 당시 재야의 인물들 중에서도 학문이 가장 깊은 사람으로 알려져 있었다. 그러나 사람의 인연은 우연한 데서부터 시작되어 또한 우연한 곳으로 흘러가는 것 같다. 그는 자신과 가는 길이 다르다고 해서, 자신과 성격이 맞지 않다고 해서, 정철을 배척했다.

그 결과는 자신의 죽음이라는 처참한 일에 미쳤다. 그는 정철과의 악연으로 그야말로 허무한 생애를 마치고 말았다. 또한 일찍이 친구였던 성혼의 배척으로부터도 자유롭지 못해서 그에게도 배신을 당했다. 모두가 다 뛰어난 그의 학문과 입바른 소리 때문에 생겨난 조선의 비극이었다.

정개청의 죽음은 동인들의 큰 분노를 샀다. 위기를 느낀 동인들은 뭉쳤다. 정개청을 죽인 것은 장차 동인들을 말살하기 위한 서인들의 전초전으로 보았기 때문이다. 그 결과 동인들은 상소를 계속해서 올렸다. 동인들은 줄기차게 정철과 성혼을 공격했다. 마침내 동인들의 계속된 상소로 정철은 물론 성혼과 서인들도 몰락의 길을 걷게 되었다. 서인들의 몰락은 그 뒤에 어떠한 결과를 낳게 되었던가. 죽음이 그들을 기다리고 있었다.

그들 역시 동인들에 의해서 숱한 생명들이 형장의 이슬로 사라져 갔다. 자업자득이라고 하면 할 말이 없지만 불교에서 말하는 인과응보의 결과라고 하면 그 또한 할 말이 없을 것이다. 뿌린 씨앗은 반드시 많건 적건 반드시 열매를 거두기 때문이다. 열매는 이렇게 뿌린 만큼 거두어 들였다.

그러나 당쟁의 뿌리는 점점 더 번성해 가기만 했다. 이렇게 조선의 당쟁은 한 시대를 풍미하면서 점점 더 그 세력을 뻗쳐갔다. 그 결과 우리의 역사는 다시 순환이 되었다. 그러니 뿌린 씨앗은 반드시 그 열매를 거둔다는 진리는 맞는 말이었다. 기축옥사야 말로 서인들이 뿌린 가혹한 씨앗이었고 또 그 씨앗으로 인하여 서인들은 혹독한 열매를 거두어 들여야만 했던 것이다.

정개청은 후학들한테 이렇게 가르쳤다.

"도를 쌓는 것을 부로 삼을 것이지 재물로써 도를 삼지 말 것이며, 덕을 이루는 것을 귀함으로 삼을 것이지 벼슬로써 귀함을 삼지 말 것이며, 인을 얻음이 영화이지 벼슬이 영화가 아니며, 구차히 이익을 얻으려는 것이 욕됨이지 재앙이 겹친 불운은 욕됨이 아니다."

참선비 정개청은 이렇게 하여 당대에서는 자신을 따르던 문하생들 한 사람 배출해 내지 못하고 학문이 막을 내리는 듯했다. 역적을 동조 내지는 방조했다는 오명도 썼다. 그 대가로 죽음을 맞이하게도 되었다. 그러나 그것이 진정한 그의 명성에 먹칠을 한 것이 되며 영원한 죽음을 의미하는 것일까? 그것은 오늘날의 역사가 말해 준다.

그 후유증… 아아, 동인들을 어떡해

당쟁이 무엇인가.

파벌이 무엇인가.

이 두 난해한 질문에 대한 나의 대답은 역시 속 시원치가 않다는 것이다. 질문에 대해서 내가 똑 부러지게 설명할 길이 없기 때문이다. 그러니 우리는 그 이유를 살펴보아야 할 필요성이 있다.

그러나 좀더 애매모호한 당쟁의 근원을 파헤치기 전에 우리는 먼저 파벌에 대해서 말해야 한다. 파벌은 우리의 현실적인 사회생활을 하는 데 있어서 너무나 자주 접할 수 있고 접해 보는 부문이기 때문이다. 그만큼 파벌은 실생활과 밀접한 관련이 있고 우리 주변에서 자주 일어나고 있다는 뜻이 되리라.

한국 사람은 세 사람만 모이면 파벌이 형성된다고 말하는 사람이 있다. 이 말의 뜻을 좋게 말하면 한국 사람들 개개인의 성정은 그만큼 각자 개성이 있다는 말이 될 것이고, 또 성품들은 그만큼 다양하다는 뜻도 될 것이며, 역설적으로는 남한테 빚지고는 못 산다는 말이 되리라. 내가 모든 것의 주인공이 되어야 하며, 모든 걸 내가 연출하고 연기를 해야만 오롯이 직성이 풀린다는 말도 되리라.

예컨대 두목의 자질은 누구나 다 구비하고 있으며 얼마든지 능력도 갖추고 있다는 뜻이 아닐까. 닭의 부리는 될지언정 소의 꼬리는 되지 않겠다는 마음가짐들을 다 갖추고 있다는 심성이 있어서 그런 것이 아닐까.

파벌은 적은 인원이든 많은 인원이든 간에 서로 편 가르기를 하는 데서부터 시작된다. 그러니 파벌의 가장 큰 폐해는 작게는 개인간의 암투와 크게는 국론 분열을 초래한다는 데 있다. 이 파벌이 커져서 사람들이 모여서 싸우게 되면 당쟁이 되고 이 당쟁이 더 규모가 커지게 되면 붕당이 되는 것이다.

결국 가정에서부터 시작된 파벌이 더 커져서 가문으로 번져 가게 되고, 이것이 더 커져서 가문에서 나라로 규모가 발전되어 종국에는 붕당이라는 거대 조직이 되는 것이다.

여기서 사색당쟁에 대해 알아보기로 한다.

먼저 사색(四色)이라는 것에 대해서 알아보자. 이조 때 노론, 소론, 남인, 북인의 사대 당파를 말한다. 천오백칠십오년(선조 8년)의 동서분당을 계기로 삼백사십 년 간의 기간,

즉 이조 말에 이르는 기간의 당쟁사의 주제라 할 수 있다. 그런데 처음 이 사색이라는 명칭이 생겨난 때는 인조, 효종 시대 때의 일이라고 한다.

그 전에는 사색이라는 말이 없었다. 사색, 즉 노론과 소론은 서인에서 파생된 당파였고 동인에서 분리된 당파는 남인과 북인이다. 여기까지가 사색당파다. 그러다 갈래가 복잡해졌다. 북인은 다시 대북과 소북으로 양분되고, 인조반정으로 서인이 권세를 잡은 이후로 북인은 거의 전멸되다시피 하였다. 소북만이 명맥을 유지하고 있었다. 그러니 사색에서 말하는 북인은 소북을 말하는 것이다. 청남이니 탁남이니 하는 말들은 나중에 생겨났다. 또 시파니 벽파니 하는 말들이 나오는 것은 후기 때의 일이다.

그렇다면 당쟁은 또 무엇인가?

연산군 때부터 이조말기까지의 거의 삼백육십 년 간의 정권쟁탈전의 역사를 말한다. 어느 정도 완화의 영향은 있었지만 영, 정조 때의 탕평책도 거의 무용지물에 가까웠다. 그러니 이조 말기의 흥선대원군이 정권을 잡고 인사를 골고루 실시하게 되었을 때까지의 전 기간이라고 할 수가 있다. 그럼 당쟁의 원인은 어디에 있으며 파장은 어디까지 갔을까?

사람들은 오늘날에도 김효원과 심의겸의 대립에서 파생된

동서 분당이 그 첫 원인으로 알고 있지만, 그건 아주 가까운 원인에 불과한 것이고, 멀게는 고려 말에 주자학이 중국의 남송으로부터 유입된 이후로부터 시작되었다고 볼 수 있다. 정몽주로부터 이어져 내려온 주자학의 학통이 이조에 들어와서는 김장생, 김굉필, 김일손 등으로 이어졌다. 이 과정에서 사림파의 거두인 조광조의 등장이 있었으며, 반발한 훈구파와의 갈등도 생겨났다. 무수한 사화들이 일어난 것이 모두 유학자들 간의 알력과 반목에 의해서였다.

무오사화에서부터 마지막 을사사화 때까지의 사화들은 모두 유학자들 간의 알력에 의해서 생겨난 싸움이었다고 보면 옳다. 이것이 가장 큰 당쟁의 원인이었다. 다음에는 왕실 내 척간의 불화가 원인이었다.

왕권을 차지하기 위한 싸움에서 왕족들이 학맥과 인맥, 지역 색을 이용했던 것이다. 세 번째는 제도상의 결함으로 생긴 원인을 꼽을 수 있다. 제도상의 결함이란 인사 추천권을 말한다. 전랑(銓郎)제도가 전형적인 제도의 결함이라고 할 수가 있다. 전임의 전랑이 후임을 추천하는 형식을 말한다.

동서 당쟁의 처음을 보자.

동인의 김효원과 서인의 심의겸의 대립도 전랑 자리를 차지하기 위한 감정싸움에서 비롯되었다. 이조의 전랑 자리는 비록 품계는 낮았지만 관리의 임명권을 추천하는 요직 중의 요직이었다. 전통적으로 학문에 실력 있고 명망 있는 젊은 관리가 맡게 되어 있었다. 그 당시에 그 요직을 김효원이 차지하고 있었는데, 수시로 그 자는 그 자리에 자격이 없는 자라고 심의겸이 김효원을 비난하여 왔다. 젊어서부터 김효원이 권세가 윤원형의 집에 들락날락했다는 이유를 들고서 말이다.

김효원은 윤원형의 먼 일가였고 윤원형의 사위 이조원과는 동문수학한 사이였기 때문에 김효원이 윤원형의 집에 자주 들락거렸던 것은 어쩔 수 없는 일이었다. 그것을 심의겸이 물고 늘어진 것이다.

어쨌거나 김효원은 이조 전랑의 자리에서 무사히 임기를 마쳤다. 그 후 임기를 마치고 자신의 권리인 추천권을 행사하게 되었는데, 이 추천권이란 것이 그 전임자가 하게 하도록 제도적으로 못이 박혀 있었다. 이때 심의겸의 아우인 심충겸이 그 자리의 물망에 올랐다. 심의겸한테 전부터 앙심을 품고 있던 김효원이 심충겸을 틀었다. 방해를 했다. 여기서부터 두 사람의 사이가 틀어졌다.

그 뒤부터 사람들은 김효원의 집이 동대문 가까운 낙산 밑에 있어서 동인이라고 불렸고, 심의겸의 집은 정릉동 부근에 있어서 서인이라고 불리게 되었다. 여기서부터 동인과 서인이 생겨난 것이다.

제도상의 결함으로 파벌이 생겨난 원인이란 이것을 말한다. 그럼 이후 당쟁은 어떻게 변해 갔을까? 동인에는 주로 이황 율곡과 남명 조식의 제자들이 많았고, 서인에는 심의겸의 제자들과 율곡 이이와 우계 성혼의 제자들이 많았다. 이때까지는 지방색으로 파벌이 갈라진 적은 적었다. 주로 학맥으로 파벌이 형성되었다고 보는 것이 무난할 것이다.

그러나 주리론과 이원론의 차이로 이황과 이이 간에 사이가 벌어졌다. 그래서 기호지방의 선비들은 주로 서인으로 달려갔고, 전라도 일부 지방과 영남 지방의 대부분의 선비들은 주로 동인들이 되었다. 이 점은 부인할 수 없다. 선조 재위 초기 무렵에 동인들은 다시 남인과 북인으로 갈린다. 남인에는 유성룡과 우성전이 우두머리로 있었으며, 북인에는 이발과 이산해가 포진하고 있었다. 그러다 광해군 무렵 북인은 다시 대북과 소북으로 갈렸다.

대북에는 이산해가 영수였고 소북에는 남이공이 영수였다. 남인은 현종 때에 들어와서 탁남과 청남으로 갈라서는데 탁남에는 허적이 영수요 청남에는 허목이 영수였다. 이것이 순조 때까지는 변함이 없이 이어져 왔다. 그러다 정조의 아들 순조 때에 와서 남인과 북인으로 갈라섰던 것이다. 그 전에는 영조와 정조의 탕평정책으로 인해서 비교적 당파싸움이 소강상태로 되었기 때문이다. 그럼 서인은 어찌 되었을까?

선조를 지나 광해 때에 들어와서 서인들은 공서와 청서로 갈라서게 된다. 공서에는 김유가 영수로, 청서에는 김상헌이 영수였다. 청서는 변함이 없이 이어져 갔는데 공서는 다시 갈라진다. 인조반정을 거치고 나서다. 노서와 소서로 갈라서게 되는 것이다. 노서에는 일급 반정 공신인 김유가 영수로 그냥 그대로 앉아 있었고, 소서에는 김유와 같은 일급 반정 공신의 반열이었던 이귀가 영수가 되어 불화를 만들고 있었다. 이것이 숙종 때까지 이어진다. 그러다 숙종 때 비로소 소론과 노론으로 갈라지게 되는 것이다. 소론은 윤증과 조지겸이 이끌고 있었고 노론은 김석주, 김인훈, 송시열이 이끌었다. 이후부터는 노론의 벽파와 시파가 번갈아 가면서 권력을 잡는다. 대원군의 치세 때까지 말이다. 이때는 동인에서 갈라선 남인은 거의 정치적으로 몰락되다시피 한 상태였다. 지금까지가 이씨 조선의 당쟁의 등장과 부침의 대략적인 과정이라고 할 수가 있다.

당파 혹은 당쟁이라 하면 우리는 흔히 조선의 정치를 떠올린다. 그러나 그건 단견이다. 당쟁의 역사는 예나 지금이나 사람이 사는 곳에서는 언제 어느 때나 생겨났다. 우리의 역사가 시작된 선사시대로부터 우리의 역사가 기록되기 시작한 고조선 때도 파당의 싸움은 있었고, 부여나 예맥시대에도 있었고, 변한, 마한, 진한의 삼한시대 때에도 있었으며, 삼국시대였던 고구려, 백제, 신라시대 때에도 파벌은 분명히 존재했었다. 그렇다고 후삼국시대 때나 고려시대 때에는 없었던가? 그렇지가 않다. 그때에도 분명 파당에 의한 국가 혼란기가 있었다. 네파 내파로 갈려서 치열한 박싸움을 했다. 말하자면 위정자들 사이에서는 권력 쟁취를 위한 한판 승부를 주저하지 않고 벌였다. 살아남기 위해서 그랬다.

비단 나라가 바뀔 때에만 그런 것도 아니었다. 정권이 넘어오고 넘어갈 때의 격변기에만 그런 것도 아니었다. 평화시에도 그러 했다. 사람의 욕심이란 끝이 없고 사람의 욕심이 언제나 넘쳐났기 때문이다. 그럼에도 불구하고 우리들이 당쟁하면 대뜸 이씨조선을 떠올리는 이유는 무엇일까?

조선시대 당쟁의 역사는 선조 팔년 때로부터 그 뿌리가 시작되었다고 사학자들은 보고 있다.

조선의 임금인 선조의 나라 통치에 대한 무지와 무능은 일찍부터 잘 알려진 사실이지만, 학문의 재주와 재능, 능력도 있었고, 통치술도 갖추고 있었던 선조가 어떻게 파벌싸움을 막지 못했는지는 의문이 아닐 수 없다. 아마도 나라 통치를 함에 있어서 술책, 즉 통치를 함에 있어서 잔머리를 너무 굴리려고 했기 때문이 아니었을까?

신하들을 조종하는 술이 너무 심했기 때문이 아니었을까? 문치를 강조했던 선조가 그만 정여립의 난 때문에 정신이 혼미해진 것이 아니었을까? 그런 생각이 들기도 한다. 그리고 선조의 실책에는 몇 가지가 더 있었다.

선조는 정여립의 난 이후 기축옥사가 시작될 무렵에는 신하들에 대한 의심과 시기심까지도 더해진 상황이었다. 그러니 임금이란 자가 자신의 신하들을 믿지 못하고 의심을 하였으니 신하들도 임금을 좋게 보지 않을 것은 불을 보듯 자명한 일이었다. 그에 반사하여 생긴 일이겠지만 신하들 또한 선조를 믿지 못했던 것이다. 서로간의 불신은 무엇을 의미하는가. 결과는 서로간의 냉대와 불신이 오고갈 뿐이었던 것이다. 그러니 임금과 신하들은 얼굴을 맞대고서 정사를 논의하면서도 속마음은 서로 겉돌기를 마다하지 않았으리라.

자연히 정치나 백성들의 생활이 순조롭게 돌아가기가 만무했으리라. 다른 여러 신하들도 마찬가지였지만 패기 있고 발랄한 젊은 관리들인 정여립과 이발, 백유양들도 한자리에 모이기만 하면 선조의 무능과 의심증을 비웃곤 했었다. 대어놓고 그러했다 한다. 하여 결과론적으론 당연한 일이겠지만 무슨 일이든 일이 잘 풀려갈 리가 만무했다. 거기에다 엎친 데 덮친다고나 할까. 선조는 신하들에게 이런 말을 곧잘 했다고 한다.

"내 마음을 아는 자는 오직 그대뿐이다.(지여심자 유경일인 知余心者惟卿一人!)"

선조가 신하들을 전적으로 믿고 있다는 뜻으로서 하는 말이겠지만, 그러나 이 말은 선조가 신하들을 다독이기 위해서 잘 쓰는 말이었다. 선조가 실상 말은 그렇게 했지만 알고 보면 전혀 그 뜻은 그렇지가 않았다. 선조는 타고난 시기심 많은 자였을 뿐만 아니라 천하의 의심꾼이었다. 신하들의 마음을 천성적으로 믿지 못했다.

그는 심지어는 자신의 권력을 지키기 위해서는 맏이인 임해군과 둘째 아들인 광해군까지도 믿지 못했었으니 더 할 말이 없을 지경이었다. 또한 그는 권력의 화신이었다. 권력의 화신인 만큼 그것을 지켜내어야 한다는 다급한 마음과 그러니 그것을 지켜내려고 하는 집념이 대단한 사나이였다. 누구나 알고 있는 것처럼 권력에 대한 집념이 강한 사람은 절대로 의심증과 강박증에서 벗어날 수가 없는 것이다. 그렇기 때문에 절대로 주변 사람을 믿지 않는다. 누가 자신의 권력을 탈취해 갈까 보아서 말이다.

주군이 이 모양이니 그의 신하인 정여립, 이발, 백유양 등은 자연히 선조에 대한 불평불만이 하늘처럼 높이 쌓일 수밖에 없었다. 만사 모든 건 서로 상관관계인 것이다.

"그 자는 우리와 함께 일을 할 만한 사람이 못 된다."

이들은 그들의 주군이었지만 이렇게 선조를 비웃거나 냉소했다. 어디 그뿐인가. 정여립은 심지어 사람들 앞에서도 이렇게 비아냥거려 말하기도 했다고 한다.

"임금이란 자가 우리를 알아주지 않는데 우리가 왜 그에게 충성을 다해야 한단 말인가?"

심지어는 병자 취급을 하기도 했다.

"우리의 주상은 망상증이 있다. 우리를 믿지 못하고 있다. 그러니 이 조정에서는 우리의 앞날은 이미 정해져 있다."

정여립은 이런 극언도 서슴지 않으며 선조를 불신했다. 당시 많은 신하들의 마음이 그러하기도 했다. 그러나 명색이 임금인 선조도 바보는 아니었다. 이들의 이런 불만을 모르고 있지는 않았다. 옹하니 마음속에 간직했다. 가슴 속 깊은 곳에다 담아 두었다. 그렇게 가슴속에다 깊이 간직해 두었다가 언젠가는 결국 그것들을 가슴속에서 끄집어내어 뭇 신하들을 당황케 하는 것이 선조의 특기이기도 하였다.

이때에 선조의 재위 기간이 벌써 이십 년을 훌쩍 넘어섰다. 넘어섰는데도 선조는 그렇게 신하들에 대한 옹졸한 태도를 버리지 못하고 있었다. 어찌 보면 이러한 모든 사소한 일들은 선조가 신하들을 믿지 못하는 이러한 여러 가지 일들은 모두 조선이라는 나라의 불행이 아닐 수가 없었다. 물론 선조의 옹졸함에서 비롯되는 것이기도 하였지만.

정묘년(1567) 유월, 명종이 승하했다.

문정왕후의 아들 명종은 자신의 어머니 문정왕후가 자신의 이복형인 인종을 독살했다는 의심 속에서 왕위에 올랐다. 인종은 일찍 죽은 장경왕후의 외아들이다. 장경왕후란 장희빈을 말한다. 비극적으로 어머니를 일찍 잃은 인종은 학문을 좋아했고 덕치를 통치의 이념으로 삼았다. 그런 인종이 갑자기 죽자 세 번째 계모인 문정왕후가 그를 몰래 독살했다는 소문이 돌았다. 그도 그럴 것이 인종은 재위 팔 개월 만에 갑자기 승하했기 때문이다. 인종은 중종 상의 무리한 후유증으로 일찍 죽었다는 기록도 있지만 실상은 그렇지가 않았다. 항간에서는 문정왕후의 독살설이 쫙 퍼져 있었다. 어쨌건 아들이 없던 인종이 죽고 이복 아우 명종이 즉위했다.

그러나 나이 어린 명종은 정치에 있어서는 한낱 허수아비였다. 명종이 어리기도 했지만 워낙에 문정왕후가 성격이 강렬했고 또한 수렴청정에 임해서는 강력한 정치를 했기 때문이었다. 어찌 되었거나 명종은 처음부터 모후인 문정왕후가 없었다면 왕위에 오르지도 못했을 것이다. 권력의 화신이었던 문정왕후는 배다른 자식인 인종을 독살했을 뿐만이 아니라 자신의 아들을 강력히 밀어왔기 때문이었다. 뿐만이 아니라 설혹 그가 왕위에 올랐어도 나약했기 때문에 왕권을 지켜내지도 못할 위인이었다.

그렇게 이복형의 독살설로 시달리며 왕위에 오른 명종은, 어쨌거나 어미인 모후 문정왕후의 억셈 때문인지는 몰라도 죽을 때까지 사내든 여식이든 한 명의 후손도 두지를 못했다. 해서 명종은 자신의 뒤를 이을 후계자로 양자를 두는 문제도 생각해 보았다.

그러나 그것 또한 신하들의 반대와 왕비의 거센 반대로 그렇게 할 수도 없었다. 이런저런 관계로 인해 할 수 없이 명종은 이복동생 연잉군을 자신의 후계자로 내세울 수밖에 없었다. 말하자면 세제의 세자 책봉이었다. 그러한 관계로 예기치 않게도 선조라는 왕이 탄생했던 것이다.

사람의 명은 어찌할 수 없는 모양이다. 왕도 그러했다. 정묘년 유월, 명종이 갑작스럽게 승하했다. 이때는 문정왕후가 죽은 뒤의 일이었다. 그래서 명종의 이복동생 하성군(河城君)이 왕위에 올랐다. 그가 곧 선조였다.

하성군은 덕흥군의 셋째아들이었다. 왕통을 이을 후사가 없던 명종의 세제로 세자에 책봉되었다가 명종의 갑작스런 승하로 별로 어려움 없이 조선의 왕통을 이어갈 수가 있었다.

왕위에 오른 선조는 왕통 승계의 불안함 때문에 뭇 신하들 사이를 오락가락하였다. 왕위에 오르기는 했지만 한동안 그는 자기의 주장도 펴지 못하며 숨죽여 지냈다. 그러한 이유로 인하여 당시의 국정은 늘 불안의 연속일 수밖에 없었다. 신하들 간에 갑론을박으로 날을 새우다 보니 국정은 엉망이 되지 않을 수가 없었다.

그렇게 정정이 불안하다 보니 엉뚱한 일들이 생겨났다. 학문의 맥과 지역 간의 갈등으로 생각지도 않던 파벌들이 생겨나기 시작했던 것이다. 임금으로 볼 때는 서로 다른 파벌들의 등장은 골칫거리가 될 수밖에 없었다. 그것들은 정국의 불안함 속에서만 더없이 생겨나는 일종의 악성 종균들이었다. 두 말할 것도 없이 그것들은 널리 퍼져나가는 악성 세균과 같은 것이었는데, 그것들이 선조대에 와서 자연스럽게 생겨나기 시작했고 커져가기 시작했던 것이다.

신하들이라면 이런 건 정말로 바람직하지 못한 일이라는 걸 누구나 자각하는 일이었지만, 그러나 그 누구도 그 당시에는 그리 심각하게 생각지 않고 있었다. 조선이라는 나라에서 바로 그것이 탈이라면 탈이었다.

그 전의 선비들 사이에서는 파벌이란 것이 별로 대수로운 것이 아니었다. 그저 학문적인 차이나 지역간의 갈등으로 인해서 생겨나는, 일종의 학문의 과정에서 어쩔 수 없이 거쳐가는 하나의 자연현상으로만 여겨졌던 풍조마저 있었다. 그러니 그러한 파벌들의 갈등들은 선비들 간의 일종의 사소한 견해 차이로 인해서 자연스럽게 사이가 벌어지는 현상으로 여겨졌다. 말하자면 일종의 자연스런 불화현상이려니 하고 모두들 그렇게만 생각을 했다. 아무도 당쟁이 그렇게도 심각한 폐해를 남기며 오래도록 전개될 줄은 그 누구도 예상하지 못하고 있던 때였다. 등잔 밑이 어둡다는 말이 그래서 생겨난 것인지도 모른다.

조선은 주자학의 나라다. 즉 성리학의 나라였다. 주자학은 남송의 피란정부에서부터 시작되었다. 주자학의 이념은 왕도정치에 있었다. 왕도정치를 하자니 자연히 통치 이념을 왕권의 확립에 두어야 할 필요성이 있었다. 왕도정치는 왕이 주체가 된다. 덕치 이념이 주체가 된다. 그러니 언제나 백성들은 정국의 주체가 될 수 없었다. 주체에서 멀리 떨어져 있어야만 했다. 그렇기 때문에 왕권의 확립상 그리고 학문의 이념상 주자학은 다른 민족한테는 배타적일 수밖에 없었다. 그러한 것들이 조선의 선비들한테도 영향을 미치지 않을 수가 없었다.

자연히 왕도정치 하에서 선비들은 학문에 있어서나 정치상에 있어서나 배타성을 버릴 수가 없었다. 자연히 같은 학문의 맥을 이어받은 조선의 선비들은 자신들한테 학문을 가르쳐준 스승을 중심으로 뭉치지 않을 수가 없었다.

그렇게 선비들은 스승과 선후배들이 똘똘 뭉치어서 갈라지게 되었고, 자기 스승의 문하들로서 벼슬과 권력을 독점하려고 서로 싸우지 않을 수가 없었다. 그것이 나중에는 학연에서 지연과 혈연이라는 여러 갈래로 확대되어 나갔다. 권력을 위해서라면 선비들은 피터지게 서로 싸우지 않을 도리가 없었던 것이다. 또 그렇게 한 공간에서 타인의 포용을 절대로 용납지 않으려는 오기와 욕심들이 당파의 결속을 다지는 한 원인으로 작용을 하기도 했다. 사람들이 옹졸하게 변해 가는 것이다. 이러한 폐쇄공간의 닫힌 생리상 여러 파벌들은 자연스럽게 여러 갈래로 발생할 수밖에 없었고, 여러 파벌들은 이합집산을 거듭한 끝에 종내는 붕당정치라는 결과로까지 이어지지 않을 수가 없었던 것이다.

이렇게 되어 조선의 정치는 날로 썩어만 갔다. 그러나 이러한 썩어만 가는 붕당정치를 염려하는 올곧은 사람들도 더러는 있었다. 맨 처음에 이러한 붕당정치의 조짐을 가장 우려했던 사람이 영의정 이준경(李浚慶)이었다. 이준경은 드물게 보는 탁월한 능력의 관리였는데 그 당시에는 영의정의 신분에 있었다. 그는 퇴계 이황과 율곡 이이의 학문을 따르는 무리들이 점차로 많아지는 것을 보자, 종내는 이것이 나라를 망치게 되는 원인이 될 것으로 보았다.

이준경은 임종에 즈음하여 선조한테 마지막 유차를 올렸다. 유차란 임종을 하기 전에 신하가 임금한테 마지막으로 올리는 상소문을 말한다. 임금한테 남기는 마지막 유언과도 같은 것이다. 신하의 유차를 받아 본 임금들은 그것을 소홀히 하지 않는 전통이 있었다. 마지막 유언과도 같은 말이기 때문이다.

"…신하들 사이에서 붕당의 조짐이 있으니 전하께서는 깊이 유념하소서."

이것이 이준경의 유차였다. 이황의 무리들과 이이의 무리들을 유념하라고 한 글이었다. 이준경의 유차를 본 이이는 부끄러움으로 한때는 붕당의 해소에 크게 노력을 해보기도 했다. 이이는 깨닫는 것이 있어서 자신을 따르는 무리들을 조정에 천거하기를 꺼리곤 했다. 반면에 능력 있는 인재들 천거하기를 게을리 하지 않았다. 그러나 이이의 그러한 노력도 별로 효과를 거두지 못하였다. 마침내 이이는 실의에 빠져드는 때가 더 많았다. 추세대로 자연히 자신의 문하들을 천거하는 일이 잦아졌다.

그러자 좌의정 홍섬과 유성룡은 이준경의 유차를 옹호했다. 그러면서 붕당의 폐해에 대해서 이이와 각을 세우기도 했었다. 그러나 그때까지는 눈에 띄게 당쟁이 심화되지는 않고 있었다. 그저 마음이 맞는 사람들끼리 학문적인 토론을 하는 데에서 그쳤다. 그러던 것이 심의겸과 김효원간에 사소한 알력이 생겨나고 나서부터 선조 때의 당쟁이 본격성을 띠기 시작했던 것이다. 동인과 서인의 대결의 시작이었다.

처음 당쟁이 시작될 무렵에는 동인과 서인으로 나뉘어져서 싸웠다. 동인의 영수는 김효원이었고 서인의 영수는 심의겸이었다. 김효원의 집이 낙산 밑에 있었고, 심의겸의 집은 북악 밑에 있어서 사람들은 김효원을 동인, 심의겸을 서인으로 부르기 시작한 것이 동서당쟁의 시작이었다.

김효원은 서울 동부의 건천동에 살고 있었고 심의겸은 서부인 정릉방에 살았다. 그래서 사람들은 김효원이 경복궁의 동쪽에 살았다 해서 동인, 심의겸이 경복궁의 서쪽에 살았다고 해서 서인이라고 부르기 시작했다.

그때 김효원이 이황의 문인이었던 관계로 주로 영호남의 선비들이 그의 밑으로 많이들 모여들었다. 반면 심의겸은 따로 배운 스승이 없었다. 그의 조부와 부친이 이름난 학자였다. 그는 어려서부터 조부와 부친한테서 학문을 배웠다. 그런 관계로 심의겸은 경기 영서지방의 선비들과 개성, 전라도 일부의 선비들이 그에게로 몰려들어서 서인이 되었다. 노파심에서 심의겸과 김효원의 행적을 조금 더 들여다보기로 한다.

심의겸은 선조 오년 팔월, 대사간에 올랐다. 심의겸은 왕실의 외척이었다. 지금도 마찬가지지만 외척들이 권력을 남용하면 상대적으로 왕권이 약해진다. 이 점은 연쇄반응을 일으키기가 쉽다. 무슨 말이냐. 외척이 득세하면 당연히 왕권이 약해지고 왕권이 약해지면 신권이 강화된다.

신권이 강화되면 외척들의 세도도 더불어 올라간다. 그래서 왕권, 신권, 외척의 권력관계는 서로가 돌고 돌아가는 것이다. 보완관계이자 필요관계로 변질이 되어가서 주도권 싸움이 시작되는 것이다. 그러니 임금의 신하인 자들은 외척의 득세보다는 차라리 왕권의 강화를 더 바라게 된다. 신하들은 자신들과 같은 신하의 반열에 서 있는 외척의 거드럭거림을 보느니 차라리 왕의 거드럭거림을 보는 것이 낫다고 생각한 것이다.

왕과 신하의 알력도 물론 있지만 신하들과 외척간의 알력도 무시하지 못할 정도로 심했던 것이다. 그래서 외척인 심의겸의 벼슬살이를 싫어한 기대승은 벼슬을 던져 버리고 고향인 빛고을 광주로 내려가 버렸다. 기대승은 호남의 유력한 기대되는 선비였다. 그는 후학들을 가르치려고 낙향을 한다는 변명의 말을 남기고는 조정을 떠나갔다. 그 당시에는 일부 지각 있는 관리들이 외척들의 권력과 전횡을 우려하여 벼슬을 버리고 낙향해 버리는 일이 종종 있었다. 기대승이 바로 그런 선비였다.

또 있다. 외척들의 발호는 정국을 어지럽게 만든다. 원래 임금의 장인 집, 즉 처갓집은 벼슬을 하지 못하게 했다. 사위들도 마찬가지다. 왕의 모후와 왕비의 입김을 차단하기 위해서였다. 그런데 현실적으로는 그것이 잘 지켜지지 않았다. 왕의 어머니라는 이유로 친정집안 사람들을 요직에 앉히거나 왕비의 친정집 사람들을 파격적으로 등용했다. 그런 일로 정국이 요동칠 때도 종종 있었다. 때문에 그것을 걱정하는 선비들은 앞일을 내다보기도 했다. 장차 빤히 눈앞으로 다가들

환란에 몸조심을 하려고 낙향이라는 선택을 하며 몸을 사렸던 것이다. 기대승 역시 그러한 생각을 했기에 낙향을 했다. 그 역시 자신의 안위를 생각함에 있어서는 여타의 다른 선비들과 대동소이했을 것이리라.

심의겸은 부원군 심강의 아들로 명종 왕비 인순왕후의 동생이다. 명종으로서는 처남 매부간이 되었다. 그는 일찍이 자신의 외숙 이량이라는 자와 공모를 해서 명종의 외숙 윤원형을 몰아내는데 커다란 공헌을 한 바가 있었다. 그 공으로 그는 이조판서가 되었다. 그 후에는 외숙 이량이 국정을 전횡하며 세도를 부리게 되자 심의겸은 임금의 내지를 받고 부제학 기대항과 짜고 이량을 탄핵, 그를 제거하는데 성공했다. 그 공으로 그는 서른여덟 살이라는 젊은 나이에 다시 대사헌이 된다. 심의겸은 성정이 공평하고 행실이 반듯하다는 세간의 좋은 평이 있던 인물이기도 했다. 외척으로서 권력의 남용도 없었다는 평도 있었다. 비교적 성격이 원만했다는 증좌다. 그러한 그였기에 학문도 반듯했다. 그는 조부로부터 학문을 배웠다. 그 자신은 나중에 학문으로서 번듯한 일가를 이루기도 했던 인물이다.

김효원은 심의겸보다 여섯 살이 적었다. 심의겸이 대사헌이 되던 그해 9월에 지평이 되었다. 대사헌과 지평은 다같은 사헌부의 관헌이었지만 격이 달랐다. 대사헌은 종2품의 사헌부의 수장이었고, 지평은 종5품관의 벼슬이었으니, 벼슬로 치면 두 사람의 관계는 하늘과 땅의 차이였다.

게다가 심의겸은 왕실의 외척인 반면에 김효원은 보잘 것 없는 시골 현감의 아들이었다. 그러니 둘 사이에는 신분상의 차이도 엄청났다. 서로가 아옹다옹 싸울 형편이 되지 않는 터수였다. 또 보잘 것 없는 시골 현감의 아들이었던 김효원에게는 뚜렷한 인맥이라는 것이 있을 리도 없었다. 스승의 위치도 보잘 것이 없었다.

김효원은 첫 번째 사화인 무오사화의 불집인 김종의 문하인 김근봉을 스승으로 삼았다. 모두가 퇴계의 문인들이었다. 학문이 뛰어났던 그는 명종 20년에 장원에 급제하고, 영남의 퇴계 이황의 문하가 되었다. 스승의 끈을 잡아보기 위해서였다. 어쨌거나 장원급제자로서 김효원은 장래가 촉망되는 젊은 관료였다. 또한 그는 이황이라는 유능한 스승을 모시고 있었기 때문에 장차 출세 길은 활짝 열려 있었다고 봐야 할 것이다.

심의겸이 김효원을 알게 된 내력은 이렇다. 젊었을 때 김효원은 윤원형의 집을 자주 드나들었다. 김효원은 십오륙 세 무렵부터 당시 권력가였던 윤원형의 집을 자주 드나들고 있었는데, 그것은 윤원형이 김효원의 먼 일가친척이었기 때문이었다. 그는 또 윤원형의 사위 이조민과는 같이 동문수학을 하고 있던 사이여서 윤원형의 집을 자주 드나들었던 모양이었는데, 그것을 우연히 심의겸이 보았다.

심의겸이 무슨 일로 우연히 윤원형의 집에 들렀다가 김효원을 보게 된 것이다. 성정이 올곧았던 심의겸은 윤원형의 집에 드나들고 있는 김효원을 보자 젊은 자가 벌써부터 권세가의 집을 드나들며 벼슬을 사고 있다고 여겼다.

그는 크게 의기와 분노를 느꼈다. 그 당시 심의겸은 김효원이 매관매직을 하려는 것으로 보았다. 당시 심의겸은 젊은 관리들의 그런 점을 좋지 않게 보고 있던 터였다. 나라가 썩어들어 가고 있다고 보았다.

그 당시는 윤원형이 문정왕후의 그늘 아래에서 천하에 없는 세도를 부리고 있던 때였다. 또한 임금인 명종의 외척으로서 문정왕후의 후광을 업고 날아가는 새도 떨어트린다는 권세가였다. 그런 대단한 권세가의 집에, 그것도 스스럼없이 아주 자연스럽게 드나들고 있는 김효원을, 그런 그의 젊은 모습을 심의겸이 불쾌하게 여기며 눈여겨보고 있었던 것이다. 귀때기에 피도 안 마른 새파란 젊은 놈이 벌써부터 권세가의 집을 쫓아다닌다는 그 점이 심의겸에게는 매우 못마땅

했다.

그 점이 장차 심의겸이 김효원을 좋지 않게 보게 된 이유였고 알력의 원인이 되었다. 어쨌거나 세월이 흘러서 심의겸이 명종의 내지로 김효원의 먼 일가붙이인 윤원형을 축출하게 되는 계기도 있었으며, 또 심의겸의 동생이 이조 전랑에 추천된 것을 김효원이 반대한 일도 있었다. 그런 일들도 알력의 원인이 되었다. 당시 김효원은 직책은 낮았지만 인사권을 쥔 요직인 이조전랑의 벼슬에 있었는데, 당시의 관례대로라면 현직에서 물러나는 사람이 자신의 후임자를 천거하게 되어 있는 제도가 있었다.

김효원은 그런 관례를 따라서 외척은 관리가 되어서는 안된다며 심의겸의 동생인 심충겸의 이조 전랑의 추천을 반대하고 나섰던 것이다. 이것이 심의겸에게는 결정적인 타깃으로 작용한 것이다.

물론 김효원이 외척들의 등용을 반대한 이유는 외척의 전횡과 독주를 염려했기 때문이었고 왕권의 추락을 볼 것 같아서였다. 이런저런 이유로 자연히 심의겸은 김효원을 경원시했다. 두 사람은 앙숙이 되고 말았다. 어쨌거나 이로부터 심의겸은 김효원을 더욱더 좋지 않게 보게 되었다. 그런데다가 심의겸은 사람들에게 학문적으로나 가문적으로나 신망도 얻고 있었고, 외척이라는 권세도 가진 터였다. 또한 당파의 영수로 막 부상하며 떠받듦도 받고 있었다.

김효원의 외척 운운하는 말이 고깝게 들리던 때였다. 또 알게 모르게 자신을 따르는 무리들도 생겨나서 우쭐해 있던 때였다. 권력이 자신의 손아귀에 있다고 생각되던 때였으니 무엇이 두렵겠는가. 더구나 김효원 같은 풋내기를 두려워할 이유는 더더구나 없었다.

그러나 김효원 역시 만만한 인물이 아니었다. 당시 김효원은 영남학파의 우두머리로 자리 잡고 있었다. 그를 따르는 많은 무리들도 있었다. 더구나 외척들이 정치에 관여하여서는 아니 된다는 관례도 있었다. 정치에 관여하며 관리로 있던 심의겸을 대수로이 보지 않았던 김효원은, 심의겸이 그 동생마저도 입김으로 요직을 주려고 하자 적개심이 일어났을 것이니 충돌이 일어날 것은 당연했다.

그러한 미묘한 관계들로 인해 자연히 두 사람은 돌이킬 수 없는 적대관계를 형성하게 되었다. 이처럼 불가항력적인 일들로 인하여 두 사람은 오래지 않아서 앙숙이 되었던 것이다.

이것이 조선 당쟁의 파벌이 탄생된 시초였다. 그렇게 하여서 사람들로부터 심의겸은 서인들의 영수로, 김효원은 동인들의 영수로 본의 아니게 불리어지게 되었다. 이렇게 하여 고질적인 이씨 조선 삼백사십 여 년간의 당쟁의 싹이 돋아나기 시작한 것이다. 이것은 직접적인 원인이라고 할 수 있다.

이를 보다 못한 이이를 비롯한 일부 양식 있는 조정의 대신들이 당파를 근심한 나머지 선조한테 우국충정의 상소를 올리기도 했다. 그 결과 주상의 윤허가 내려서 김효원을 삼척부사로, 심의겸을 전주부윤으로 부임하게 했다. 하지만 고질적인 당쟁은 쉬이 그 기세가 꺾이지를 않고 심화되어 가기만 했다.

김효원이 삼척부사로 부임된 것에 불만을 품고 김효원을 따르고 있던 동인의 선비들이, 왜 심의겸은 전주부윤으로 보내고 김효원은 먼 삼척부사로 보내느냐고 임금한테 항의를 하는 일이 벌어졌다. 격한 동인들의 집단적인 반발에 임금도 할 수 없이 심의겸의 전출을 명령하지 않을 수가 없었다.

이때부터 조선의 당쟁은 양상이 바뀌어 가기 시작한다. 처음의 학문적인 격론으로부터 한 단계로 격상되어 치열한 권력싸움, 주도권 경쟁, 양대 세력의 기 싸움, 인신공격으로까지 변해 가기 시작했던 것이다. 그러니 머지않아서 점점 더 치열한 당파의 경쟁은 이미 예고되고 있었던 셈이다. 너나 나나 죽기 아니면 살기식의 양상으로 당쟁은 변질이 되기 시작했던 것이다. 불지옥이 따로 없었다.

이때의 서인들의 사람들로는 영수인 심의겸을 비롯하여, 정철, 윤두수, 윤근수, 홍성민, 성혼, 송익필, 송한필, 김계휘, 이후백 등등이 있었다. 이들 모두가 학문적인 소양이나 인격적으로 존경을 받을 만하고 실제로도 존경받고 있던 사람들이었다. 서인에는 탁월한 인재들이 많이 모여 있었다. 기호지방의 사람들과 송도인들이 결집했다. 율곡 이이와 우계 성혼의 문인들이 결집했다.

동인의 계열로는 물론 처음에는 김효원이 한때 영수로 있었지만, 그가 죽고 나서 얼마 뒤엔 허엽이 뒤를 이어서 동인들의 영수로 추대되었다. 이때의 동인들의 사람으로는 우성전, 유성룡, 김성일, 노수신, 전유길, 송언신, 정언신, 박대립, 유천, 이발, 이길, 백유양, 김우옹, 이산해 등등이 있었다. 퇴계 이황과 남명 조식의 문인들이 주류를 이루고 있었다.

그때까지도 조정에서의 두 세력의 입지는 사뭇 달랐다. 한마디로 동인들의 우세였다. 국정의 운영은 이들에 의해서 좌지우지 되었다. 서인들은 등용되었다가는 낙향하고, 낙향해 갔다가는 다시 재 등용되는 형편이었다. 동인들의 견제에 의해서였다. 그러다 1583년 동인들의 영수였던 허엽이 죽었다.

허엽이 죽자 그의 뒤를 이어서 행동대장이었던 이발이 동인들의 영수격으로 올라서게 되었다. 그리하여 그때까지 삼십여 년간은 동인들의 권력독점 시대가 이어지게 되었다. 이발이 행동대장 격에서 영수로 올라서자 아우 이길도 그렇지만 백유양도 정여립도 이발과 비슷한 반열로 올라서게 된다. 이들은 행동대장 내지는 영수의 반열로 올라선 것이다.

이중호에게는 빼어난 두 아들이 있었다.

과거부터 광주의 명문가에다 전주부윤을 지낸 이중호의 두 아들, 이발과 아우 이길은 모두가 부모 당대에 장원급제한 뛰어난 수재들이었다. 형인 이발은 알성문과에서 장원으로 급제를 한 자였고, 그의 아우 이길은 식년시에서 장원을 한 수재였다. 전주 지역에서는 가문이 뛰어난 집안의 자제들이었다.

이들 형제는 빛고을 광주의 남평 마을 출신들로 전주부윤인 아버지를 따라서 전주에 와서 살게 되었다. 후에 이들이 주도하고 있던 동인들의 세력에 정여립이 이이와 성혼을 배신하고 가담해 왔던 것이다.

이발과 이길의 권유에 의해서였다. 정여립은 동인들에 가담하자마자 곧 행동대장의 지위로 올라갔다. 그러다 이발이 영수의 행세를 하자 정여립 또한 비슷한 반열로 올라섰다.

정여립이 빠르게 올라선 이유는 이랬다. 정여립이 자신의 스승이자 은인이었던 율곡 이이를 모질게 공격한 지대한 공적을 고려해서였기 때문이었다. 게다가 정여립은 젊었을 때부터 이발의 형제와는 매우 친숙히 지내던 사이였다. 이발의 부친 이중호로부터 정여립이 학문을 수학한 적이 있어서 자연히 전주 시절부터 정여립은 이들 형제들과도 친밀히 지낼 수 있었다. 이것이 이들을 더욱 더 끈끈하게 맺어주었고 행동을 함께하는 계기가 되었다.

이들은 현재 살아 있는 권력을 잡고 있었다. 바야흐로 지금은 동인들의 시대였다. 권력을 잡고 있는 이들의 서인들에 대한 공격이 사뭇 날카로웠다. 우유부단한 임금에 대한 불만도 많았다. 신권시대였다. 신권시대에서는 어쩔 수 없이 왕권은 약화될 수밖에 없었다. 왕도 바보는 아니었다. 자신의 권력이 신하들에 의해서 눈에 띄게 약화되었다고 느끼는 순간부터 임금의 불만은 쌓여가게 마련이다. 서인이든 동인이든 가릴 것이 없었지만 그때는 동인들의 시대였으니 특히 동인들에 의해서 더 약화됨을 느끼는 순간, 선조는 동인들을 더 미워할 수밖에 없었다.

자연히 선조는 동인들을 보는 눈이 날카로워졌다. 동인들을 자신의 왕권을 침해하고 있는 무리들로 보았고 자신한테

도전하고 있는 자들로 보였다. 자연히 그들을 곱게 보지 않고 있었다. 그들을 내쳐버릴 기회를 노리고 있었다. 그러던 차에 정여립의 옥사가 일어나게 되었다. 이때까지도 움츠리고 반격의 틈을 엿보고 있던 서인들이 기회를 잡게 되었다. 물론 여기에는 선조의 간교함이 더 보태어져서 말이다. 여기서부터 기축옥사의 서막이 오르는 계기가 된다.

역모사건에는 피비린내가 진동하기 마련이다. 동인의 일부 무리들이 일으킨 역모였다. 모든 건 상대적이다. 동인들이 걸려들었으니 여기서 서인들에 의한 보복성의 처참한 옥사가 당연히 일어나지 않는다면 오히려 이상한 일이다. 바로 말하면 기축옥사는 서인들의 동인들에 대한 난폭하고도 잔인한 보복성 공격에서 시작된 것이다.

기축옥사의 결과로 당연히 권력의 변동이 이루어졌다. 서인들이 하늘 같은 권력을 잡았고 동인들은 땅속 같은 몰락의 길을 걸었다. 서인들이 볼 때는 사필귀정이었고, 동인들이 볼 때는 마른하늘의 날벼락이었다. 당연히 가고 오는 것도 따라 다녔다. 권력이동의 법칙에 의해서 이루어진 결과였다.

처음에는 서인들이 권력을 잡고 나서도 겉으로는 별다른 변동이 없었다. 백성들이 볼 때는 더더구나 그러했다. 단지 그 동안에 알게 모르게 무자비한 정적들의 숙청은 이루어지고 있었다. 모진 옥사로 인해서 수많은 동인의 선비들이 죽어 나갔다. 그러나 그 기간은 결코 길지가 않았다. 서인들의 권력 장악은 기축옥사의 시작에서부터 정철이 몰락하기 이전의 삼년 동안에 불과했다.

그러나 당했던 동인들의 입장이 달랐다. 온몸이 만신창이가 되었다. 동인들은 정여립의 역모사건으로 갑자기 실세를 하긴 했지만, 실세의 대가치고는 너무나 처참했고 참혹했다. 동인들은 옥사 삼년 동안에 만신창이의 몰골로 변해 버리고 말았던 것이다. 전체적으로도 눈에 띄게 변동이 심했다. 당파 자체를 유지하기가 힘들 정도였다. 인명들의 손실로 인해서였다.

하여간 기축옥사가 끝나고 천여 명의 선비들을 잃고 나서의 후유증으로 그랬는지는 몰라도, 그 여파의 일환으로 동인들은 다시 새로운 파벌이 형성되었다. 동인은 남인과 북인으로 갈렸다. 당연히 파벌이 새로 생겨나니 갈등이 생겨나기 시작했다. 갈등과 반목이 생성되니 자연히 주도권 싸움이 없을 수가 없었다. 그 점이 당쟁이 여러 갈래로 나뉘게 되는 계기로 작용하게 되었다. 동인은 남인 북인으로 갈렸고, 북인은 대북 소북으로 갈렸다. 서인들도 갈렸다. 노론 소론으로 갈렸다. 남인 북인, 노론 소론, 훗날 이른바 4색 당쟁이라고 불리어지게 되는 당파들의 탄생이었다. 남인의 계열에는 퇴계 이황의 문인들이 많았다. 그들 중 우성전이 남인의 영수 격이었고 유성룡, 이원익, 정술, 정경세 등이 이 당파에 속한 인물들이었다. 대체적으로 이들 중에는 학구파들이 많았다. 반면 광해군 대에 정권을 잡은 북인들은 주로 남명 조식의 문인들이 많았다. 정인홍, 최영경, 이산해, 이이첨, 남이공, 이발, 이길 등이 북인에 속한 인물들이었다. 이산해가 우두머리 격이었다. 우성전의 집은 남산 밑에 있어서 남인이라 불렸으며, 이산해의 집이 북악산 밑에 있어서 북인이라 불렸다. 북인들에게는 행동파가 많았다. 조식의 제자들이 많았기 때문이었다.

기축옥사로 인해 생겨난 희생자들의 대부분은 동인들이었다. 그리고 이들 동인들 중에서도 남명 조식의 문인들과 화담 서경덕의 문인들이 주로 많은 피해를 당했는데, 그 까닭은 그 스승인 남명 조식에게서 원인을 찾을 수 있었다. 학풍으로 인한 어쩔 수 없는 일이었다. 남명 조식의 학문은 배운 것을 곧바로 실천해야만 하는 실천 학문이었다. 그러니 곧바로 사회에 대해서 무언가 교훈을 남겨주어야만 하는 학문이었다.

이 사회에 대해서 어떤 형태로든 행동해야만 했고 반향을 일으켜야만 하는 학문이었다. 실천하는 학문들이 다 그렇듯이 몸으로 행동을 보여주어야만 하는 학문이었다. 그러니 자고로 주자학을 배우고 나서도 그 배움을 몸으로 실천하지 않는 자는 진정한 선비가 아니라는 조식의 가르침이 제자들한테 있었다. 조식의 학문은 행동의 학문답게 약간 과격한 면이 있었다. 그는 말하는 언동뿐만이 아니라 실행의 행동으로서도 자신의 제자들을 수시로 자극해 왔다. 그건 조식의 성격으로서 예전부터 그랬다. 그러니 그의 제자들 역시 스승의 가르침을 따라서 남 앞에 나서서 행동하기를 좋아했다. 무슨 일에서든지 앞장서기를 좋아했다. 그건 조식이 바라는 바였다.

기축옥사가 터지기 몇 년 전의 어느 날 조식의 제자들 몇몇이서 사랑방에 모였다. 무슨 말인가 끝에 성격이 괄괄한 다혈질의 정인홍이 먼저 나섰다. 그는 조식의 문하중에서도 대표적인 행동주의자였고 성격이 급한 편에 속했다.

"선비란 대체 무엇입니까? 선비들이란 무지몽매한 백성들을 교화하고 이끌어 주어야 하는 것이 아니겠소이까? 나는 그렇게 생각하오이다. 그러려면 행동을 해야 하는 것인데……. 배운 것을 실천해야 하는 것인데 우리가 스승님한테서 배운 것을 실천하지 않는다면 우리의 학문은 소용없는 것이 아니겠소이까? 그렇지 않다면 우리는 스승님의 제자가 될 수 없음을 명심하여야 하오. 우리가 배운 것을 실생활에 활용을 하지 않는다면 그건 바로 죽은 학문이라는 스승님의 말씀을 깊이 마음속에 새겨두어야 할 겝니다. 대저 학문이라는 것이 무엇입니까? 사람을 위한 학문, 생활을 위한 학문이 아니오이까? 학문을 위해서 선비라고 자칭하고 있는 우리들도 있는 것이고요. 그렇다면 사람을 위한 곳에서, 사람을 위해서 바로 학문이 쓰여야 할 것이 아니겠소이까? 우리가 앉아서 학문의 이론만 캐낸 데서야 우리가 거적자리에만 가만히 앉아 있는 죽은 송장이나 다를 바가 무엇이오니까? 죽은 송장으로서야 어찌 나라의 정사를 돌볼 수가 있겠으며, 또 어찌 이 나라의 선비라고 할 수가 있겠소이까? 죽은 학문으로서는 우리가 할 수 있는 것이 아무것도 없겠지요? 우리는 바로 죽은 송장들이 되고 맙니다. 그렇게 된다면 장차 누가 이 나라를 이끌고 갈 것이며, 썩어빠진 이 조정을 누가 개혁할 수가 있겠소이까? 어지러운 당파싸움은 어찌할 것이며, 조만간에 닥쳐올 왜구들의 내침은 어찌 하구요? 걱정이 됩니다. 지금 이 나라는 너무 안일함에 빠져 있소이다. 이 조정, 즉 이 나라의 사직은 이백 년 동안 이렇다 할 큰 외침이 없어서 관리들은 물론이거니와 백성들도 무사안일에 안주하고 있는 것으로 보입니다. 이럴 때일수록 백성들과 관리들이 힘을 합쳐서 한 마음이 되어야 하는데 관리들이란 모두가 백성들 수탈에만 정신들이 팔려 있고, 백성들은 원망들만 하고 있습니다. 이러한 때일수록 조심을 하고 또 조심을 해서 이 나라의 사직을 튼튼히 하여야 할 터인데도 그렇지가 못하니……. 참으로 한심한 일이 아니오니까? 더욱 한심한 일은 조정의 관리들이에요. 모두가 다 권력 싸움에만 눈들이 멀어 있어요. 참으로 한심하오이다. 내치도 그렇지만 외치에 대한 대책도 그래요. 기준이 없어요. 중구난방 대응책만 난무를 하니……. 오직 정사는 유비무환인데도 이 나라는 지금 전혀 외침에 대한 대비가 없어요. 한 번 이 나라 밖을 보세요! 북으로 만주 땅에는 후금의 누르하치라는 자의 오랑캐의 무리들이 서서히 그 세력들을 넓히며 중원 땅을 넘보고 있고……. 왜국이라는 섬나라는 저들끼리의 내전이 끝났으니 이제 바깥으로 눈을 돌려야 한다는 소문도 들려오고 있는 때이기도 하고. 상하가 모두들 정신들을 바짝 차려야 할 시기임에도 불구하고 이 나라의 조정은 물론이거니와, 중원의 대국이라는 명나라도 한심하지 않소이까? 그 속내는 썩어갈 대로 썩어가고 있지를 않소이까? 머잖아 사달은 곧 터집니다. 저의 예측이기는 합니다만 아마도 후금이라는 나라를 세운 선비족의 오랑캐들이 조만간 세력을 넓혀서 중원을 넘보고 우리나라도 넘보게 될 겝니다. 그러니 우리 남명 문하에서만이라도 그에 대한 대비를 해 두어야 할 겝니다. 우리는 주자학을 하는 틈틈이 제자들한테는 각종 무예와 병법서, 실용무술 등을 익히게 하는 것이 어떻겠소이까? 만일에 대비해서 말이오. 구국의 간성으로 제자들을 키우자는 말이지요."

과연 남명의 제자 정인홍다운 말이었다.

"무예와 병법서? 게다가 무술이라니요? 학문을 하기에도 바쁜 마당에요!"

이발과 이덕형이 놀라서 동시에 물었다. 그도 그럴 것이 매사에 성격이 급해서 무슨 일에서든지 과격한 행동을 잘하는 이발도 그런 생각은 미처 하지 못했던 모양이었다. 이발은 마치 머리를 둔기로 한대 얻어맞은 듯한 느낌이었다. 이덕형 역시 그러했다.

"왜요? 그렇게까지 할 필요야?"

이덕형도 역시 시답잖은 표정이었다.

"왜요라니요? 아, 생각들을 해보시오, 대감들! 우리 문하에서만이라도 미리 다가올 환란에 대비를 해두자는 거지요. 그러려면 우리 학파에서부터라도 병법서와 무예는 필히 익혀두어야 한다는 말이외다. 우리 학파가 먼저 각오를 새로이 해

두어야 한다는 말이외다. 두고 보십시오. 내 장담하거니와 반드시 머지않은 날에 환란의 그 날이 찾아올 겝니다. 그땐 우리 학파의 문인들이 제일 먼저 떨치고 일어나야 하지 않겠소이까? 우리 남명학파가 이 조선을 장차 구하지 않으면 누가 구할 수 있겠소이까? 환란이 생길 경우에 우리 말고 다른 어느 학파에서 조정을 구하겠다고 나설 것 같소이까? 어림도 없는 소리지요. 앞으로는 선비들도 학문을 하는 틈틈이 병법서나 무예를 연마해야만 합니다. 하다못해 칼이나 창이라도 잡을 줄을 알아야 할 것이고, 활이라도 당길 줄 알아야 할 것이며. 또한 기본적인 병법서라도 읽어서 유사시에 대비를 해야 합니다. 만일의 경우 건곤일척의 싸움터에 나서게 되면 무엇이 우리를 지켜주고 구할 수가 있겠소이까?"

"……?"

"그거야 말해서 무엇하겠소이까만? 경우로야 당연히 그러해야지요."

마침내 이발도 수긍했다. 이곳에는 이황의 문인들과 조식의 문인들이 뒤섞여 있었지만 주류는 남명학파의 선비들이었다.

"그래서 내가 하는 말이외다."

정인홍이 차분하게 목소리를 깔았다.

"그렇다고는 하지만 어디 그게 쉬운 일이겠소이까? 조정에서 그에 대한 지원이라도 해준다면 모르겠거니와……. 그런데 아마도 그런 일은 없을 겝니다."

이발과 이덕형의 생각은 비관적이었다. 그러나 정인홍의 생각은 그렇지가 않았다. 그에게는 신념이란 게 있었다. 만약에 나라에 외침이나 내란의 환란이라도 닥치게 된다면 이 나라의 선비들이 떨치고 일어나야 한다는 것이 그의 생각이었다. 위급 시 나라를 구할 사람들은 지금까지 양반행세를 해오면서 온갖 기득권 행사를 하여온 자들이 앞장을 서야 한다는 것이 정인홍의 생각이었다. 그만큼 많은 혜택을 누려왔으면 누린 만큼 사회에 되갚아야 한다는 것이 사람의 도리이자 양반들의 도리라고 굳게 믿어온 정인홍이었다.

"허나, 이 일이 쉽지 않은 것은 나도 압니다. 그러나 이 대감! 이렇게 하는 것이 바로 우리 동인들과 우리 학파의 문도들이 살아갈 길이 아니겠소이까? 진창을 외면하고 굳은 땅만을 디디며 걸어가서야 그게 어디 사람의 살아가는 도리라고 말할 수가 있겠소이까? 선비들이란 때로는 시궁창을 걸어갈 때도 있어야 사람이 사는 맛이 나는 것이 아니겠소이까? 그리고……. 또 그렇게 하는 것만이 우리가 주상에 대해서 취할 떳떳한 행동이 될 것이기도 하고요!"

정인홍의 말은 언제나 열의가 있었고 확신에 차 있어서 사람들은 은연중에 그를 믿어버리는 경향이 있었다. 그만큼 그는 겉으로 드러나는 인상부터가 여느 선비들과는 달랐다. 강인함이 엿보였다. 그리고 또 있었다. 그의 위치였다. 그는 그의 기질 만큼이나 무슨 일에서든지 실천과 행동을 중히 여기는 성미였다.

그러니 동인들 사이에서도 조식의 문하에서도 벌써부터 여러 선비들 사이에서는 어느 정도는 위치를 인정받고 있는, 어엿한 선비들 사이에서는 중진의 위치에 서 있기도 하였다. 그런 젊은 그를 남명도 좋아하였다. 지금에 와서 선비들 사이에서는 어느덧 그를 북인의 행동대장 쯤으로 여겨오고 있었다. 그는 떠오르는 북인의 별이었다.

신념의 학자 남명이었다. 언젠가부터 남명은 자신의 칼자루에다 계율 같은 문구들을 새겨두고 문하들을 깨우치는 한편, 그것으로써 자신의 마음을 다지고 있는 도구로 삼고 있었다. 그 칼자루에 새겨진 문구는 바로 그의 계명이자 생활이었다. 그만큼 그는 자신에 대한 냉혈한이자 자기관리에 철두철미한 빈틈없는 사람이었다. 언행과 실천에 흐트러짐이 없는 올곧은 선비였다. 그는 주자학의 이론에만 치우치고 있는 옹졸한 사람이 아니었다. 그는 실천가였다. 그는 행동주의자였다. 그는 불의를 참지 못하는 실천주의자였다. 그러니 그의 제자들은 그러한 그를 어려워했다. 그러한 남명의 제자들이었으니 그 성정들이 어떠했을까? 오죽이나 성정들이 강경했을까?

"글쎄요. 그것이 용납되겠소이까?"

비교적 온건한 이덕형의 말이었다. 시기심 많고 옹졸한 주상이 선비들의 그러한 병법을 익히는 따위와 같은 위험한 행동들을 용인하겠느냐는 말이었다. 그 말의 뜻인즉슨 이렇다. 즉 지금까지 어느 나라의 예외도 없었다. 임금이란 언제나 신하들의 행동을 하나하나 눈여겨보아 두는 법이다. 눈여겨 보아두었다가 결정적인 순간에는 칼을 빼어들어 치는 것이 상식이 아니겠느냐는 말이기도 하다. 선비들이 무술이나 무예를 연마하는 것은 어느 모로 보나 모반의 행동으로 오해를 받을 수가 있다는 말이었으니, 언필칭 그럴 만도 했다. 하여간 그때까지도 조정에서의 동인들의 권력이 임금의 권력에 비해서는 아직은 미미한 터였다고 할 수가 있었다. 동인들까지도 신하의 자리가 그렇게 미미한 그 모양이었으니 다른 서인의 사람들이야 더 말해서 무엇 하랴!

"주상께는 안 된 말이지만……. 우리 학파가 원래 성격이 그러하지 않았소이까? 같은 영남학파라 할지라도 남명 학파는 퇴계의 문하와는 추구하며 나아가는 학문의 방향부터가 다르고, 또한 학문하는 사람들의 성격부터가 다르지 않소이까? 그거야 만천하의 선비들이 다 아는 사실인데……? 퇴계의 학문이야 주자학의 정신을 곧이곧대로 배우고 또 따르려는 것이겠지만, 우리야 주자를 따르면서도 정신보다는 실생활의 삶을 더 중히 여겨온 것이 아니오니까? 근본적으로 학문하는 성격이 다르지요. 퇴계 문하의 대감들한테는 미안한 말이 되겠지만. 분명히 우리의 길은 그들과는 다르지요. 대감들, 안 그렇소이까?"

"그건 그러합니다. 우리는 퇴계학파의 문도들과는 학문의 성격이 다르지요. 나아가는 도의 길도 다르고……!"

이발이 말했다. 사실이 그랬다. 다 같은 영남학파지만 퇴계의 문인들과 남명의 문인들은 그 성격부터가 판이하게 달랐다. 즉 영남 좌도의 학파들, 즉 퇴계의 제자들은 주자학의 이론에만 중점을 두고 학문을 연구하며 출사의 길에 치중하고 있는 반면, 영남 우도의 학파들은 다른 길을 걸어왔다. 즉 남명 조식의 문하들은 학문에 뜻을 두고는 있지만 출사의 길을 찾아가는 데에는 그리 열심이지 않았다. 그저 산림에 은거하면서 학문하기를 즐겨 했다. 출사를 하려고 하기보다는 초야에 은거하면서 제자들을 길러내는 데에 더 열심이었고 즐거움을 찾았다. 그러한 남명의 학풍은 지금까지도 계속 이어오고 있었다. 출사를 한 선비들보다는 출사를 않고 제자들을 길러내고 있는 선비들이 더 많은 현실이었다. 은둔의 선비들 집단이 바로 남명학파였다.

기축옥사가 시작되었을 무렵 퇴계의 문인들은 서인들과 보조를 함께 하는 듯한 인상을 주었던 적도 있었다. 남명의 학파들과 차별성을 두기 위해서였다. 퇴계의 문인들은 학문의 실천을 중요시하며 조정의 출사를 꺼려하는 남명의 문하들을 적대시해 왔고 백안시했었다. 그런 까닭에 남명의 문하들이 줄줄이 기축옥사로 참변을 당하고 있을 때에도, 서인들의 가혹한 처사를 적극적으로 만류하지 않았던 것이 퇴계의 문하들임도 사실이었다. 심지어 만류하기는커녕 같은 동인들인데도 남명의 문하생들이 가혹한 참변을 당하고 있는 정황을 팔짱끼고 보아왔던 것도 사실이었다. 서인들을 말릴 생각은 않고 부추긴 감이 없지 않아 있었다고도 한다. 그처럼 퇴계학파와 남명학파의 두 학파간에는 보이지 않는 알력이 있었던 것이다.

이 두 학파는 다 같이 영남지방과 전라도 지방의 일부에다 기반을 두고는 있었지만, 서로 학문을 추구하고 있는 방향과 이상을 추구하고 있는 방향이 그토록 달랐다. 두 학파간에는 현저히 다른 학문적 성격을 가지고 있었다. 이러한 관계로 남명학파에서는 일찍부터 퇴계학파를 경원하고 꺼려해 왔던 것이 사실이었다. 그래서일까. 사실 기축옥사 당시에도 퇴계학파는 같은 동인이었던 남명학파를 구원하려는 생각보다는 반대당인 서인들을 은근히 부추기며 그들과 동조하려고 하는 듯한 이상한 경향마저 보였다고 한다. 자연히 알력이 없을 수 없었다.

"하여간……. 그 모든 것, 우리의 주장을 받아들이는 건 주상의 뜻에 달렸겠지요. 그렇지 않소이까. 그러니 아무튼 우리는 그런 말을 입 밖에도 내지 말고 각자 몸조심을 하는 것이 좋을 것 같소이다. 워낙에 변덕이 심하고 질투심이 많은 주상이신지라……! 우리의 미래를 장담할 수가 없지요."

점잖은 이덕형 역시 정인홍을 만류하고 나섰다. 언제나 과격한 그가 또 무슨 사단을 일으켜서 평지풍파를 일으킬지 몰라서 겁이 덜컥 났던 것이리라. 앞을 예측할 수가 없는 시대였다. 시절이 하수상해서 이덕형이 아마도 그런 말을 했으리라. 그때 잠자코 듣고 있던 이발이 말했다.

"그렇습니다. 나는 정 대감의 말에 일리가 있다고 생각을 합니다. 서인들이 조금씩 자신들의 입지를 다져가고 있는 이 마당에 와서, 우리들은 우리들만의 학문 영역을 가지지 않아서는 아니 됩니다. 이런 때일수록 우리 동인들 모두는 힘을 합쳐야 합니다. 힘을 합쳐서 서인들과 맞서기는 하되 그러나 영남 좌파와는 우선 엄연한 차별이 있어야 한다고 생각됩니다. 그 차별이라는 것이 무엇이냐? 그건 오로지 학문을 추구하려고 하는 방향이나 이념적인 성향에 있어서 확연히 차별이 되어야 한다는 말이지요. 나는 정 대감의 말이 전적으로 옳다고 봅니다. 우리 문파는 나라의 우환에는 앞장서서 발벗고 나서고 백성들의 고통은 외면 말아야 한다고 봅니다. 그것이 바로 제생구민의 정신이지요. 그리고 중요한 것은……. 우리가 행동하지 않으면 장차 정권을 잡을 기회도 적어지는 것이 아니오니까? 행동해야 어쨌건 기회도 생기는 것이지요."

남명학파에서 정권을 잡는데 일익을 담당하기 위해서는 앞으로 나랏일에 적극성을 보여야 한다는 이발의 말이었다. 그러나 그러한 생각은 이 나라의 모든 선비들, 당파를 나누어 가지고 있는 조정의 모든 관료들, 그 밖의 모든 백성들이 한 마음으로 다하고 있는 생각들이었다. 단지 그러한 생각을 현재에 실천하고 있느냐 않느냐의 차이가 있을 뿐이었다. 나라에 환란이 생겼을 때에 우국충정이 없는 사람들이 어디 있겠는가.

남명학파는 이발이나 정인홍이나 다 같이 과격한 성격의 사람들이었다. 평소에도 죽이 비교적 잘 맞는 사람들이었다. 생각이 비슷하니 죽도 맞는 것이다. 하여 이덕형은 입을 다물었다. 그가 입을 다물어 줌으로써 두 사람의 말에 가만히 동조한 셈이 되는 것이다.

이덕형의 생각에도 양반입네, 선비입네, 하면서 뒷짐만 지고 나랏일에는 매사관으로 일관하고 있는 양반들은 이해하기 어려웠다. 그들도 이 강토 이 하늘 아래에 발을 붙이고 살고 있는 백성들이요 임금의 은혜를 입고 있는 이 나라의 백성들이다. 그런 그들이 가정의 일에는 그렇다고 하더라도 나라의 일에는 솔선수범을 보여야 함에도 불구하고 남의 이야기로 치부해 버리는 것은 현직 관리로서는 도저히 참아낼 수가 없는 모욕적인 일이었다. 이덕형은 정승의 반열에 드는 사람이었다. 정승의 반열에 들고 있는 이덕형의 생각에는 적어도 그랬다.

지금의 이 대화는 기축옥사가 일어나기 몇 년 전의 일이었다. 막 동서 양당이 태동하고 나서 얼마 지나지 않았을 무렵의 일이었으니 그때는 아직 정여립의 모역사건이 일어나기 몇 년 전의 시기였다. 이들이 말을 하고 있을 그 당시에는 아무도 정여립이 반역을 하게 되리라는 걸 몰랐을 때이기도 했다. 또 그 누구도 무시무시한 기축옥사의 참화가 일어나게 될지 짐작도 할 수가 없던 때의 일이었으니, 사람의 운명이란 참으로 예단하기도 예측하기도 어려운 것인가 보다. 이들 세 사람은 모두 학문적으로 궤를 같이하고 있던 남명 조식 문하의 문인이었다. 강경파와 온건파가 어울려서 시국담을 나누고 있었다.

"그런데 참으로 큰일이지 않습니까? 심 대사헌 대감과 김 좌랑의 일이. 돌아가는 모양새가 묘하지가 않습니까, 대감들?"

문득 이덕형이 화제를 돌렸다. 이덕형이 말을 하고 있는 그 당시에는 이미 당쟁의 불길이 꽤나 퍼져 나가고 있던 때였음에도 불구하고, 이들은 아직도 동서분당 초기 당시의 오래된 얘기들을 하고 있었다. 심 대사헌이란 심의겸을 말하는 것이고 김 좌랑이란 김효원을 이름이다.

"대감은 지금 무슨 말씀을 하시고 계시는지……?"

그러자 이발이 의아한 얼굴로 물었다.

"붕당의 조짐이 크게 일어날까 보아서 하는 소리외다. 듣기에는 아직도 심 대감을 따르는 선비들이 많다고 합니다. 또 김 좌랑을 따르고 있는 선비들이 문전성시를 이루며 모여든다고 하는 소문도 있고요. 대체 그 선비들은 왜 그러는 걸까요? 왜 선비들이 두 대감0의 문하로 모여들고 있을까요? 대체 왜 그럴까요? 심 대감이야 그렇다고 칩시다. 그렇지 않소이까? 심 대사헌이야 오래된 왕실의 인척이니……. 선비들이 심 대감의 권세를 바라보고 그렇게 모여든다고 할 수도 있겠지만……. 김 좌랑이야 어디 한 곳 기댈 곳이 없는 외로운 사람인데 그의 휘하에 왜 사람들이 모이고 있는지. 나는 도무지 그 이유를 모르겠소이다. 허긴 어전 별시에서 장원을 한 능력 있는 사람이니 주상이 총애를 하고 있는 것은 분명하긴 한데……. 그렇다고 한미한 집안의 그를 보고 선비들이 그 집 앞에 문전성시를 이루고 있다는 것은 저로서는 좀 이해하기 난망이로소이다만. 언제부터 난 소문인지는 모르겠으나 하여간 시중에 나돌고 있는 소문에는 김 좌랑의 집이 낙산 아래 건천동이라서, 그를 따르는 무리들을 동인들이라고 부르고 있다고 한다든가요? 또 심 대감의 집이 북악산 밑에 있다고 해서 그를 따르는 무리들을 서인들이라고 부른다지요? 하여튼 소문에 들리기로는 이들 무리들이 동인 서인으로 붕당을 만들어서는 서로 헐뜯으며 볼썽사나운 싸움질을 할 조짐들이 보인다고 합니다. 또 이미 그렇게 많이 하고 있다고도 하고요. 그러니 어찌 이 나라의 선비로서 걱정하는 사람이 없겠소이까? 마침내 붕당이 심화되어 가는 꼴을 보다

못해서 걱정이 된 나머지, 율곡 이이 대감을 비롯한 몇몇 대감들이 이러한 사태를 중재하겠다고 나서고 있는 모양인데, 그게 그리 녹녹치가 않다는 것입니다. 중재가 여의치 않다는 소문이랍니다. 그러니 우리 남명의 문하들도 조만간 어떠한 선택을 해도 해야지 않겠소이까? 이를 테면 말이지요, 우리가 동인의 색깔은 띠고 있긴 하지만 말이지요, 우리도 서인으로 가담을 하든지 동인으로 가담을 하든지 간에 조만간 무슨 결정이 있어야 하지 않겠소이까? 어정쩡하게 앉아 있어서는 안 되지 않겠소이까? 정 대감?"

"……?"

"왜 말이 없소이까, 정 대감?"

정인홍이 대답이 없자 이덕형이 무릎을 끌어당겨 안으며 바짝 다가앉았다. 이덕형은 심히 조바심이 되는 모양이었다. 이미 시중에서는 이 나라의 많은 선비들이 동인으로 가담하든가 서인으로 가담하는 중이라는 소문이 파다했다. 실은 소문뿐만이 아니었다. 실제로도 그랬다. 동서붕당의 줄기는 이미 상당히 가지를 치고 있었다. 주로 전라도 일부 지역의 젊은 선비들과 경기도 지방의 대부분 지역과 또 개성을 중심으로 한 서해 일대 지역의 선비들이 서인의 무리로 가담을 하고 있는 반면에, 전라도 대부분 지역과 영남의 좌우도 지역의 선비들은 대부분이 동인의 무리로 가담을 하고 있다는 것이었다. 처음에 세의 분포는 서경덕의 문인들 일부와 송순 계열의 근기지방 대부분의 문인들이 서인들의 세력으로 결집을 하고 있었다. 반면 이황의 문인들과 조식의 문인들은 주로 동인들의 세력으로 모여들었다.

그러나 이때까지도 이발이나 정인홍, 이덕형 등등의 조식 문하의 일부 선비들은 거취를 정하지 않고 가만히 관망을 하고 있었다. 물론 이들의 성향이나 연고로 볼 때 이들은 동인 측에 가담을 해야 마땅하였으나 아직은 어느 쪽에도 가담하지 않고 있었다.

지금 이들 정인홍, 이발, 이덕형 등은 관망하고 있는 그것이 걱정이었다. 그러나 걱정만 해서는 안 될 것 같았다. 미구에 닥쳐올 문제였던 것이다. 그래서 비교적 당색이 적고 성격이 차분한 이덕형이 오늘 이 자리에서 이렇게 조심스럽게 입을 떼고 있는 것이다. 물론 이들도 가부간에는 어느 쪽에 가담하든 가담하지 않으면 안 될 절박한 처지에 몰려 있었기 때문에 그렇게 서두르는 것이리라.

한참 뒤에 정인홍이 무겁게 입을 떼었다.

"아무래도 우리는 역시 동인측에 가담을 해야겠지요."

다시 침묵이 흘렀다. 검은 턱수염을 쓰다듬으며 정인홍이 말했다.

"김효원 대감의 동인 당에?"

이발이 말했다.

"물론이지요."

"역시 동인들의 당밖엔 없겠군요?"

정인홍의 거침없는 말이었다. 이에 이덕형이 슬그머니 물어보았다.

"왜 그래야 하지요?"

"왜요라뇨. 아, 그렇지 않아요. 요즘 사람들이 우리를 뭐라고 부르는지 아십니까? 우리더러 퇴계학파와 더불어 영남학파라고들 부르지 않소이까?"

"……김 좌랑이 영남인이어서요?"

그랬다. 이들은 학맥으로 보나 지리적으로 보나 혹은 인맥으로 보나, 어쨌든 이들의 색깔은 당연히 동인들이 되어야 했다. 이들은 모두 남명 조식의 문하들이기 때문이었다.

"그렇기도 하지요. 우리 모두는 영남학파이고 그 중에서도 남명문하의 문도들이니까, 서인들에 대해서는 더 물어볼 것도 없다는 말씀이 아니오이까. 하긴 우리들 학문의 성격 차이상……. 서인들과 어울릴 수도 없겠지만, 알겠소이다. 대감들!"

역시 성격이 두리뭉실한 이덕형이 재빨리 수긍을 했다.

"시원해서 좋소이다. 오리 대감! 그럼 그렇게 하는 겁니다, 대감들!"

그의 성격대로 이발의 거침없는 선언이었다.

"그렇기는 하지만……. 당파를 가르며 정치를 한다는 것이 어쩐지 좀 내키지 않는 구석이 없지 않아 있긴 있소이다만……."

이덕형이 계면쩍었던지 웃으며 말했다.

"당파를 가르며 정치를 하지 않을 수 없다면……. 어쩔 수 없이 그렇게 해야겠지요! 그것이 이 나라 선비들의 숙명이지 않소이까?"

언제나처럼 이발이 명쾌히 말했다.

"숙명이라. 역시 이 대감답소이다. 하하핫 아하하핫!"

마침내 이덕형이 파안대소를 했다. 그러나 처음 말을 꺼낸 당사자였던 정인홍은 이제 와서 침묵하고 있었다. 모두들 잠시 무언가를 생각하는 듯 어색한 시간이 흘렀다. 골똘히 생각에 잠겨 있었다. 잠시 동안은 아무도 입을 여는 사람이 없었다. 돌아가는 추세를 생각해 보았다. 요즘 조식 문하의 젊은 선비들이 동인들의 세력에 가담을 하고 있는 이 마당에, 중진들 축에 끼어 있는 이들 역시 선택의 폭이 그리 넓거나 많지 않아서 고민이 되었던 것이다. 행동에 제약이 언제나 따라 다녔다. 여태까지도 이들 세 사람이 동인들의 세력에 가담을 않고 있는 이유는, 이들이 남명 문하에서는 비교적 행동이 자유롭지 못한 관계도 있었다. 이들한테 동인 측에 가담을 해야 한다고 강권하거나 압박하고 있는 선비들은 물론 아무도 없었다. 그것을 지금 이발이 결론 삼아서 말을 맺고 있었다. 학문의 성격상으로도 그렇고 지역의 연고상으로 보아서도 서인 측으로는 가담할 수가 없었던 탓에, 이들 세 사람은 마침내 동인 측에 가담하기로 결정하고 말았다. 결국 김효원의 당인이 된 셈이었다.

"달리 다른 방법이 없겠소이다, 그려?"

벌써 체념한 듯한 이덕형의 말이 있었다.

"우리의 갈 길을 가는 것이 아니겠소이까?"

그에 대해 이발이 대답했다. 그러고 나더니 이어서 덧붙였다.

"우리의 갈 길이라……. 좋지요! 헌데 왜 그런지 벌써부터 어두운 그림자가 우리 선비들 사이로 드리우는 것만 같은 으스스한 느낌이 듭니다 그려? 왜 그런 생각이 드는 건지 모르겠습니다, 대감들? 왜 그럴까요?"

어디까지나 대범하고 과격한 성격의 이발이었지만 그는 불길한 예감 같은 걸 느끼며 말했다. 그러나 그의 말은 선견지명이 있었다.

"그야 뭐……. 잠깐 그러다 말겠지요! 자자, 잔이나 드시지요."

불길한 생각을 떨쳐내기라도 하려는 듯 이덕형이 온건한 웃음을 지으며 두 사람의 말에 쐐기를 박으며 술잔을 치켜들었다. 다들 잔을 들었다.

"글쎄, 과연 그러할까요? 바람이 거세게 불지는 않을는지……."

이발은 어디까지나 자신의 예감을 믿는 듯했다.

"이미 동서 양당의 대립은 심각해졌어요. 임금께서도 주목을 하고 있는 일이 아니오니까? 그런 마당에 선비들이 경거망동을 할 수야 있겠소이까?"

"그야 그렇기는 하오이다만. 헌데 조짐이 좋지가 않아요. 중국 대륙의 예를 보더라도 그렇지요. 붕당 정치란 것이 어제 오늘의 일이 아니었건만 종내에는 여러 파벌들끼리 나뉘어져 피가 피를 부르는 끔찍하고도 소름끼치는 참사를 일으키지 않았소이까? 허나, 우리나라는 중원과는 사정이 다르니까……. 곧 그러다 말겠지요?"

한음 이덕형의 말이었다. 이들은 애써 자위를 하고 있었다. 그러나 이덕형의 말대로 당파싸움은 잠깐 그러다 만 것이 아니었다. 또 한음의 말대로 잠깐 그러고 말 일도 아니었다. 그렇게 말을 할 수밖에 없는 것이 잘 알다시피 조선의 당쟁은 그 뿌리가 사백 년이 지난 지금까지도 연면히 이어져 내려오고 있지 않는가.

비록 그 거대한 몸통들은 거의가 죽었지만 그 뿌리와 잔가지는 이상하게도 말라비틀어져서도 죽지를 않았던 것이다. 이 나라의 뿌리 깊은 못된 근성이 되어져서 이어져 내려오고 있다. 면면들이 줄기찼다. 지금 바로 보라! 지금 이 시대를 살고 있는 우리들도 알게 모르게 당쟁에 물들어 있는 것이 아닌가. 그건 학연, 지연, 어디의 누구 인맥이냐 하는 등등의 말들을 들어보면 금방 이해를 할 수 있다. 당파라는 건 참으로 무서운 것이다. 그것은 참으로 끈질긴 우리 민족이 버려야 할 악질 근성, 뿌리 뽑아야 할 대단한 근성이다.

그러나 너무나 아쉽다. 아쉽게도 오늘날의 사람들은 그 뿌리의 근원을 알고 있으면서도 근절책은 잘도 제시하면서도, 그 폐해에 대해서는 모른 척하고 있다. 그것을 고칠 생각을 하지 않고 있으며 숫제 고칠 마음도 먹지 않고 있는 것이다.

파벌은 참으로 우리 민족의 병폐라 아니할 수가 없다. 가슴속까지도 뼛속까지도 배어 있는 우리네 당파싸움의 잠재력 말이다. 우리들은 우리들의 일상생활에서는 말할 것도 없었지만 심지어는 전쟁의 피비린내 나는 싸움 속에서도, 서로 파벌을 버리지 못하고 아옹다옹 다툼질을 했던 것이니, 그 피곤과 그 창피함은 어차피 어쩔 수 없다고 치고라도, 소모적인 논쟁의 근원의 뿌리를 캐어 나가다 보면, 그것들의 뿌리는 모두 조선의 당쟁에서 비롯된 것이라는 결론에 이르게 된다.

누구나 감히 그렇게 말해도 과언이 아니다. 여기에서 두말할 필요도 없다. 조선은 동서 당쟁이라는 악의 요소를 잉태해서 만들어 내었고, 그리고 그 동서 당쟁의 뿌리로 인해 멸망의 길을 재촉했던 셈이다. 일이 이렇게 되어서 남명 문하의 대부분의 선비들과 퇴계 문하의 선비들 거의가 동인들의 세력권에 가담하게 되었다.

반면에 이이, 성혼의 문인들은 서인들의 세력으로 가담하게 되어 서로 피비린내 나는 당파 싸움을 사백 년이 넘도록 했던 것이다. 서로 다투며 헐뜯으며 싸우게 되었다. 권력싸움이었다. 권력의 매력이란 바로 이런 것인가.

처음 당쟁의 뿌리는 영남학파와 기호학파로 분리되었었다. 그러다가 학문적 이론으로 분리되어서 갈라섰다. 그것이 급기야는 권력의 쟁탈로까지 비화되어 갔고, 한번 권력을 앞에

하고 맛을 보고 나서는 마침내 두 파벌은 물러설 수 없는 한판 승부를 가리지 않을 수가 없게 되었다. 그렇게 되자 당쟁은 비로소 본격적인 두 세력의 싸움으로까지 발전하기 시작했다. 권력의 싸움은 필히 서로 피와 피를 부르는 것인바 동서 양파의 권력 쟁탈전도 바야흐로 그러한 양상으로 치달려갔다. 이로써 비로소 완전한 동서 양당의 성립이 완성되었던 것이다. 한번 싸움은 영원한 싸움이 되었다. 심히 불행한 오백 년 조선왕조의 붕당정치, 파당정치가 이로써부터 본격적으로 출발되었다.

이로 인한 당연한 과정의 일로서 동서 양당은 치열한 세력의 각축을 벌이지 않을 수가 없었으니, 세의 열세는 바로 기존의 정권에서 소외됨을 이름이고, 소외된다는 것은 조정의 권력에서 완전히 떠나야 한다는 것을 의미했다.

권력싸움에서 이것 아니면 저것이라는 논리는 성립될 수가 없다. 권력을 잃음은 바로 죽음이었다. 그것이 당쟁의 처참한 결과였다. 신하들의 정권쟁탈전이란 무엇을 의미하는가. 바로 임금의 눈밖에 나있다는 뜻이다.

왕조시대에는 임금이 바로 국가였으며 절대 권력의 정점에서 있는 것이다. 임금 그 신분 자체가 바로 권력이었다. 임금이 바로 국가고 법이고 명령체였다. 임금이 바로 나라 그 자체였으며 통치술 자체였다. 그러한 임금의 면전에서 쫓겨난다는 것은 실세를 의미했던 것이다.

실세, 즉 권력을 잃음은 바로 죽음이었다. 그것이 조선시대의 당쟁의 어쩔 수 없는 목적이었고 결과였다. 동서 양당은 그런 의미에서도 사활을 걸고 투쟁하지 않을 수 없었다. 자연히 치열한 싸움이 없을 수가 없었다. 기축옥사를 일으킨 서인들도 자신들이 살기 위해서 그랬다. 정여립을 모반으로 엮어서 처리했다. 그렇게 해서 기축옥사 당시 삼년 동안에는 서인들이 정권을 잡을 수 있었다. 득의의 시대였다. 서인들이 볼 때는 말이다.

그러나 온전한 방법으로 정권을 잡았던 것이 아니고 편법이라면 편법일 수도 있는 이러한 방법, 떳떳하지 못한 방법으로 정권을 잡은 서인들인 만큼 그들의 쇠망도 빨리 찾아왔으니, 그것은 이미 처음부터 예고된 몰락인지도 몰랐다.

구봉 송익필이 처음 옥사를 일으킬 때부터 서인들의 모략에는 무리한 점이 많았다. 그런데 그 무리한 계책을 정여립이 파괴하고 부수지를 못하고 어이없는 죽음을 택함으로 해서(물론 타살되었다는 정황도 여러 곳에서 보이긴 한다.)

동인들은 몰락했고 서인들은 모처럼 만에 권력을 차지하게 되었던 것이다. 가정이 될지도 모르겠지만 정여립이 죽음을 택하기 전에 잡혀서 도성으로 압송되어 와서 사건의 전모를 적극적으로 해명을 하고, 자신의 당파인 동인들의 협조를 얻어 자신의 결백을 극력 주장했더라면, 그리하여 서인들한테 모함할 시간적인 여유를 주지 않았다면, 희대의 이상한 기축옥사는 일어나지 않았을지도 모른다. 그런 것을 정여립은 자살을 함으로써 이 모든 것을 마무리할 수가 있을 것이라는 오판을 한 것이 결정적인 기축옥사 확대의 요인이 되었다.

물론 정여립은 죽기를 싫어했을지도 모른다. 죽음을 두려워하지 않는 사람이 없으니 말이다. 그가 죽기는 싫었지만 어쩔 수 없이 죽지 않으면 안 되었을 수도 있었다. 정철이 보낸 명령에 의해서 정철의 제자인 진안현감 민인백이 보낸 포졸에 의해서 억울한 살해를 당했을 수도 있었다.

그러나 그것은 야사에서나 보이는 추측일 뿐이었고 『선조실록』이나 『수정선조실록』에서는 분명히 정여립이 자살을 했다고 되어 있으니, 그 당시 정여립은 자살을 한 것이 맞는 것이다.

죽음은 정여립의 오판이었다. 자신이 자살함으로써 남아 있는 대동계 동지들과 동인들이 어떻게 될지를 정여립은 깊이 생각해야만 했다. 관련된 모든 사람들의 처지를 생각해야만 했다. 그의 죽음은 그 자신만의 죽음으로 끝날 수가 없는 것이었음에도 불구하고 그는 무모한 자살을 택했다. 대동계라는 조직을 가지고 꿈을 키워온 그로서는 너무나 허무하고 경솔한 죽음이라고 하지 않을 수가 없다. 그는 서인들한테 자진해서 권력을 넘겨주는 어리석음을 범했던 것이었다. 그로 인한 동인들의 고초는 어찌해야 한단 말인가. 그 점을 정여립은 조금이나마 염두에 두었어야 했다. 그래야만 일말의 동정심이라도 얻을 수가 있었을 테니까.

어찌되었거나 서인들은 이것을 기회로 모처럼 정권을 잡았다. 특히 정철을 비롯한 성혼 등이 송익필의 사주로 옥사를 크게 확대시킨 후부터는 숱한 동인들이 고문으로 죽어나가거나 머나먼 오지로 유배를 당했으며, 관리들은 삭탈관직을 당해서 그나마 간신히 붙잡고 있던 벼슬자리에서 쫓겨났다.

삽시에 풍비박산이 된 동인들은 숨을 죽여 가며 정철을 비롯한 서인들의 옥사의 전횡을 바라볼 수밖에 없었고, 서인들에 편승한 술수꾼 선조마저도 언제 그랬냐는 듯이 동인들을 경원시하며 외면했다. 왕조시대에서 최고통치권자인 임금의 무관심과 외면은 곧 실세를 의미했고, 낙향이나 먼 유배를 의미했으며, 그것은 또한 권력의 핵심에서 멀어지는 것을 의미했으며, 속히 벼슬을 버리고 초야로 돌아가서 쉬어야 하는 방법 말고는 다른 길이 없을 정도로 최악의 상태를 의미하는 것이었다. 기축옥사 당시에는 권력을 잡고 있던 동인들의 신세가 바로 그러했다. 선조에게 있어서 동인들의 신세는 개밥의 도토리 신세였다.

그러나 세상에는 언제나 반전이라는 것이 있는 법이다. 세상은 반전이 있기에 재미가 있다. 그래서 양지가 음지가 되고 음지가 양지가 된다는 말이 있는 것이다. 동서 양당의 처지가 바로 그러했다. 천년 만년 오랜 영화를 누릴 것만 같던 서인들의 영화도 그리 오래 가지 못했다. 그 영화는 정철의 죽음과 함께 끝을 향해 달려갔다.

그리고 역사는 멈추지 않는 법이다. 멈추지 않는다는 것은 굴러간다는 의미이고 그것은 곧 사람들이 그 시대를 밟고 지나가고 있다는 의미가 된다. 그러니 그것의 의미는 세월이 밤낮없이 쉬임없이 흘러간다는 말도 되겠다. 또한 그것은 우리의 역사가 멈추지를 않고 흘러가되 그것은 또한 많은 거짓말과 함께 또한 약간의 진실도 담고서 흘러간다는 말도 되겠다. 거짓과 진실을 얼마간 담고서 말이다. 거짓말을 더 많이 담고서 약간의 진실도 담아서 말이다.

사실 역사란 많은 거짓말 중에서 진실과 가장 비슷한 거짓말을 골라내는 기술이라고 했다.(민약론의 저자 루소). 그러나 사람들은 분명한 사실을 알고 있어야 하고 알아야 한다.

역사를 과거로 볼 때 사람들은 현재의 눈을 통해서만 과거를 보려고 하고 볼 수 있으며, 그렇게 함으로써 과거에 대한 이해도 할 수 있다고…(E.H.카). 그렇다면 당시의 사람들이나 현대 사람들은 현재의 관점에서 역사를 바라볼 것이며, 먼 과거를 통해서 더 먼 과거의 역사도 볼 수가 있겠지…… 하고 생각할 수 있을 것이다.

기축옥사를 바라보는 그 당시 사람들의 생각은 서인들이 권력을 잡았다고 해서 영수격인 정철이 해도 해도 너무한다는 중론이었다. 세론들은 무한의 권력욕에 사로잡힌 정철이, 그 권력의 여세로 말할 수 없는 냉혹함을 드러내고 있는 정철이, 왜 그러나 싶었다. 그러니까 사감을 풀기 위한 정철의 거침없는 옥사의 확대를 사람들은 아무려면 좋게 보아주지를 않았던 것이다. 그렇게도 인정머리 없는 냉혹한 정철의 행동들을 보면서 사람들은 생각했다. 오래지 않아 정철의 비참한 몰락을 보게 될 것이라고 사람들은 수군대며 손가락질을 했다. 그의 앞에서는 굽실거렸지만 뒤에서는 쌍욕을 했다.

아무리 권력이 좋고 동인들한테 악한 감정을 가지고 있는 사람이라 할지라도 그 역시 사람인 이상 사람의 인정상 그리 모질게 선비들을 국문해서는 안 되는 것이었다. 그렇게 사람들을 마구잡이로 죽여서는 안 되었다는 것이었다. 그리고 그렇게 많은 사람들을 죽게 내버려 두어서도 안 되는 것이었다. 미리 손을 써서 희생을 막았어야 했던 것이다. 세간의 여론은 그랬다. 이 일로 너무나 많은 사람들이 옥사에서로 죽었다며 사람들은 울분을 토하며 정철을 성토했다. 그는 마땅히 하늘의 노여움을 받아서 지옥의 불벼락과 같은 무자비한 천벌을 받아야 한다는 것이 당시의 여론이었다.

정상에 오르면 내려오는 것이 세상의 이치다. 사람이 마냥 하늘을 향해서 올라갈 수는 없다. 올라갈 끈이 도중에서 끊어져 있는 것이다. 그러나 정철은 하늘로 하늘로 오르기만을 바랐다. 그에 따라서 정철의 독선과 아집도 높아만 갔고 모진 성품은 땅을 넘어서 하늘의 꼭대기까지 찔렀다.

사람들은 정철의 끝 간 데 없는 독선과 모진 성품에 진저리를 치기 시작했다. 저러다 저 모진 악독함으로 조선의 유능한 선비들을 다 죽이지나 않을까 하는 의구심을 갖게 만들도록 정철의 복수심은 끝이 없었다. 그러자 차츰차츰 그가 가사문학에 끼친 엄청난 공적은 서서히 묻혀 갔고, 애매한 사람만 모두 죽이고 있다는 그의 죄과만 남는 꼴이 되었다. 곧 흉흉한 민심은 또 다른 인물에 주목을 하게 되었다. 설마 하니 정철 혼자만이 저지르고 있는 패악일까? 그런 생각을 하기 시작했다. 사람들은 자연히 그 많은 사람들을 죽이고 유배 보내고 삭탈관직 시키는 사람이 정철 말고도 또 있지 않을까? 그러한 생각을 하게 되었던 것이다. 당하는 사람들로서는 당연한 의문이었다. 마침내 사람들은 정철의 뒤에는 성혼이라는 또 다른 인물이 있음을 알게 되었다.

또 성혼의 뒤편에서는 송익필, 한필 형제가 도사리고 있었다는 사실을 깨닫기 시작했다. 그들이 정철과 성혼의 배후에 틀어 앉아서 뱀의 그림자가 되어 있다는 사실을 알게 되었다. 그들이 뱀의 혀를 날름대면서 똬리를 틀고 도사리고 있음을 알게 되었다. 여론은 무섭다. 세치 혀는 모든 걸 녹인다. 마침내 조선의 조정에서도 사필귀정의 날이 다가오고 있었다. 그러니 지금에 와서는 서인들의 몰락은 예고되어 있었다.

그리 오래 지나지 않아 정철의 몰락을 사람들은 보게 되었다. 맨 처음 정철을 탄핵한 사람은 경상도의 유생들인 안덕인, 이원장, 유홍, 이진, 이성 등 다섯 명이었다. 이들은 사헌부에다 상소를 올려 주장했다.

〈정철이 국청을 그르쳤다〉는 내용의 글을 선조한테 올렸던 것이다. 이것이 정철 탄핵의 서막이 되었다.

선조 이십사 년 신묘년(1591) 이월의 일로 기축옥사 일 년 8개월 만의 일이었다. 이어서 3월 14일, 사헌부와 사간원의 양사에서도 소를 올려 정철의 파직을 건의했다. 그 뒤부터 물꼬가 터진 듯이 상소가 봇물을 이루었다. 마침내 정철한테 올 것이 오고만 것이다. 선조 이십오 년(1592), 정철은 옥사가 시작된 이후 처음으로 진주로 귀양을 간다. 곧 이어서 전라도 강계로 이배된 후에 얼마 되지 않아 다시 강화 땅 송정촌으로 옮겨졌다.

강화 땅은 고려시대 이래로 유배의 땅이었다. 유배의 땅답게 유배자는 곧잘 죽어서 나가는 곳이기도 했다. 그러니 정철의 생명 또한 이곳 강화 땅에서는 석방이 되는 마지막까지 생명이 보장된다는 담보가 없었던 셈이기도 하다.

송정촌에서 일 년 남짓 유배생활을 하고 있던 정철은 파란만장한 생을 마감한다. 일천오백팔십구 년 십일 월 십팔일, 선조에 의해 우의정 겸 기축옥사의 위관이 되어 권세를 부렸던 정철은 파란만장한 일생을 강화도에서 마친다.

그가 생을 마감한 날이 선조 이십육 년(1593) 십일월 십팔일이었다. 그는 강화도의 송정촌에서 오십 팔 세를 일기로 일생을 마감하고 말았다. 지켜보는 이 한 사람 없는 쓸쓸한 임종이었다. 그는 죽을 때 가서야 옥사의 지나치고 모진 처사를 알았다. 그는 자책하며 쓸쓸히 눈을 감았다.

마지막 눈을 감기 전에 도성의 임금을 향해 사배를 올리고

〈속 사미인곡〉을 불렀다. 마지막으로 임금을 향한 사모의 정을 다해 본 셈이었다.

— 제 가는 저 각시 본 듯도 한 저이고. 천상백옥경을 어찌하여 이별하고, 해 다 저문 날에 누를 보라 가시는고. 어화 네 여이고 이내 사설 들어보오. 내 얼굴 이 거동이 임 괴임즉 한가마는 어딘지 날 보시고 내로다 여기 살새, 나도 임을 믿어 군 뜻이 전혀 없어, 이래야 교태야 어자라이 하돗던지, 반기시는 낯빛에 네와 어찌 다르신고. 누워 생각하고 일어 앉아 헤어 하니, 내 몸의 지은 죄 뫼같이 쌓였으니, 하늘이라 원망하며 사람이라 허물하랴. 설워 풀쳐 헤니 조물의 탓이로다. 글란 생각 마오. 매친 일이 있어이다. 임을 뫼셔 있어 임의 일을 내 알거니, 물 같은 얼굴이 편하신 적이 몇 날일고. 춘한고열은 어찌하여 지내시며 추일동천은 뉘라서 뫼셨는고. 죽조반 조석에 예와 같이 세시는가. 기나긴 밤에 어찌 세시는고. 임 다히 소식을 아므려나 아자히 하니, 오날도 거의로다. 내일이나 사람 올까 내 마음 둘 데 없다. 어드러로 가잔 말고. 잡거나 말건 높은 뫼에 올라가니 구름은…
—

정철은 가사를 읊다 말고 통곡하고 말았다. 임금에 대한 그리움과 사무침이 넘쳐났다. 자신을 죽음으로 몰고 있는 주상이었지만 오매불망 꿈에서도 그리워해 오던 임이었다.

이제 그 임에 의해서 영영 이 세상과는 이별이라는 생각이 들자 설움이 북받쳐 오르는 것이었다. 인생무상이었다. 호화로운 영화를 누릴 만큼도 누려 보았고, 부귀공명도 남 못지않게 탐해 보았고, 권세욕에 눈이 어두워도 보았지만, 역시 마지막 가는 길은 어느 정도는 회한도 남았는지라 〈속 사미인곡〉이라도 부르지 않을 수가 없었고, 통곡이라도 해보지 않을 수가 없었으리라. 또한 흘러간 지난날이 주마등처럼 뇌리를 스치며 지나가고 있었다. 비로소 사람의 본심이 우러난 것이리라.

그가 죽자 세간에서는 말도 많았다. 그 당시 기축옥사로 원한이 깊었던 호남의 선비 집안에서는 아낙네들이 도마에 고기를 올려놓고 다질 때마다 반드시 하는 말이 생겨났다.

"증철아 좃아라, 증철아 좃아라."

하는 말들을 예사스럽게 하였다.

"철철철철… 철철철철."

하는 말들을 입버릇처럼 중얼거리는 풍습도 호남의 아낙네들 사이에서는 생겨났다고 한다. 그것은 정철을 미워하는 일종의 주술인 셈이었는데, 얼마나 정철을 미워했으면 그 풍습이 4백 년이 지난 오늘날까지도 끊어지지 않고 이어져서 내려왔을까. 그 지방에서는 대물림이 되어 내려온 풍습이었다. 그뿐만이 아니었다. 정적들은 또 정적들대로 정철을 향해서 따로 부르는 말이 있었다고 한다. 정철로서는 심히 모욕적인 말이었다.

〈동인백정(東人白丁)〉이라고 마치 천민을 부르듯이 백정이라는 말로 부르곤 했다는 것이다. 어디 그것뿐일까.

〈간혼독철(奸渾毒澈)〉이라고도 불렀다고 한다. 간사한 성혼, 악독한 정철이라는 뜻이었다. 그만큼 정철의 평은 조정의 신하들 사이에서는 물론, 일반 백성들인 민간인들에게까지도 평이 엄청 나빴다. 정철의 자업자득이었다. 자업자득이란 자신의 공과를 자신이 오롯이 짊어지고 간다는 말이 아닌가. 그것은 또한 빼도 박도 못하는 본인의 선악의 행동에 대한 심판이 아니겠는가. 그런 것들은 물론 오롯이 정철 자신의 몫이 되었다.

기축옥사는 천여 명에 가까운 사람들이 희생된 조선 최대의 옥사다. 당시 유성룡의 『운암잡록』에 보면 이러한 기사가 있다.

— 고문사에 의한 사망자는 이발(대사간), 아우 응교 이길, 이발의 형 이급, 병조참지 백유양, 아들 생원 진민, 홍민, 유민, 전 전라도사 조대중, 전 남원부사 유몽정, 전 찰방 이황종, 전 감역 최여경, 선비 윤기신, 정여립의 생질 이진길 등이었다.

또한 귀양자도 많이 있었다. 우의정 정언신, 안동부사 김우옹, 직제학 홍종록, 지평 신식, 정숙남, 선비 정개청 등이 있었으며, 옥사한 자로는 처사 최영경 등이었다. 승려로서 옥고를 치른 자들도 있었는데, 서산대사 휴정, 사명당 유정도 모진 국문을 받은 후 겨우 석방되었다. 또 송광사 승려 혜희, 희성, 심희, 심정 등 삼십여 명을 가두었다.—

이렇게 기록하고 있는 것이다.

기축옥사가 일어날 그 당시의 조선의 총 인구가 대략 오백만 명 정도였다고 한다. 그러니 그때 얼마만한 선비들이 희생당했는지를 알만하지 않은가. 희생자들의 대부분은 동인들이었다고 하니 희생자들의 면모를 짐작케 하고 동인들의 피해를 헤아려보게 된다.

그러니 이 기축옥사는 조선의 4대 사화에서 희생된 총 숫자보다도 더 많은 희생자를 내었던 옥사였다. 기축옥사는 수

많은 젊은 인재들을 희생시키고 다시 서인들을 격침하고 그 대단원의 막을 내렸다. 이때로부터 인조반정 때까지의 근 삽십 여 년간은 동인들이 정권을 잡게 된다. 서인들이 조정의 정권에서 물러나고 동인들의 세상이 되었다. 그 몰락의 과정에서 권력을 잃은 서인들은 절치부심하지 않으려야 않을 수가 없었다. 권력욕구가 분출되어야 하는 데도 분출될 곳이 없었다. 기회를 노리고 있었다. 그러다 정여립의 모반이 일어난 것이다. 서인들은 기회를 얻었다. 서인 측에는 그런 기회를 놓치지 않을 모사꾼이 있었다. 바로 송익필이었다. 두뇌회전이 빠르고 명석했던 송익필이 머리를 굴렸다. 그리고 그 작전은 보기 좋게 성공을 거두었다.

물론 그전에도 서인들의 시도가 없었던 것은 아니었다. 사실 서인들은 갑신년(1584) 이후 5,6년 동안은 실세의 지위를 누리기도 했었다. 잠깐 동안의 권력 맛을 본 후 서인들은 물러났다. 동인들이 다시 권력을 잡았다. 그러나 세력을 잃고 절치부심하던 서인의 세력들은 정여립의 모역을 계기로 해서 살아났다. 정여립의 모역 이후 서인들이 악감정 혹은 사감정을 가지고 동인들을 마구잡이로 희생시켰다는 평을 받고 있는 기축옥사는, 조선이라는 나라의 치부임에는 틀림이 없었다. 아까운 인재들의 희생은 왜구의 침략을 끌어들였고,

그 결과로 2년 후 임진란이 일어나는 계기가 되었던 것도 사실이었다.

기축옥사는 일본 열도를 제패한 도요토미 히데요시의 야욕을 불러일으키는 원인의 작용을 했던 것이다. 선비들의 죽음으로 조선은 민심의 이반을 가져왔으며, 전쟁을 준비할 시간적인 여유가 없도록 만들었으며, 전쟁을 수행할 장수감들을 잃어버려서 임란 때는 나라의 절반을 약탈당하는 치욕을 당하기도 했다.

기축옥사는 선조의 의도된 기획이 많았다. 선조는 처음부터 옥사를 키울 생각을 가지고 있었다. 자신의 권력욕을 충족하기 위해서도 그리했고, 자신의 권력을 유지하기 위해서도 그랬다. 그는 집권 초부터 자신의 권력에 불안함을 가지고 있었다. 선조는 후사가 없는 명종의 세제가 되어 왕세자의 지위에 올랐다. 그는 중종의 서자 하성군의 셋째 아들이었으니, 왕가의 서열로 치면 왕위에 오를 수 없는 아주 낮은 신분이었다. 그런 선조였으니 왕좌에 대한 불안과 두려움이 없을 수가 없었다. 언제 반역이 일어날지도 모르는 위기의 시간이 지나가고 있었다.

실제로 선조 초기에 천안 지방에서 길삼봉이라는 도적이 날뛰며 민심을 어지럽히고 있던 적도 있었다. 그러니 선조의 입장에서 보면 언제 신하들이 장성한 자신의 아들들을 업고 모반을 할지도 모르는 일이었다. 사정이 그러하니 그는 자신이 낳은 자식들도 믿을 수가 없었음은 물론, 자신의 신하들도 도무지 믿을 수가 없었다. 그는 무서운 신하들을 조종하고 범 같은 자식들을 휘어잡을 묘책이 절실한 때였다. 그러한 때에 서인들이 일을 만들어 주었다. 그로서는 절호의 기회가 온 셈이었다.

그는 말을 잘 듣지 않는 신하들을 길들일 필요가 있었다. 권력을 더 좀 공고히 할 필요가 있었다. 그 어떤 국면 전환의 전기가 필요했다. 그것이 기축옥사라는 전대미문의 끔찍한 결과물을 만들어낸 것이다. 조선의 불행이었다.

물론 선조가 등극하기 전에도 작은 모반사건들이 있긴 했다. 그러나 그러한 사건들은 정치적으로나 사회적으로는 그다지 중요한 위치에 있는 사건들이 아니었다. 그러나 자신의 출생의 처지를 잘 알고 있는 선조는 그러한 작은 모반이라도 예사롭지 않게 보는 습관이 있었다. 그의 자격지심이었다. 그러는 찰나에 정여립의 모반이라는 장계가 올라왔다.

일천오백팔십구 년 시월 초삼일 한밤중이었다. 그는 급히 신하들을 모아서 급변을 알리고 유난을 떨었다. 의도적으로 크게 화들짝 놀란 척한 선조는 즉시 사건 자체를 확대하였고, 선조의 의중을 재빠르게 간파한 정철이 서인들을 위해서 칼을 빼들었던 것이다. 물론 선조도 처음에는 정여립의 모반을 믿지 않고 있었던 것은 분명하다. 처음 고변이 올라왔을 때 선조는 삼정승들한테 물었다.

"정여립은 어떤 사람인가?"

영의정 유전, 좌의정 이산해가 아뢰었다.

"그의 인품을 모릅니다."

그러자 우의정 정언신이 말했다.

"그가 독서하는 자인 것만은 압니다. 다른 것은 모릅니다."

"독서하는 자가 이와 같다는 말인가."

선조는 고변장을 내던지며 이렇게 소리치기도 했다. 이때까지만 해도 선조와 신하들은 물론 정여립을 알고 있던 관료들은 정여립의 모반을 믿지 않았던 것이 분명하다. 뿐만이 아니었다. 당시 그를 알고 있던 관료들은 한결같이 이렇게 말했다고 한다.

"큰 나무가 바람을 맞듯 사람도 뛰어나면 모함을 받는다."

이처럼 관료들은 정여립의 난을 대수롭지 않게 보고 있었고, 특히 정여립과 같은 동인들은 정여립이 곧 도성으로 잡혀 들어와서 자신의 결백을 주장할 것으로 믿고 있었다. 그러나 정여립은 자신의 결백을 주장하기보다는 죽도로 피신을 했다. 그리고 의문의 자살을 택했다.

이 일이 결국 선조와 서인들의 오해를 더욱 사게 되어서 기축옥사의 빌미가 되었던 것이다. 그건 바로 동인들과 정여립의 실책이자 오판이었다. 물론 거기에는 동인들의 안이함도 섞여 있었다. 금부도사가 전주로 내려갈 때 동인 측에서도 사람을 보내어 정여립을 보호할 생각을 가지는 것이 자신들의 신변을 보호하는 데에도 도움이 될 것인바, 그것이 원칙이었는데도 동인들은 그렇게 하지 않고 있다가 서인들의 일격에 무참히도 무너지고 말았던 것이다.

서인들이 모반 죄인을 현장에서 죽이리라고는 생각을 못했던 것이 동인들의 실수였다. 대신 서인들은 하늘의 운을 탔다. 사람의 지혜도 있었다. 구봉 송익필과 정철의 꾀가 있었다.

죽도는 정여립의 별장이 있던 곳이다. 진안에 위치한다. 변숭복이 죽도로 가서 피신하자고 그를 꾀어냈다. 정여립은 변숭복의 꼬임에 넘어가서 그곳으로 유람을 가는 것으로 생각을 하지는 않았을까? 그러지는 않은 것 같다. 집에서부터 옥남을 데리고 도망을 쳤고 다 알고 있는 별장으로 갔으니 말이다. 그렇지 않다면 정여립은 많은 사람들이 알고 있는 자신의 별장으로 왜 도망을 했을까? 모반을 할 만큼 배짱 있는 정여립만한 인물이 그런 사실도 인지하지 못하고 죽도로 피신을 갔을까? 어쨌건 이건 대단한 수수께끼다.

기축옥사의 피해는 상상 이상의 결과를 낳았다. 고스란히 그 피해는 선비들이 입었다. 그것도 동인들의 유망한 젊은 선비들이 말이다. 당시 정여립의 사소한 판단착오로 동인들이 떼죽음을 당하게 되었고, 동인들의 진영은 초토화되다시피 했는데, 남명 조식의 문하와 화담 서경덕의 문인들이 가장 큰 피해를 입었다. 주 피해의 지역은 전라도 지방이었다. 이후로부터 전라도 지역은 반역향이라는 누명을 쓰게 되었고, 관리 등용의 길이 막히고 말았다. 이 일이 조선시대에 와서 호남이 푸대접을 받게 되는 단초가 되었던 것이다. 또한 그곳은 유배지로서 가장 적당한 장소라는 인식이 사람들한테 언제나 따라 다녔다.

난이 평정되었으니 당연히 논공행상이 이루어졌다. 선조에 의해서 논공행상이 있었다. 난을 평정한 사람들한테는 광록공신, 평난공신의 칭호가 주어졌고 따로 패도 하사했다. 이 일은 조선 건국 이래로 열두 번째의 공신들이 배출되는 순간이기도 했다. 그리고 짧은 기간이나마 동인들과 서인들의 명암이 엇갈리게 되는 순간이기도 했다.

기축옥사는 조선왕조라는 닫힌 사회의 계급 속에서 발생했던 혁신주의(革新主義:정여립의 주기좌파설)와, 분파주의(分派主義:정철과 이발), 그리고 고도주의(古道主義:송익필 형제)라는 세 개의 계파갈등 문제로 요약될 수 있다. 분파주의와 고도주의는 당연히 대립과 분열을 하며 성장해 가야 하지만, 그것들은 제도내에서의 안주 속에서 살아가야 하고, 혁신주의는 반드시 그렇지가 않다. 혁신주의는 개혁을 전제로 하기 때문에 개혁성향의 사람들에 의해서 이끌려 간다. 개혁이란 언제나 위험성이 내포되어 있다. 그런데 정여립은 말하자면 개혁주의 사상가였다. 당연히 그에 의해 위험성이 내재될 수가 있었던 것이고 모반도 일어날 수 있었던 것이며, 어찌 보면 일어나야만 했다. 비록 실패를 하긴 했지만 어쨌건 역모사건인 것만은 사실했다.

정여립의 사상은 무엇이었던가?

정여립은 왕위세습을 부정하고 충군사상을 부정했다. 그는 공화주의자의 길을 갔다. 당연히 왕조시대의 산물들이 볼 때 그는 시대의 이단아 취급을 받지 않을 수가 없었다. 그는 낙향 후 천하위공(天下爲公)이라는 말을 자주 했다고 한다. 천하위공이란 '천하는 한 가문의 사물이 아니고 만민의 공물'이라는 뜻인데, 말하자면 이 천하의 사람들 중 누구라도 자격만 된다면 임금이 될 수 있다는 혁신적 사상을 말함이다.

이 사상은 어쨌건 왕조시대에서는 도저히 용납될 수 없는 위험한 사상이었다. 그는 또 천하는 주인이 없다는 말도 자주 했다고 한다. 이른바 천하공물론(天下公物論)이다. 그리고 또 누구라도 사람들은 그를 나라의 임금으로 섬길 수가 있다는 것이다. 이것은 이른바 하사비군론(何事非君論)이었다.

정여립은 이러한 생각을 기본으로 대동계를 조직했고, 대동계를 중심으로 조선에서 혁신적인 정치를 펼치려고 했던 시대의 이단아였다. 허망한 그의 죽음은 너무나 애석하다. 애석한 만치 사람들한테는 오래도록 여운도 남는다.

그래도 못다 한 이야기

『예기』에 이런 말이 나온다.

— 큰 도가 행해지니 천하 만민의 것이 되고, 어질고 유능한 사람이 지도자로 선출된다. 이로써 모두가 신의를 중히 여기고 화목한 사회가 된다. 그러므로 자기 부모와 자기 자식만을 사랑하지 않고 모두가 한 가족처럼 사랑한다. 늙은이는 수명을 다하고, 젊은이는 재능을 다하며, 어린이는 무럭무럭 자라고, 홀아비와 과부, 고아와 자식 없는 늙은이, 병자들은 모두 부양받는다. 또한 남자는 모두 직분이 있고, 여자들은 모두 시집을 갈 수 있다. 재물을 땅에다 버리는 낭비를 싫어하지만 결코 자신만을 위해 소유하지 않으며 노동하지 않는 것을 부끄러워하지만 결코 자신만을 위하지 않는다. 이처럼 풍습이 순화되어 간사한 모의가 통하지 않으니, 변란이 일어나지 않고, 도둑질과 약탈이 없으니 대문을 닫지 않고 산다. 이것을 일러 즉 '대동'이라 말한다. —

정철의 『관동별곡』 중에 이런 가사가 있다.

"쳔 근을 못 내 보와 망양뎡의 올은 말이, 바다 밧근 하늘이니 하늘 밧근 므서신고"(하늘 끝을 못 보아 망양정에 올라서 읊조린 말은, 바다 밖은 하늘이니 하늘 밖은 무엇인고)

망양정은 그 당시에는 강원도 울진 고을에 있었지만 지금은 경상북도 울진군 망양리에 있는 정자이다. 송강이 강원도 관찰사 시절에 관동팔경을 돌아보며 지었다는 가사다.

송강과 서애.

송강 정철(1536. 중종 31년~1593. 선조 40년) 57세로 졸.
서애 유성룡(1542. 중종 37년~1607. 선조 40년) 65세로 졸.
송강이 여섯 살 위다.

이발의 모친 윤씨와 아들 명철의 고문사에 대한 논쟁.
송강이 위관 때라는 설— 선조 23년(1590년 5월 13일)
서애가 위관 때라는 설— 선조 24년(1591년 5월경)
선조 23년은 경인년 1590년이고,
선조 24년은 신묘년인 1591년 이다.

『선조실록』과 『선조수정실록』

『선조실록』을 이이첨본이라 부르고 『선조수정실록』을 이식

본이라 부른다.

김효원과 심의겸

『동유사우록』에 이런 말이 보인다.

"김효원은 용모가 단정 엄숙하며, 아름다운 수염은 한 자에 이르렀고, 술 한 말을 마셔도 경망한 언동이 없었다. 공무에서 벗어나 여가가 생기면 미투리와 여장을 챙기고 산과 물을 찾아 소요했다. 아름다운 산수와 그윽하고 한적한 곳을 만나면 매양 종일 시를 읊고 즐기며 돌아갈 줄을 모르니, 군수의 행색인 줄을 몰랐다."

반면 심의겸에 대한 세평도 있었다.

"인물됨은 효성이 지극하고 검소했으며, 외척으로 있으면서도 함부로 권세를 부리지 않았다."

심의겸의 묘비에는 율곡 이이가 임금에게 아뢴 말이 기록되어 있다.

"심의겸은 외척 중 아름다운 사람입니다."

선조의 두 얼굴에 대해서도 말하지 않을 수가 없다.

선조는 무소신과 무원칙한 임금이었으며, 동서 양당을 오가며 자신의 왕권을 다졌다. 창빈 안씨의 아들 덕흥군의 셋째아들이었던 선조는 방계 출신이었다. 그래서 콤플렉스가 많았다. 시국을 바라보는 안목이 부족했다. 세자의 교육을 체계적으로 받지 못했기 때문이다. 십육 세에 등극을 했는데, 재위 사십일 년 동안 내내 당쟁과 전쟁에 시달렸다.

"시기심이 많고 모질며 고집이 세다. 그와는 일을 같이할 사람이 못 된다."

기축옥사의 희생자들 말이다. 앞뒤 결정이 다르고 자의적으로 군주권을 행사했다. 이이도 유희춘도 심지어는 성혼마저도 그를 고집이 세고 괴팍하다고 비판했다. 반면에 장점도 있었다. 집권 초기에는 학문을 즐기고 경연에도 잘 참여했으며 글씨를 잘 썼고, 그림을 잘 그렸다고 한다. 인정이 있었으며 어려운 사람을 보면 측은지심도 가질 줄 알았다. 정적에 대해서는 무자비함을 보였지만 관대함도 있었다. 반면 시기심이 많았고 의심이 많았다고도 한다. 그러니 피의 당쟁을 제공한 사람이 선조였다. 한 나라의 지존의 신분이었으면서도 당쟁에 있어서만은 지조가 없어서 동서 양쪽을 오락가락하며 오로지 왕권만을 사수하려 했다. 나라보다는 가정을 중시했고 백성보다는 신민들을 더 중요시했으며, 국가의 중대사를 생각하기보다는 사소한 탐닉에 더 즐거워했던 선조였다. 그러한 선조의 기질은 훗날 임진란에서도 여실히 드러나고 있다. 미증유의 국가 재난에 임해서도 선조라는 인물은 자신의 왕권과 자신의 안위만을 염려해서 자식들을 시기하고 신하들을 의심하였으며, 전쟁에서 공을 세운 장수들을 내치기를 다반사로 하였던 것이다. 그것은 선조의 어쩔 수 없는 한계였다. 다시 돌아가 보자.

선홍복의 자백

— 낙안에 거주하는 유생 선홍복의 집에서 문서를 수색했는데, 역적 정여립과 교류한 흔적이 있어 잡아들여 심문해 자복을 받은 뒤 사형에 처했다. 그를 문초하는 과정에서 이발, 이길, 백유양 등이 관련돼 모두 곤장을 맞고 죽었고, 이발의 형 이급 또한 곤장을 맞고 죽었다. 또한 이진길이 유덕수의 집에서 참언이 적힌 책을 입수했다고 하여 그를 잡아 국문했다. 그러나 승복하지 않고 죽었다. 그런데 이 일은 정철 등이 친한 금부도사를 시켜 거짓으로 만들어 선홍복에게 은밀히 전한 것이었다.

"만약 이발, 이길, 백유양 등을 끌어넣으면 너는 살 수 있다."

이리하여 말한 내용을 버선 안쪽에 써두었다가 문초할 때

쓰인 대로 진술하게 했다. 선홍복이 그 말을 믿고 그대로 진술했는데 자백이 끝난 뒤에 즉시 끌어내 사형에 처하려 했다. 그러자 선홍복이 크게 부르짖으며 말했다.

"이발, 이길, 백유양 등을 끌어대면 살려주겠다고 해놓고 어찌하여 도리어 죽이려 하느냐?"

정철 등이 사주해 살육한 것이 이토록 심했다. —

『선조실록』 23권, 22년 12월 12일자 〈낙안 교생 선홍복의 집에서 정여립과 통한 문서가 나왔는데, 정철 등이 꾸민 일이다.〉에 실린 글이다. 선조실록은 광해군 때 이이첨 본이다. 대북파 사람인 이이첨의 주재 하에서 기록된 일이니 믿을 수가 없다. 허나 전적으로 그렇게 말할 수도 없는 것이 대북파도 동인에서 갈라져 나온 파이기는 하나 당시의 야사 등에서 한결같이 주장해 온 말들이니 전혀 터무니없는 기록이라고 할 수 없지 않을까.

역시 『쾌일록』에 선홍복이 처형당할 때 통탄했다는 기록도 보인다.

— 내 죄는 죽어 마땅하나 조영선의 말을 믿고 무고한 사람을 죄에 빠뜨렸으니 부끄럽고 한스러움을 어찌하면 좋으냐? —

이 일로 인하여 광국공신과 평난공신들이 배출되었다.

조선이 건국된 후 12번째 공신들이 배출되었다.

소문을 들은 누항의 사람들은 이렇게 수군대었다고 한다.

"때를 만나면 변변치 못한 사람들도 성공한다."

이 말이 유행하였다.

"나도 한번 무고나 멋지게 해 볼까나? 누가 알겠는가. 정승판서의 자리는 몰라도 당상관 자리야 떼어 논 당상이 아니겠는가." 라는 말이 누항에서 유행되었다고 한다. 무고만 잘하면 출세를 할 수 있는 세상, 사회분위기! 그런 세상이 잘 돌아갈 리가 없는 것은 당연했다. 건전한 생각 속에서 건전한 삶도 영위되어 갈 수가 있는 것이다.

이때 공신을 받은 사람들은 박충간이 1등, 이축, 한응인이 2등, 한준 이하를 3등으로 하자고 했으나 대신들이 듣지 않았다는 것이다.

그렇다면 대신들은 왜 듣지 않았을까? 대신들도 나름의 생각이 있었을 것이고 세간의 여론을 의식하지 않을 수 없었을 것이니, 그리고 공이 있는 자들에 대한 시기심도 발동했을 것이고, 그들의 공명심에 대한 반발도 있었을 것이니, 호락호락 말을 들어주지 않았을 것으로 짐작된다. 그렇지 아니한가. 아무리 그 당시에 서인들이 집권을 했다고는 하지만 세상에는 눈이라는 게 있는 법이다. 세상의 이목을 그리 호락

호락하게 보아서는 안 되는 것이다. 백성들의 눈은 하늘의 눈이라고 하지 않는가. 하늘의 눈이 내려다보고 있는데 어느 누가 감히 함부로 일을 처리할 수 있겠는가. 그러니 시임 대신들도 눈치를 보아야만 했던 것이다. 그래서 당연히 나온 결론이 아니겠는가. 아무리 서인들이 국청을 주관했던바 있고 논공행상에서도 자신들한테 유리하게 온 힘을 쏟았다고는 하지만 백성들의 눈을 의식하지 않을 수 없었을 것이니, 먼 훗날 역사적 사실을 이러저러한 사실로 뜯어 고치는 한이 있더라도 지금 당장은 그리 해야만 했으리라.

원임대신들이나 시임대신들도 용빼는 재주가 없었으리라. 더군다나 조선은 여론정치를 표방했던 여론의 나라가 아닌가. 서인들의 입장에서 볼 때는 울며 겨자 먹기 식이 될 수밖에 없었다. 그러니 세평에 대해서도 눈치를 보지 않을 수가 없었으리라.

그렇다면 당시의 비등했던 세평을 들여다보자. 이러한 단편적인 세평은 나중에 동인 측에서 당시 세간에 전해 온 말들을 모은 것으로 보인다. 왜냐하면 전해져 오고 있는 잡기글들의 대부분이 동인계열의 선비들이니 말이다.

동인계열에 남하정이란 선비가 있었다. 그의 저서 『동소만록』에는 이러한 재미있는 글이 보인다. 한번 그 글을 읽어

보도록 하자.

남하정은 동인계열의 선비였지만 세론을 평가하는 데에는 비교적 공정한 평가를 했다고 그 당시에는 자타가 인정해 오던 인물이었다. 정여립의 죽음에 관한 세간의 여론을 모은 글 중에서

— 정여립이 진안 죽도로 단풍놀이 삼아 놀러갔을 때 선전관과 진안현감이 때려죽인 후 자결한 것으로 했다. —

그러면서 남하정은 이렇게 덧붙이기도 했다.

— 변숭복을 시켜 그를 죽도로 유인한 뒤 성혼의 문인인 진안현감 민인백을 시켜서 정여립을 때려죽였다. —

다시 말해 구봉 송익필의 엄명을 받은 변숭복이 다시 정철의 사주를 받고 정여립을 단풍놀이 가자고 꾀어서 죽도로 유인했으며 그 결과 정여립은 민인백과 관군들에 의해 무참히 살해되었다는 말이 된다. 정철의 수하들인 진안현감 민인백과 그의 수하 졸개들이 정여립을 죽도로 유인해서 몰래 때려죽이고 나서 정여립 스스로가 일이 그릇되었음을 알고 분연히 자결했다고 조정에 보고를 했다는 말이 된다.

남하정의 기록이 거짓이 아니라면 말이다. 다시 한 번 살펴보자. 정여립의 죽음 뒤에는 큰 틀에서 보자면 구봉 송익필이 뒤에서 이 모든 일들을 계획했으며, 구봉 송익필의 사

주를 받은 송강 정철이 서인들을 위해 손수 진두에 서서 옥사를 지휘했으며, 서인의 영수로 행세했던 우계 성혼은 원군의 사령관이 되어서 이들을 지원했다는 말이 되는 것이다. 이는 당시 억울하게 죽은 정여립의 죽음에 대한 세간의 여론을 듣고 나서 남하정이 『동소만록』을 지었을 것으로 추측되는 대목이다.

그러므로 오늘날 우리가 기축옥사를 보는 시각에 대해서도 말하지 않을 수가 없는 것이니, 기축옥사의 과정과 결과에 대해서 논란이 끊이지 않고 일어나고 있는 이유도 정여립의 모호한 죽음이 바로 여기에 기인하기 때문이 아니겠는가. 정여립의 죽음에 대한 명확한 설명이 따르지 않으면 기축옥사에 대한 여러 가지 논란거리도 항상 궤를 같이 해야 하고 말썽도 역시 따라다녀야 한다는 말이 되는 것이다. 이제 우리는 한 사학자의 혁명에 관한 평을 살펴보자.

이 소설을 마무리하면서 다소나마 참고가 될 것으로 믿기에 보탠다.

사학자 한영우의 말이다.

"보수 세력의 사회 모순과 탐욕이 극한에 이르지 않은 시기에 진보세력이 혁명을 일으키면 이는 반역으로 간주되고,

반역은 결국 실패하게 된다. 정여립이나 김옥균이 이에 해당된다. 이들의 이상은 더할 나위 없이 좋았지만 그들은 너무 조급했다."

혁명가들 혹은 개혁가들이 너무 조급해서 실패했다는 것이다. 그들이 조급해한 데에는 피치 못할 여러 가지 이유들이 있었겠지만 예컨대 시기가 성숙되지도 않았는데, 혹은 치밀한 준비도 없이 자신들의 마음만 믿고 서둘러 일을 하려다가 더 이상 돌이킬 수 없는 실패를 맞게 된다고 사학자는 따끔하게 경고를 하고 있는 것이다. 무엇보다도 혁명에는 민심의 뜻이 중요한 데도 조급한 혁명가들은 섣불리 성숙되지도 않은 민심을 과신한 나머지, 또는 관망하고 있는 민심들은 조금도 고려해 보지 않고 자기 자신들의 마음만을 앞세워서 거사를 치르려고 일을 꾸미다가 실패한다는 것이다.

그리스의 철학자 플라톤은 혁명론 가운데 이렇게 말했다.

"어떤 형태의 정부든 혁명은 항상 통치권 내부의 알력에서 비롯된다."

작가 후기

이 소설은 『연 끝에 걸린 조각달』의 후속편이다.

원래는 『연 끝에 걸린 조각달』을 상하 편으로 펴낼 예정이었으나, 출판사의 한 실수로 (하)편을 따로 떼어내어 『여울 속에 잠긴 산하』의 (상)편으로 삼았다.

그리고 고심 끝에 저자가 다시 (하)편을 새로이 집필하여 새로운 역사 장편소설 『여울 속에 잠긴 산하(상·하)』로 나오게 된 것이다.

'정여립의 난'과 '정여립의 일대기'를 자초지종 다룬 『연 끝에 걸린 조각달』의 그 후속의 이야기, 즉 바로 다음에 일어난 조선 최대의 옥사인 '기축옥사'를 다룬 작품이 이 『여울 속에 잠긴 산하(상·하)』라고 보면 된다.

『연 끝에 걸린 조각달』은 조선조 중기 풍운아 정여립의 일대기를 그린 작품이다. 나는 좌절된 정여립의 일대기를 묘사함에 있어서 '더불어 사는 사회'라는 명제를 시종일관 머릿속에서 떠나보내지 않았다.

그 당시 엄혹한 왕조시대에서 정여립은 어떻게 왕을 하찮게 여기며 왕권을 부정할 생각을 할 수가 있었을까? '대동계'라는 계조직을 결성해서 대담한 사회개혁을 꿈꿀 수가 있었을까? 하는 의문을 머릿속에서 지울 수가 없었기 때문이다. 그래서 자료를 수집하기 시작했는데 모은 자료가 너무나 빈약했다.

권력자들에 의해 역모자의 자료가 성할 리가 만무했기 때문이다. 결국 나는 상상의 영역 속을 헤엄치지 않을 수가 없었다.

단편의 편린들을 주워 모았다. 그리고 씨줄 날줄로 직조를 했다. 말 그대로 '소설의 구성'을 위해서였다. 그리고 그 후속의 이야기를 걸러낼 수가 없어서 『여울 속에 잠긴(상・하)』를 내게 된 것이다.

정여립의 난 이후 벌어진 옥사가 '기축옥사'였다. 서력 일천오백팔십구 년에 일어나서 햇수로는 삼년 만에 끝이 난 이 참혹한 옥사는 전무후무한 여러 가지 기록들을 역사에 남겼다.

이 '기축옥사'는 조선 최대의 옥사였으며, '기축옥사'로 인해 애꿎은 조선의 젊고 전도유망한 선비들 천여 명이 이런저런 이유로 희생되고 말았다. 어찌 애달프다 말하지 않겠는가.

예나 지금이나 정쟁이란 이처럼 참혹하고도 잔인한 것이다. 다시 말하면 정치란 피도 눈물도 말라 버리고 없는 움직이는 생물이라는 얘기며 권력이란 그토록 독점력이 강하고 위험하다는 말도 되는 것이리라.

뒤늦게나마 정여립의 명복과 당시에 이런저런 이유로 희생된 수많은 선비들의 명복을 빈다. 이 책을 발간하는데 애써 주신 아동문학가 심혁창 사장님께 감사를 드린다.